生态·人未来丛书

最后的猎人

王族 著

SPM 南方传媒 | 花城出版社
中国·广州

图书在版编目（CIP）数据

最后的猎人 / 王族著. -- 广州：花城出版社，2022.5
（生态·人·未来丛书 / 何平主编）
ISBN 978-7-5360-9493-2

Ⅰ．①最… Ⅱ．①王… Ⅲ．①散文集－中国－当代 Ⅳ．①I267

中国版本图书馆CIP数据核字(2022)第042476号

出版人：张 懿
丛书主编：何 平
责任编辑：欧阳蘅 蔡 安
技术编辑：凌春梅
封面设计：乐 翁

书　　名	最后的猎人
	ZUIHOU DE LIEREN
出版发行	花城出版社
	（广州市环市东路水荫路11号）
经　　销	全国新华书店
印　　刷	佛山市迎高彩印有限公司
	（佛山市顺德区陈村镇广隆工业区兴业七路9号）
开　　本	787毫米×1092毫米 16开
印　　张	16　1插页
字　　数	183,000字
版　　次	2022年5月第1版　2022年5月第1次印刷
定　　价	56.00元

如发现印装质量问题，请直接与印刷厂联系调换。
购书热线：020-37604658　37602954
花城出版社网站：http://www.fcph.com.cn

清晨出发，傍晚归来。
猎人对动物说，你死不因罪过，我活不能挨饿。

王族

目录 contents

古老职业的温暖或者光芒（序）……1

狩猎秘籍……001

六条鱼……044

苦役……070

狼狗、狼或者狗……093

狼灾记……111

最后的猎人……157

后记……245

古老职业的温暖或者光芒（序）

　　狩猎是最古老的职业，狩猎者由此获得了一个简单明了的称呼——猎人。猎人的身份与猎物相对应，其职业准则是在世界（大自然）捕猎动物，作为人赖以生存的食物。猎人从人类智慧出发，逐渐形成狩猎规则。

　　当时的场景犹如生动的画面——猎人在清晨出发，于傍晚归来，在山洞口或者茅舍门前，女人和孩子对天地祈祷，对他们的归来翘首以盼。如此简单而充实的捕猎，带来的是炙烤而熟的肉食，可抵制饥饿和风雨之夜的孤独。他们在饱食之后感恩天地，肉体和心灵同时得到满足和愉悦。经久弥坚，狩猎对人的生存起到了基本保障作用，让人们体会到了日常生存的温暖，人们由此总结和摸索出诸多狩猎技巧。

　　狩猎如今已经变得非常遥远，有时候甚至是古老的传说，被人们经久不息地讲述和传颂。哪怕只是只言片语，或者不断被篡改和演变，可仍然隐隐透出神秘气息，让人觉得那时候的人们和动物之间，最直接和最本真的关系，也就是生命与世界的关系。

当时的人类生存得极其艰难，而动物亦弱肉强食、混乱无序。当动物泛滥成灾，不仅对人类构成威胁，同样也破坏了自然平衡，动物会以集群的方式引诱或者驱赶其中一些动物，让它们进入猎人的埋伏圈，或者跌入陷阱，起到优胜劣汰的作用。最典型的是狼，它们对着天空长嗥几声，不属于草原的动物就会自觉离去，可避免草原上牲畜混乱，出现难以预料的畜灾。

那时候的动物是人类的朋友，人们从动物身上学习和模仿生存技能，在一定程度上解决了人自身的困难。在很长一段时间，狩猎是人类唯一的生计方式，动物让人们得以果腹，在山洞或者篝火旁啃食完兽肉、鱼肉和浆果，然后背靠岩石而息，在甜美的梦境中消散疲惫。而在第二天早晨醒来，他们听到森林里有动物在嗥叫，看见天空中有鸟儿鸣叫着飞向远处，心里产生了对远方的向往。

出于生存需要，当时的人们直接模仿动物行为，他们在儿子成长到能够捕猎时，便用狼给他们以启迪：狼不知道食物在哪里，但它们的爪印能够到达天边。去吧，不管走多远，都不要留恋母亲的怀抱，也不要猜想，父亲的目光是否还在你身上。

以前，动物还没有列入保护范围，但是猎人们并不随意捕杀动物。他们懂得动物的繁衍有利于平衡生态，与动物友好相处，有利于人类生存。譬如草原上的游牧民族，他们认为包括动物在内的草原是大命，而人是小命，只有大命不被侵害，小命才能活下去。再譬如猎人狩猎时所遵从的规矩：不打领头的动物，不打怀胎的母兽，不打幼小的动物；三只动物算一群，打死了两只，剩下的一只不打……他们积极维护大自然生物链，主动保护动物，其行为闪烁着猎人的智慧与精神光芒。

猎人与狼的关系并非势不两立，你死我活。猎人因为了解和熟知狼,所以对狼抱有感激之情。在春天,黄羊和兔子总是先于牛羊进入牧场,刚发芽的青草被它们啃食一遍,在当年很难再长高。牧民为此常说,每年最让人头疼的并不是狼,而是黄羊和兔子的贪婪的牙齿,还有它们那不老实的爪子和蹄子。在这个季节,狼因为要捕食,会把黄羊和兔子作为捕食对象,对它们起到驱赶作用,会让草原避免被啃食和践踏。

猎人因为长期观察动物,从而发现和总结出很多动物对人类有益的现象。譬如狼在草原上奔跑时,嘴里会呼出一种特殊的味道。猎人将这一发现告知牧民,牧民对这一现象总结出这样的说法:"狼的消化能力强,加之又经常处于饥饿之中,所以它们的呼吸系统从不感染,呼出的气息干净醇正。这种味道散布到草原上,牛羊和马等牲畜闻到后,会精神振奋,提高免疫力。"有牧民发现,如果羊群中有一只羊得病,它呼出的气息会被狼闻到,它们断定得病的羊易于捕获,会想尽办法把它们吃掉。狼的这一举动,对防止羊群中的传染病,可谓功不可没。

动物与猎人经常碰撞出精神火花,并让猎人为之感动。有一首古老的猎歌:"一只苍狼出现,我的猎犬把它咬翻。我举起弓箭,猎犬却突然返还。母狼已被咬伤,却护住了腹下的幼子。我与苍狼对视半天,从此不再轻易出箭。"狼是最有母爱的动物,它们宁可自己死,也要保护小狼,并想尽办法让它们活下去。狼的这种精神,在那一刻影响和教育了猎人,让他在内心树立了狩猎的道德标准。在内蒙古的锡林郭勒草原上,流传着一首长调:"一只狼在仰天长啸,一条腿被猎夹紧咬,它最后咬断了自己的骨头,带着三条腿继续寻找故乡。"狼不屈服命运的精神,在这首长调中体现得淋漓尽致,人们用长调方式将其吟唱,表示出发自肺腑的致敬。

如今,许多动物都被列入保护对象,猎人这一职业随之终结。

于文学而言，古老的狩猎方式和猎人行为之于今天，犹如谣曲、史诗和神话。我们聆听或者讲述，久远年代的传奇便犹如生命光芒，在震撼我们灵魂的同时，亦让我们幸福和温暖。

最后的猎人，犹如梦境中的舞者，一切都可说或者不可说，这也许就是一种事物变化后的必然结果。但是他们留下的故事，依然是今天最为美妙的倾听。

王族
2021年10月31日于长沙

狩猎秘籍

1. 夹子在积雪下面

A：认知

夹子，是猎人对捕兽夹的简称，专用于狩猎。

因为猎捕对象不同，夹子也大小不一，大的有捕熊夹、捕鹿夹、捕野猪夹、捕黄羊夹等，小的有捕狐狸夹、捕兔子夹、捕旱獭夹、捕鸟夹、捕蛇夹等。常见的捕熊夹，其弯形扳机上带有尖齿，可将熊腿夹断。捕狐狸夹和捕旱獭夹，则专门夹击它们头部，能使它们在瞬间毙命。捕黄羊夹专用于夹击野羊类的腿，它们被夹住后无力挣脱，挨上几日后会被饿死。捕兔子夹是最小的夹子，威力不大，却能把兔子拖死。猎人收获最多的，是在挣扎和绝望中毙命的兔子。

猎人安装完夹子后，会用艾蒿、薄荷和爬地松等植物的叶子，将夹子擦拭一番。如果少了这个环节，野兽就会嗅到人留在夹子上的味道，会掉头离去。

B：事件

猎人埋设夹子前，常常会对猎物念叨一句话：你死不为罪过，我活不能挨饿。狩猎是一种古老的职业，猎人捕猎动物，是以名正言顺的获取方式维系自身生存，他们多习惯于捕猎，少感叹犹豫，但他们说出这句谚语时，却使人性闪现出了光芒。猎人在埋设夹子时还会说一句话：看来它的皮毛成熟了。内行人一听便明白，动物经过夏季食草后，已变得膘肥体壮，到了可捕猎的时候。这句话也会用到人身上，意思是一个人不学好，该挨收拾了。

夹子多为铁制，其夹击力度迅猛，凡是触动机关的动物，无一能够逃脱。十几年前在阿勒泰碰到一人，知道他要去树林里安夹子，便问他是去夹黄羊吗，他摇头不语；又问是去夹兔子吗，他亦摇头不语；再问是去夹呱呱鸡、野猪、哈熊（狗熊）、旱獭、鹿，还是松鼠；他均摇头不语。看他的架势，是不想让人知道他要去夹什么，不料他看我不再问了，却主动告诉我，他要去夹狐狸。我听了吃惊不小，狐狸那么狡猾，能夹得住吗？他嘿嘿一笑说，手再长，也有摸不到的地方；脚再小，也能走到遥远的地方。夹狐狸自有夹狐狸的办法，我可以告诉你一个办法，保准你以后也会夹狐狸。人常说，狐狸一睁眼，心里有九个脑袋。什么意思呢？是说狐狸的心眼多，遇上事情只要看一眼，心里就会有九个想法。但是在撒尿这件事上，狐狸连半个脑袋也没有，是死脑子。它们撒尿，总是找别的动物撒过尿的地方，比如黄羊和鹿撒过尿的地方，一旦碰上那样的地方，不管有尿没尿都要撒一次。所以呀，我就专找动物撒过尿的地方，安上夹子就十拿九稳能夹到狐狸。

任何事情都经不起琢磨，即使是狡猾的狐狸，也有致命的弱点，就看遇到它的是不是打猎时间长的猎人。譬如我眼前的这位猎人，看上去并无特别之处，但一开口说出的话，却让人觉得像岩石一样坚硬。我与他闲聊时想摸摸他的夹子，他马上捂住装夹子的布包不让摸。我说不让摸，看看总可以吧？他依然一脸严肃，把那布包捂得更紧，看都不让看一眼。他见我不高兴，便凑近我耳朵低声说，夹子这东西，可不能让人随便看、随便摸，一看一摸就会坏事，人的味道就留在夹子上了，狐狸心里有九个脑袋，一闻到人的味道，哪怕尿憋得再难受，也会转身跑掉。

他那么一说，我遂明白，以后碰到猎人的猎具，可不能去随便看、随便摸。

有一人用夹子夹住一条狼，那狼无望挣脱，遂咬断被夹的那条腿逃走。从此，一条三条腿的狼，成为一团挥之不去的阴影，猎人们每每安夹子，总是紧张地向四周张望，如果地上有三只狼的爪印，他们会远远避开。一条狼能咬断自己的腿，如果人被它扑到爪下，后果不敢想象。

安夹子有学问，年轻猎人的夹子即使夹住了动物，却仍发生让其挣脱逃走的事情。他们的夹子都不错，但因为他们没有掌握捕猎规律，便常常空无所获。

经验丰富的猎人，一眼便可发现有利的环境。譬如他们从不将夹子设置在树桩或石头上，那样更容易让动物的挣扎受力，逃脱的概率更高。他们常常把夹子固定在草丛或土中，动物一旦被夹住，便因无法向上蹦跳挣扎，死死被拖在原地，最多挨一天一夜便会死去。

白哈巴有一人，是牧民亦是猎人，他每去放牧总是盯着牧场后面的山坡看，看了三年终于看出了名堂。他说狐狸很狡猾，它们每每需要排泄，总是要找到上一次排泄过的地方，将新排泄物压在旧排泄物上，目的是让人误以为那里只有一堆排泄物，它们出现过一次后再未现身。狐狸的思维接近人，反而容易被人识破。那人悄悄把一个夹子安在那堆排泄物下，一只狐狸再次来排泄时，便被牢牢夹住。那人上山时狐狸已死去两三天，但它临死前把尾巴折过来，让自己卧在了尾巴上。它死得并不悲怆，像是一觉睡去再也没有醒来。另一猎人的经历更有意思，他耗十年时间，终于摸清狼的一个规律。原来，狼也有极为固执的一面，即它们每得到肉食后，必叼到上次啃食过的地方去吃。狼此举有两个原因，一是上次吃过的地方安全，此次可放心食用；二是它们认为熟悉的地方，好记又好找，所以它们便将吃剩的肉储存在那里。那人将夹子埋在一只狼藏储的肉中，几天后那只狼来吃肉，被夹子把头部夹击得粉碎，当场便毙命。那人从狼头上取下夹子时，无比惊讶地发现，狼眼中布满惊骇和恐惧。他想，狼在死去的那一瞬间，心里弥漫过怎样的屈辱和恐惧？对于狼来说，那亦是内心的火焰，从内心蹿至瞳眸，凝固成了最后的绝望。

大多动物游走牧场和便道时，都有遵循以往足迹的习惯。猎人发现它们的这一规律后，便在沿途安下夹子，每每都收获颇丰。让人不解的是，前面已有动物被猎捕致死，后面的动物却重蹈覆辙，仍然沿记忆中的路线前行。于是，猎人们便守株待兔，捕获一批又一批猎物。他们为此总结出一句谚语：熟悉的路在你心里，等待你的夹子在路上。

也发生过猎人利用夹子，和动物斗智斗勇的事情。譬如狼群，成群结队经过一地时，后狼会踩着前狼的爪印前行，那样就会让人觉得只有一只狼在走动。因为众狼重复同一爪印，那爪印便显得深厚，一位猎人因此上了当，以为是一只肥胖的狼走过后留下的爪印。另一猎人告诉他原因，他才恍然大悟。他们沿那爪印布下十余个夹子，三天后便夹住了六只狼。它们虽然被夹子死死拖着，但却极力扑抓对方，要把对方咬死。起初那猎人不解狼为何那样反常，后来才知道在狼界有一个规律，如果一只狼被囚禁后无望生还，别的狼便要把它咬死吃掉。那六只狼终未挣脱夹子，它们被猎人打死时，眼睛里还冒着怒意，似乎要扑过去撕咬另一只狼。

2. 布鲁的寒光

A：认知

布鲁是猎具的鼻祖，出现在弓箭、套索、捕兽夹、长矛和猎枪之前，是专用于攻击兽类的猎具。

起初，人们将野兽的大腿骨作为击打器物，骑马追逐野兽，并将其砸倒。后来，人们为了加大打击力度，将野兽的大腿骨磨制成圆形，那便是最早的布鲁。布鲁有两种使用方法，一种是在马背上将其抡起击打动物；另一种是用力投掷出去，将动物打晕或打死。至今，布鲁的用法仍为这两种，猎人们使用任何一种，野兽都难逃一死。

使用布鲁的年代，人们用它上击飞鸟，下砸走兽，每每都收获颇丰。

B：事件

有一年，在博乐见到一位蒙古族牧民，他虽然骑在马上，却不拿马鞭，而是将一个长柄木器摇来晃去，那马似乎害怕会被抽打，四蹄陡然快了很多。

细看，那木器顶端系有一个铁锤，明晃晃地透着杀气。当时心想，此物莫不是一件击打物？

向那人请教，他答曰，是布鲁。

我先前听说过蒙古族的布鲁，今天突然见到，便从那人手中接过，学他的样子挥舞了几下。明显的感觉是，其木柄长短适合，可自如挥舞。尤其是顶端的铁锤，每每挥出便传来重力感，如击打向目标，一定得心应手。

那人给我讲了一个使用布鲁捕猎的故事，说有一猎人发现了两只兔子，只盯准其中一只去追，对另一只却不管。等到追上那只兔子一布鲁砸翻在地，然后捡起布鲁扭头搜视到另一只兔子，将布鲁甩过去，那只兔子便也被砸翻在地。会使用布鲁的人，知道跑不掉的猎物在他的掌控之中，所以他不急。

那人又说起另一事，有一猎人多年使用布鲁，不但运用自如，而且达到了人能感知布鲁的地步。一天，他骑马经过一片树林，突然听得挂在马鞍子上的布鲁发出了声响，他取下布鲁握在手中，看见不远处有一只狼在看着他，双眸中的眼神犹如升腾的火焰，似乎只要那火焰喷吐出来，它就会向他扑来。他举起布鲁准备迎击狼的进攻，但狼看见他手中的布鲁后，双眸中的火焰瞬间熄灭，转身跑进了树林。狼怕布鲁！那人想起一句谚语：没有被骗走的狐狸，没有被吓跑的狼。布鲁吓走了狼，他比打死一只狼还高兴。

那人讲完故事，要急匆匆离去，问他要去哪里，他说有很多人在山的另一边举行围猎，如果他去晚了，猎物就全跑了。我们不解，既然是很多人围猎，为何会让猎物全都跑掉？他说那些人的本事不行，说是围猎，其实是凑热闹，真正捕猎的人是他，他不到场，那些猎物咋来的还会咋回去。

此人很自信，但不知其本事究竟如何？

他说完便匆匆走了，我们盼望能从山那边传来消息，让我们知道围猎的情况。那人下午返回时与我们相遇，他的马背上挂着两只鹿角和一块鹿肉。原来，他赶到山那边时，能捕的小猎物，譬如兔子、旱獭等都已被人捕获，唯独一头野猪咆哮嘶吼，既不攻击人，又不打算离去。一群人与一头野猪，便僵持在那里，似乎树上落下的一片树叶，都能惊得人心颤。

他断定，那头野猪是不能捕杀了。人们说起动物的凶猛时，都会说"一猪二熊三老虎"，况且现在的这头野猪已发怒，万万不可与它硬拼。他将众人劝退，藏在一块石头后用布鲁猛击石头，野猪只闻其声不见其人，疑惑了一会儿便转身离去。

他为这件事遗憾，因为他已经两年没有见到野猪了，此次错过，不知什么时候才能碰到。

我们闲聊，很快便说到了布鲁，布鲁是当时的一种武器，用于防身攻敌。其实，就布鲁的意义而言，它是较早出现的冷兵器。后来，布鲁作为猎具，给了人们肉食，给了人们安全，更给了这个世界一种文明。那样的年代，人是真正的大地之子，生存之景象，极具诗意。1992年，我在昆仑山下的叶城当兵，读到朱增泉将军的一首诗，尤为其中"山顶洞人的，老乡/走下秦岭，到渭河边/用兽骨刺鱼"这几行而感动。秦岭和渭河，是我故乡，朱将军诗中的远古意境，犹如人类图腾，使我怀乡的情愫，多了一层幻象般的色彩。

说到这儿，那猎人才说出今天围猎中的又一幕。他赶到围猎现场时，那头野猪并非与人们在对峙，而是大声咆哮着要扑向他们。他命令众人：亮出布鲁！众人便举起布鲁，但野猪仍在往前扑。他又命令众人：集中布鲁。众人便将布鲁集中在一处，野猪看到布鲁的闪光汇聚成一片，便停止咆哮站在那儿不动了。真正的对峙，其实就是从那一刻开始的。这么说，他用布鲁敲击石头迷惑野猪，则是后来的事。相比之下，发生在前面，众多布鲁一起发光的事情，要有意思得多。

他聊得兴起，便说起马背上的鹿角和鹿肉的来历。那头野猪离去后，他们围住了一头鹿，但那只鹿很厉害，不但能躲过人们甩出的布鲁，而且能从人们头上跳跃过去。但它毕竟已被围死，跳出一层包围，很快又陷入另一层包围。他看了看那只鹿的蹄子，便让人们用布鲁去击打鹿的四蹄，每打一下便退后，让后面的人上去再打。如此频繁的攻击，让鹿乱了阵脚，加之四蹄一一被砸得粉碎，很快便倒在了地上。分肉时，因为他功劳最大，便得了两只鹿角，鹿肉也比别人多了两公斤。

问他如今使用布鲁的人多吗？他说，有人用，长生天给的东西，怎么能不用呢？人的眼睛是天给的，腿是地给的，肚子是肉给的，肉是动物给的，所以就一定有用布鲁的人。他伸出三个手指头说，现在的布鲁有三种，最大的是吉如根布鲁，用铜或铁打制的铁锤，用牛皮绳系在布鲁前面，专门打大野兽；其次是图拉嘎布鲁，把圆形的铅头、铁箍环和铜帽，固定在布鲁前端，用于直接击打动物；最后就是海木勒布鲁，多为镰刀形，专用于投远和投准的训练。

听他这么一说，再去看他的布鲁，才知是典型的吉如根布鲁。

聊得差不多了，他骑马离去。我发现那根布鲁被他插在腰上，那小铁锤虽然在晃动，却不如被他持在手中威风。等马进入一片树林，那人和马便不见了影子。

过了一会儿，树林里传出一声兽类的嗥叫，我盼望响起布鲁的击打声，但过了很久，都悄无声息。

3. 石夹下没有生命

A：认知

石夹皆为天然生成，是用一根棍子，将或扁或长或宽的石板撑起，在棍子上系有兔子、沙鸡或松鼠，诱惑野兽去叼吃。可别小看这根棍子，一旦动物用嘴去叼那些诱惑物，就会将棍子扯倒，落下的石板便将它们砸击而亡。这根棍子亦有讲究，常用的是虎耳木、接骨木等硬木，只有这样的棍子才能支撑起石板的重量。

石夹的夹砸之力，虽然发于其自身，但要借助地面的承受力，所以石夹多布于石头或硬实之地，才可将动物捕获。

在猎具中，石夹是猎人构思、设计和制作最为完美的一种，其使用材料之巧妙，发力之直接，砸击效果之得力，堪称一绝。

B：事件

走进石夹的野兽，命只剩下一半。

此谚语说的是，将石夹作为猎具，专用于捕猎。

我第一次见石夹，是在可可托海的一条小河边。一位牧民指着河滩中的一块扁平的石头，问我看出了名堂吗？我不知道那是一个石夹，更不知其从某种程度上而言就是猎具，便开玩笑说那是一块不怎么漂亮的石头。他看我不懂，便一脸严肃地说，不怎么漂亮的石头，会干出漂亮的事情；再会跑的动物，也会在不会跑的石头跟前栽跟头。哈萨克族人说话一向幽默，但幽默中却又包含着哲理。听他那么一说，我断定那不是一块普通的石头，便虚心请教，他介绍石夹之前，却颇为兴奋地先介绍了一番黑貂。他说那一带的黑貂很多，多到什么程度呢，给你打个比方，有多少石头就有多少黑貂。是吗，会有那么多黑貂吗？我细看，河谷中的石头多则多矣，且乱石成堆，如果这里的黑貂像石头一样多，岂不成了黑貂世界？再说了，黑貂在这样一个地方如何生存，它们为何不去寻找活命的好去处？

那牧民说，黑貂的脾气怪得很，跑出去抓到老鼠、兔子和旱獭等，一口也不吃，不论多远都要叼回到河谷中，直至钻进石头下面才会松口气，然后才慢慢地吃。黑貂吃东西很慢，每咬一口只是一小块肉，细嚼慢咽半天，才又咬一小块肉。它们吃东西时亦很警惕，总是一边吃一边张望四周，一旦有动静便吐出口中的肉，将身子缩小做逃跑状。我与那牧民讨论，黑貂此举怪则怪矣，但其背后一定有原因。

那牧民笑着说，没有人会无事爬到山上去，没有动物会主动走到人家里。后来才知道，根源在黑貂身上的那张皮上，因为值钱，人们猎捕黑貂的最终目的，其实是为了那张皮。所以说，黑貂的日子过得很紧张，像在荒野中放羊的人一样，总担心自己的羊会受到侵害，只有把它们赶进羊圈，心里才会踏实。

听他那么一说，便觉得黑貂以乱石为家，在艰苦条件下守着自己的家。如果人类不把黑貂作为猎物，这个乱石成堆的河谷，就是它们的天堂。坚硬厚实的石头，密闭的空间，将世界隔离到寂静、无声、黑暗和模糊之中，它们安然偃卧，度过一个个白天和黑夜。

但在这个世界的构成中，总有一些生命成为另一些生命的果腹、驯服、杀戮、残害和猎捕对象，为了生存，人类在这方面做得最为得心应手。譬如一块石头变成石夹，一个人变成猎人，一只动物变成猎物，如果要思考其正确与否，或具备怎样的终极意义，谁又能给出准确答案？就像人吃羊，是杀生，那么羊吃草，同样也是对另一生命的掠夺，只不过因为草是无声的生命，便不会引发疼痛感。我这样的感慨，对那牧民来说是没有意思的话题，所以我不能对他诉说。在他眼里，乃至在他的观念中，这些看上去不起眼的乱石，如果用好了，就是最厉害的猎具——石夹，那才是最有意思的事，也能让他感受到快乐和幸福。

我们又谈到石夹，他神秘地一笑，让我看河谷中的石头有什么不一样，我看不出什么，他便又得意地一笑说，你看不出名堂就对了，如果你一眼就看出了名堂，那我不就白费工夫了吗？我问后才知道，他利用板状和锤状的石头，在河谷中安了五个石夹。用他的话说，那是他的五只手，一旦黑貂出现，就一把抓住它们。他眼睛微眯，似乎在看着什么，又似乎什么也不看。我疑惑，用石夹捕猎的人，都是如此神情吗？

他带我去看石夹，走近后才发现，一块平展的石板下大有名堂，那么大一块石板，居然只用一根撑杆顶着。他说这个撑杆不能太粗，否则挡了黑貂的路，它们就不会钻进石板下面。我想摸一下那撑杆，他拦住我说不想要手了吗？那撑杆一碰就倒，石板砸下来，你的手就变成了肉糊糊。我细看那撑杆，果然其支撑处斜顶着石板，一碰就会砸下。

　　再看石板深处，才发现平铺着一根木棍，木棍上趴着一只兔子。那兔子已放得久了，散发着一股腐臭味。我不解为何要在石板下放一只兔子，那牧民说兔子是诱饵，腿上有一根绳子连着撑杆，黑貂一扯兔子，那撑杆就被拉倒，石板轰然砸下，黑貂一声惨叫后就会毙命。

　　我没看见兔子腿上有绳子，那牧民说黑貂狡猾得很，所以把绳子埋在了沙子中，那样才能让黑貂上当。看似简单的石夹，却具有极强的杀伤力。人类善于运用智慧，万事万物无不都能成为猎具。有时候，甚至能成为武器，用于防身攻敌，效果极佳。

　　我问那牧民，为何石夹只猎捕黑貂？他说也有松鼠、野鸡和兔子等误入石板下，被砸得肉身模糊，一命呜呼。它们没有价值，反倒会害得猎人重新设置石夹。后来，猎人们灵机一动，将死去的兔子用于当诱饵，很容易让黑貂上当，被砸死在石板下。猎人们为此总结出一句谚语：跑得快的动物，命在石夹下结束；跑得慢的动物，把命搭在一根虎耳木上。

　　说到黑貂，人们喜欢的是它们的皮毛，每有黑貂被砸死，他们从石板下小心翼翼将其取出，第一眼要看的是毛皮是否完好，如果完好便可卖上好价钱，如果受损就大打折扣了。

　　其实捕黑貂不易，有一次，那牧民的一个石夹砸到一只黑貂身上，因为力度不够，加之地上的沙子松软，那黑貂便将腰弯下，将嘴和爪子齐用，挖出一道槽子逃之夭夭。

猎人使用石夹久了，便发生了很多故事。有一位猎人，碰到一只母黑貂带着刚出生的一只幼貂，闻到作为诱饵的兔子味道，便往石板下钻。母貂在慌乱中碰到了石板，于是像所有触碰机关的情景一样，那石板砸了下去。母貂在那一刻将幼貂护在怀中，它被砸死，而幼貂则幸免于难。猎人有讲究，如果野兽没有彻底丧命，他们则不会露面，因为他们不让弥留之际的野兽看见他们的脸。母貂死了，那小黑貂像是明白了什么，嘶鸣着消失在了乱石中。

　　之后数年，那猎人房前屋后便经常出现貂爪，他想起那件事，便觉得那小黑貂已经长大，要找他报仇。

　　后来那人死了，坟前经常出现貂爪的印痕。人们每每提及此事，内心一阵惊悸。

4. 圈套借树发力

A：认知

　　制作圈套，首先要选择一棵高大结实，且长有叉枝的树，其次是选一根同样结实的木头，和一块大石头。随后，猎人在木头一端绑上石头，将木头横插在树杈上，然后在另一端系上一个铁丝圈，再在铁丝圈与树身之间连接一根铁丝，把诱饵（通常是一块肉）垂挂在那根铁丝上，一个圈套便宣告完成。

　　野兽钻进圈套时，常常是惊心动魄的一刻，它们因为看不到系于那根木头一端的铁丝圈，便将头伸入铁丝圈中，叼住那块肉向下扯，铁丝圈便脱开系肉的铁丝，死死套在野兽脖子上。此时，木头另一端的石头受力下垂，那根木头斜升而起，将野兽吊在了半空。

　　铁丝圈是活扣，野兽越挣扎便被拉得越紧，加之它们自身在向下垂落，最后便被勒死。

B：事件

把一块肉放在圈套中，就能让野兽把头伸进去；把一块石头绑在一根木头上，就能把野兽吊起来。

圈套，是借力发力的一种猎具，猎人在猎捕中用得最多。

圈套又称为吊钩圈套、索套、铁丝圈等，但叫圈套者仍为多，叫得久了便成为固定叫法。人们每说出"圈套"二字，旁人便感觉到有动物已被套住，铁丝圈正在收紧，其气氛会变得紧张。

阿勒泰一带的猎人说，圈套的由来很有意思：一位猎人在山林里辗转一天，没有碰到一只动物，他怏怏然坐在一棵树下准备休息，不料一阵风把一根树枝吹打在他脸上，打得他的脸一阵生疼。他骂了一句，打不到猎物，连树枝也欺负人呢！为了解气，他气呼呼地扯过那根树枝说，你打我的脸，我把你坐在屁股底下！休息完毕起身时，他忘了屁股底下的树枝，一起身那树枝便呼的一声升起，将他的小包带上去挂了起来。他颇为惊讶，一根树枝的反弹力量有这么大，如果是一只兔子或呱呱鸡，被带上去挂起来，就会被吊死。他对那根树枝看了又看，琢磨了又琢磨，终于琢磨出了门道：如果把一根树枝压弯，在上面布一个铁丝圈套，诱惑兔子或呱呱鸡来吃布好的诱饵，只要一触动机关，就可以把它们吊起来。

圈套就那样被创造了出来。

此圈套与人们通常所说的圈套不同。人们通常所说的圈套，是一人运用智慧，将另一人引诱进某个事件中，令其丧失自我掌控能力，滑向命运突变后的深渊。这种情况下的圈套，是意念和思维运作模式，不需要具体物质。而猎人们所说的圈套，则有具体指向，亦有固定的使用方法。譬如圈套有大小，大的用于捕猎哈熊、野猪、鹿等，用的是粗硬的钢丝绳；小的则捕猎兔子、呱呱鸡、山鹰等，用一般的细铁丝即可。

作为诱饵的那块肉，时间长了会发出异味，这正是猎人之所望，因为野兽对腐烂发臭的东西敏感，远远闻到就会扑过去。作为诱饵的一块肉，于是便变得像圈套的开关，一旦吸引了野兽的目光和嗅觉，它就打开了圈套的一连串密码，亦将野兽一步步引向死亡深渊。

作为诱饵的肉，常常是一只兔子或长尾鼠，猎人在出门时就已经备好。

设此圈套，必须在野兽经常出没的地方。有的野兽喜欢走熟悉的路，还有的野兽习惯在以前捕食过的地方，再次寻找能吃的东西，这些都是让圈套发挥威力的机会。如果圈套周围地形开阔，树木稀少，猎人就会设置障碍，譬如放几块石头，用树枝阻拦等，逼野兽走向已变成圈套的那棵树。

圈套是借树木和石头之力，致兽类丧命的捕获方式。有一位猎人说，树嘛，在山上长着哩；石头嘛，在树根处躺着哩。它们嘛，在一起将你的手等着哩；你的手嘛，只要把它们制作成圈套，很快就能享受吃肉的幸福。

因为圈套制作方便，捕获率高，至今仍被猎人们青睐。在捕猎时，有人喜欢骑马去荒野中，一旦发现动物便纵马追赶；有人喜欢去山谷中，一旦发现动物的爪印，便不动声色地一笑，然后沿爪印追逐而去；还有人喜欢在动物大小便过的地方等待，有的动物习惯于在前一次停留过的地方出没，猎人们抓住它们的这种心理，往往有一定的猎获。但布置圈套的猎人却不以为然，经常讥笑那样的打猎太辛苦，他们安好圈套后便回家睡大觉，圈套会替他们等着动物，只要动物接近圈套，圈套就会替他们"干活"。他们说的"干活"，是新疆人说话的一种习惯，意思是一切都在掌握之中。

猎人会定期去查看圈套，大多野兽被吊起后，挨三四个小时后就会毙命。猎人将圈套卸下，抽出深深勒进野兽脖颈的铁丝，一次猎捕完美结束。

也有意外，有一次，一头哈熊挣脱了铁丝圈，但它却并不离去，而是躲在旁边的树林里，等待猎人上山后进行报复。它熬过几日，终于等到了猎人，它大叫着扑过去，猎人闪身躲过，才知道捕熊不成，熊反过来要用大掌把他拍成肉饼。情急之下，他躲到圈套一边摇动那根木头，意欲用铁丝圈去套哈熊的头。那哈熊深知那根铁丝圈的威力，嗥叫几声后转身离去。

圈套的杀气，令那哈熊生畏，那位猎人亦在关键时刻躲过了一劫。奇怪的是，自此再也没有野兽接近那里，也许是那只哈熊向所有野兽传递了某些信息，它们每每走近那里，便头一转，绕道而去。

还有一个意外事件，一位猎人安了一个小圈套，用一块兔肉当作诱饵，意欲猎捕山鹰。只要山鹰伸嘴去叼那块兔子肉，就会被圈套死死套住，他就可以将它拿到集市上卖一个好价钱。他天天趴在圈套一边的树林里，一动也不动，他知道山鹰的目光锐利，嗅觉亦很灵敏，如果他动一下便会前功尽弃。终于有一只山鹰发现了那块兔子肉，它从高空俯冲下来，意欲用鹰习惯性的动作叼走那块兔子肉。这正是猎人之所望，只要它一头伸入圈套内，用嘴叼住兔子肉一扯，圈套就会发力。但是却出了意外，那位猎人因为在地上趴得太久，忍不住放了一个屁，不巧又有一阵风刮过，那山鹰很快就闻到异味，在快要进入圈套时，将嗉子里的嗉食（鹰吃东西时，会将骨头一并吞下，因需要两三天才能消化，所以积在嗉子里，被称为嗉食）吐出来，击打在圈套上，圈套便自行发动，缩成了一团。山鹰将双爪在圈套的木头上一落，借力飞向天空，很快便在云层中变成一个小黑点。

那猎人怒然骂屁，早不出来晚不出来，偏偏在这个时候出来，害得我白忙活，一场空。

另有一位猎人，设置的圈套空放了几年后，便将其移回家中，准备选择合适的地方再次设置。不料家中的牛羊和马却都惧怕圈套，每每近前便惊恐嘶鸣，转身往远处跑去。那猎人惊叹，圈套这东西，任何动物都害怕。他扛起那根木头和铁丝圈，搬到村后的山冈上，家中才安静下来。

受此事启发，一位牧民在狼群频繁骚扰牧场时，做了几个圈套立在牧场边上，狼群便再未出现。整个夏天，牧场上一片安宁。

5. 格扇迷阵

A：认知

格扇，是将绳子织成丝网状，缠绕于木杆上，然后一圈一圈绕成陀螺状，一直盘旋至圆心。从形状上看，格扇犹如一个迷宫，一旦野兽到了格扇跟前，因经受不了放置在格扇圆心的诱惑，譬如一只鸡、一只兔子或一块羊肉，会纵身扑过去，便被丝网死死缠住四爪。

此外，野兽陷入格扇中后，因辨识不了方向，便上蹿下跳乱撞，丝网里越撞越乱，以至于它们的全身都被缠住，在最后被困死。

格扇久置一地，只等兽类，往往五六年仍能发挥出作用。

B：事件

保护院子的是栅栏，保护羊群的是格扇。

格扇是柔软的猎具，却同样能让野兽毙命。

与所有的猎具一样，格扇也是由猎人设置在某一地，日复一日等待野兽前来。此等情景，是典型的守株待兔。其实，守株待兔这个成语,原本是与狩猎有关的,亦可从中看出某种技巧,但因为经常被用于比喻和人有关的事情,便丧失了狩猎色彩。有不少猎具,譬如圈套、格扇、石夹、陷阱、箭弩等等,都是形式不同的"守株待兔",因为"等"的特殊形式,其杀伤力往往颇为惊人。

猎人的计谋或圈套,是专用于对付野兽的,其设计的发力或打击环节,往往会对野兽形成致命的诱惑,所以被猎人盯上的野兽,一般都难逃厄运。

格扇是牧民发明的。最早时,牧民为了防止狼的侵害,便把羊圈的顶部封死,羊群虽然安全了,但因为羊圈密不透气,让不少羊患病死去。一位老人说出一句像谚语一样的话:封闭的羊圈,会让羊群得疥疮。于是,人们便在羊圈的顶部开一个通风口,将羊圈中的臊气放出去,羊群果然不再生病。但那个通风口却给狼提供了机会,它们悄悄爬上羊圈,观察到羊圈中没有危险,便从通风口跳下,疯狂撕咬羊群。有时候夜深,牧民们睡得酣沉,狼咬死羊后吞吃一番,然后从容离去。到了第二天,牧民在打开羊圈门的一瞬,才知昨晚发生了多么可怕的事情。

有一只狼贪吃,直至一位牧民进入羊圈,仍将头伸在羊肚子中在吞吃内脏。那牧民一急之下骂了一句:毛驴子下哈的狼(生下的意思),干啥呢?那只狼惊起,他害怕狼白森森的獠牙,本能地往旁边一闪,狼窜出了羊圈。牧民的羊被咬死好几头,但他在情急之下喊出的那句话,却大过了人们的同情心,迅速在牧区传开。之后人们骂狼,便也咬牙切齿地吐出一句:毛驴子下哈的狼,干啥呢?人们想收拾狼,但又怕狼,于是便想到了虽然柔软,但却颇有困厄之力的格扇。他们将格扇设置在羊圈的通风口下,狼一跳下来,四爪便被缠在格扇孔中,无论它们怎样挣扎都无济于事。人们听到羊圈中有动静,就会拿上刀棍,去要了狼的命。

时间长了，格扇便不仅仅只用于保护羊，人们发现，格扇在柔软中蕴藏着不可预估的杀伤力，遂将其当作猎具。大可捕猎狼、鹿、黄羊，乃至哈熊和野猪；小可捕猎刺猬、兔子、猫头鹰、雪鸡、沙鸡、黑耳鸢、红隼、乌鸦、山鸡和鹰。鹰性烈，抓扑小动物时动作迅猛如同闪电，正是它们有此习惯，遇到格扇就会吃亏。有一人用格扇捕到一只鹰，那鹰在格扇中猛烈挣扎，不但逃脱不了，反而弄得身上的羽毛像树叶一样纷纷掉落。那人捉住鹰后从格扇中往外一扯，不料鹰的足爪太脆，随着一声惨叫，两只爪子便断了，像风中的树枝一样甩来甩去。

有一事，有一年狼患成灾，一位牧民怕自己受到狼的攻击，便将格扇设置在霍斯门口，心想你毛驴下的狼如果敢来，我的格扇还不把你套住，还不把你困死。但那一年因为狼太多，有一只狼因为闻到了他霍斯内的羊肉膻味，在一个黄昏接近了他的霍斯。狼因为在一天之中没有吃到一口食物，往往会在黄昏疯狂捕食，否则就得忍受一个饥饿的夜晚。那只狼因为捕食心切，刚一到达霍斯门口就陷入了格扇之中，但它在困境中反而冷静下来，不出一声，亦不动一下，在琢磨逃出格扇的办法。那人无意间从霍斯通风口往外一望，看见那只狼的三只爪子已被格扇缠死，但它将唯一能动的那只爪子从格扇缝隙中伸出，要模仿人敲霍斯的门，如果他以为有牧民来叫他去吃手抓羊肉或喝酒，只要一开门，狼就会一口咬住他的喉咙，顷刻间让他毙命。那牧民一笑，心想你毛驴下的狼聪明得很，但我比你还聪明，我就不开门，让你在格扇中困着。那狼敲了几下门，见计谋未能生效，便绝望地挣扎，这一挣扎连那只爪子也被缠死，再也动不了一下。当晚大雪，那狼在后半夜哀号，声音越来越嘶哑，且越来越小。那牧民躺在霍斯中不动，他知道时间、大雪和寒冷会帮他的忙，那只狼正一点一点滑向死亡深渊。次日雪霁，他出门一看，那狼被积雪裹着，只有一个大致的轮廓，他用手一触，早已硬邦邦了。

另有一人，他的羊被狼祸害了不少，他恨狼，发誓哪怕再搭上几只羊，也要抓一只狼，活剥了它的皮，砍下它的头挂在树上，让所有狼都看看，那就是祸害羊的下场。他思前想后，将一只羊放在格扇中心，不给吃也不给喝，那羊又饿又恐惧，便大声咩咩叫。一只狼被引诱到格扇跟前，可看见羊的肉身，可闻见羊身上的味道，却无法扑过去把羊咬倒在地。格扇的厉害之处就在这里，站在外面便看不见里面，唯一的办法就是一跃跳进去。后来，那只狼蓄足力气，意欲一跃跳到那只羊身上，但它的弹跳力远远不够，轰隆一声便掉了下去。它紧张乱抓，爪子被丝网死死缠住。那人用绳子绑了它的嘴和四条腿，用小刀一点一点地剥它的皮。

人们都觉得那人太残忍，并不是那只狼吃了他的羊，但他却认为只要是狼，皆要为他的羊抵命。在牧区有一句俗话：不管是狼吃了，还是没吃，它的嘴总是血淋淋的。那人那样做，大概便是这样想的。

人们认为那件事不是好事，从此都闭口不提。

但事情并未过去，那格扇有一晚发出隐隐声响，像在有什么在低声哭泣，又像在不停地哀怨。那人想起那只狼被剥了皮后瘆人的样子，心里掠过阴影，便不由得浑身颤抖。整整一夜他不敢出门，手持一面结好的格扇紧盯着房门，如果有狼破门而入，他就会把格扇扔出，先把狼套住，然后再做打算。

他在诚惶诚恐中挨了一夜，第二天早上，发现他的羊死了两只。它们身上无一丝伤痕，但却已经死得硬邦邦的，不知因何而死。

接下来的每晚，他的羊都会死去一两只。他找不出羊的死因，便想这样的怪事，与那只被剥了皮的狼有关吗？一阵恐惧，他不敢再往下想。

他无法挨下去，便赶着羊群提前返回了村庄。奇怪的是，那格扇再未传出声响,牧民的羊也没有再死一只。

6. 狼牙棒的寒光

A：认知

狼牙棒出自北方游牧民之手。

最早的狼牙棒,上面有像牙一样的骨钉,用的是鹿的下颌骨,且带有全部槽牙造,故称"鹿牙棒"。后来因为用了一种叫麋狼的头骨,且同样带有槽牙,才被称为"狼牙棒"。人们之所以用麋狼的头骨和槽牙制作狼牙棒,是因为当时有一种麋狼很像鹿,而且人们在当时鹿狼不分,混淆后反而用麋狼头骨制作出了狼牙棒。无论是鹿牙棒还是狼牙棒,在当时除了偶尔在部落间的争夺中用作武器外,更多则用于捕猎。

狼牙棒在后来作为兵器,在冷兵器时代发挥过猛烈的攻击力量。冷兵器时代结束后,狼牙棒又复归用于猎捕,其击打方法有劈、砸、盖、冲、截、拦、撩、带、挑、抢、旋、磕等,被击中的野兽,能存活者不多。

B：事件

杀伤力最强的猎具,是狼牙棒。

明人茅元仪在《武备志》的"狼牙棒"卷中记载:"取坚重木为之,长四五尺……植钉于上,如狼牙者,曰狼牙棒。"

古时的人,因为生存条件所限,人人都是猎人,狼牙棒就在那时发挥了作用。狼牙棒在宋朝变成了击打类兵器。狼牙棒的这一转变是顺势而为,一种具有杀伤力的器物,既然能用于打猎,便也能用于杀人,只不过换了使用地方和攻击目标而已。狼牙棒甫一用于打仗,对身披铠甲的敌人,或轻装甲甚至没有装甲的步兵,或砸击,或勾扯,凡被击中者很少能够活命。狼牙棒的外形亦发挥出威力,无论持此兵器者武功怎样,但其硕大的棒头和恐怖的铁钉,都会让对方害怕。所以,在万马奔腾的战场上,狼牙棒是攻击力最强的兵器。

狼牙棒成为兵器后,曾被称为"敲棒"。宋人张知甫在《可书》中说:"金人自侵中国,惟以敲棒击人脑而毙。"绍兴有一人写了一部杂戏,里面有一个情节:"若要胜其金人,须是我中国一件件相敌乃可。且如金国有粘罕,我国有韩少保;金国有柳叶枪,我国有凤凰弓;金国有凿子箭,我国有锁子甲;金国有敲棒,我国有天灵盖。"此戏在舞台上一唱,人皆笑之。在今天看来,能笑出来的都是事不关己者,真正为金人的敲棒发愁的,是临战的宋朝将军和士兵。金兵挥着敲棒打了过来,士兵们无以应对,只好把自己的天灵盖迎上去抵挡。如此情景下的笑谑,其实包含着无奈和悲愤。

鲁迅在《补白》一文中提到这个典故时,曾发出感慨:"自宋以来,我们终于只有天灵盖而已……"

金属武器出现后,骨头武器逐渐淡出,狼牙棒在北方游牧民族中回归成了猎具。作为猎具的狼牙棒,由棒头、棒柄和底钻三部分组成。其棒头上的锤,多用钢铁铸就,击打到兽类身上,可使它们身骨碎裂,倒地毙命。而锤面上的铁刺,则用于刺击猎物,但凡兽类连皮带肉被勾扯起来,轻则留下血槽,重则血肉飞溅,一命呜呼。另有尖形底钻,装于柄棒的尾部,既可保护棒尾不致破裂,又可击敌和用于在地上插立。

如今,狼牙棒仍多被猎人使用。有一位猎人骑马持狼牙棒去打狼,一狼牙棒劈下去,狼灵活躲开,那猎人正为没有击中而遗憾,不料那狼却并不逃走,反而转过身来要咬马腿。猎人一时恼怒,毛驴子下哈的狼，你还想咬我的马的腿，我先敲了你的腿。猎人抡起狼牙棒砸向狼的后腿，狼发出一声惨叫，一条后腿便像折断的树枝一样拖在身后。猎人又将狼牙棒对准狼的另一条腿砸下去，狼又发出一声惨叫，便趴在地上再也起不来了。猎人一勒马缰绳，那匹马的两只前蹄悬立而起，然后踩在了狼身上，狼没有再发出声响，眼睛里的不屈凝固成了一团。

在阿勒泰见过一人收集了十余种狼牙棒，但其柄棒仅两种，分别为接骨木和白杨木。狼牙棒出彩的地方在棒头的锤上面，因形状和分量不同，分别有松头狼牙棒、六梭狼牙棒、梭梭狼牙棒、短柄狼牙棒、袖珍狼牙棒等，有的用骆驼皮将锤包着，隐去了杀气；有的则嵌以饰物，显得颇为漂亮。

向那人打听那些狼牙棒的来处，他说死在每个狼牙棒下的野兽，最少不下五十头。有的狼牙棒打死的是狼、黄羊、鹿、哈熊和野猪等大动物，有的狼牙棒打死的是狐狸、兔子和呱呱鸡等小动物。问他，大动物恐怕不好打吧？他一笑说大动物反而好打，那么大的东西，随便选一个地方打下去，不是骨头碎的声音，就是皮肉被勾扯掉的声音。听他那么一说，便觉得小动物一定不好打，和他一聊果然不出所料，小动物因为灵活，狼牙棒击下的准确性和着力点都大打折扣。所以使用狼牙棒打猎，有一句谚语说得好：打大动物靠力，打小动物靠巧。

那人说，他爷爷一辈子用过十余个狼牙棒，每用一个都坚持两个原则：其一，外出或走亲戚必带狼牙棒，爷爷认为狼牙棒避邪，随身携带可一路平安；其二，遇到比人高大的兽类，必使用狼牙棒，其铁锤和铁刺对兽类的打击，往往致命。

他说狼牙棒不好用，爷爷练了十年，才敢提着大狼牙棒出去打大动物。因为大狼牙棒都很沉重，猎人砸出狼牙棒时，憋足劲用了全部力气，如果一击砸不倒野兽，便没有再来一次的机会。另外，还必须找准野兽的要害部位，譬如头部，一砸就让它们头颅开花，血溅如飞。还有腿和腰，必须一击使其断裂，瘫在地上再无攻击人的能力。

狼牙棒是否顺手，关键在棒柄。那人的爷爷有一年骑马去打猎，因棒柄太短，挥出后并未击中目标，反而差一点砸到他的马。那马被惊得转身就跑，不过幸亏那马跑得快，否则那野兽扑来时，他就会被它扑倒在地。如果被野兽一口咬住，用那人的话说，他就没有了爷爷，也就没有了后面的他。

那人的爷爷后来制作了长柄狼牙棒，遇到一只黄羊，他便骑马去追击。但他挥击出数次，皆因棒柄太长而没有力度，那只黄羊闪展腾挪，从他眼前逃脱而去。他爷爷摇头叹息，棒柄太短了不行，太长了也不行，把握不住长短的人，当不成好猎人。因为是一只黄羊，那马没有受到惊吓，总想奔驰追赶，他好不容易勒住缰绳，它才老实了。他思前想后，终于明白棒柄的长短，以一人身高为最佳。他拿一根接骨木量出自己的身高，做成了狼牙棒的棒柄。再用，果然顺手，连哈熊也倒在了他的狼牙棒下。

奇怪的是他那匹马，自从他换了狼牙棒，它常常反应迟钝，在他攻击野兽时不能配合他。遇了几次危险，他便不再骑它，但它闲在村中，见有人扛的狼牙棒很长，会兴奋地嘶鸣。他明白，那次用长柄狼牙棒攻击黄羊的情景，被马牢记在心，所以它见到长柄狼牙棒，才会如此兴奋。

他因此又感叹，那次用短柄狼牙棒打猎失败的事，恐怕会给这马心里留下阴影。果然，那马见到扛短柄狼牙棒的人，便惊恐而去。

他望着受惊的马，觉得手中的狼牙棒陡然重了。

7. 草乌是毒草

A：认知

草乌是一种毒草，猎人若要投毒，草乌往往是首选。

以前的猎人，用得最多的毒草是草乌。将草乌用于投毒的方法很简单，在动物出没的地方，投放一些含有草乌的东西，譬如一块肉、一只兔子、一簇青草，野兽食之两三个小时后，便倒在地上口吐白沫，缩成骇人的一团。

草乌经过加工，其毒性会更加厉害。譬如用一只锅扣住一根草乌的根，断了它的阳光和水分，让它在阴湿之中成长。草乌是阴性之物，黑暗和潮湿可使其毒性剧增。一个月后，草乌的根盘结在一起，沁出阴森森的白色汁液，闻之有恶臭扑鼻。这时用棍子将锅挑开，戴上手套把那根草乌拔出，晒干后磨成粉，放进作为诱饵的肉中，再难对付的野兽，食之必然会被毒倒在地。

B：事件

有时候，猎人会使用投毒的方法，将动物毒死。不过那样的手段并非为了捕获猎物，因为人不能吃被毒死的动物，而被毒死的动物，大多是因为对人构成了危害，人不得已才会下毒。

新疆阿勒泰一带的猎人们常说，野兽给人带来一场灾，人给野兽送去一朵草乌。这句话看似平静，但却充满设计、布置、诱惑和毒杀，无一不惊心动魄，充满生与死的较量。

草乌虽然有毒，却长得很好看。在夏季，草乌长得像玉米一样有秆有叶，尤其是叶子酷似耳朵，顶部的花冠一串一串的像鞭炮一样。不知情者会用手去摸那花冠，或把鼻子凑近去闻。手摸摸倒无妨，但用鼻子闻过后，轻则过敏发烧，重则一命呜呼。

用草乌对付的，多为狡猾的动物，譬如狼或沙狐，把牛羊和鸡祸害得太厉害，猎人们便要想办法收拾它们。据说狼和沙狐都懂人，它们一旦发现自己被猎人盯上，就会迅速离去，从此不再回来。但它们躲得了猎人，却躲不了草乌，猎人把草乌包在诱饵中，一年不够等两年，两年不够等三年，终能等到它们返回。狼或沙狐返回后，忘了一两年前的事情，便一一被毒倒在地。

大多时候，猎人盯上狼或狐狸后，却并不急于对它们下手，如果在洞穴附近投放含有草乌的诱饵，它们食之后进入洞穴毙命，会导致尸体腐烂，传播瘟疫。猎人也不会将诱饵放在河边，那样的话，狼或狐狸被毒死后一头栽入河中，会污染一条河流。

所以，什么时候对动物下草乌，是有讲究的。等到狼或狐狸远离洞穴、草场和河流，在沙漠、戈壁和树林里出现后，猎人就把草乌放在它们必经之处，诱惑它们吞吃。它们在那样的地方毙命后，哪怕变质腐烂，也不会传播瘟疫。我有一年在沙漠中见到一副狼骨，其皮肉早已消失殆尽，只剩下白森森的骨骼，让人看着骇然。有人说，狼感觉到自己快不行了时，会悄悄离开狼群，找一个不会轻易被发现的地方死去。所以，很少有人能见到死去的狼。他由此断定那副狼骨出自一只被毒死的狼，它吃了猎人或牧民放了草乌的东西，感到浑身充满力量，打算穿过这片沙漠，去寻找一处更美好的栖息地。但突然之间，它腹内剧烈疼痛起来，双眸中闪出密集的金星。那一刻，绝望犹如寒冷一般浸入内心，它很快便一头栽倒。之后，风沙一日日吹刮它的尸体，它慢慢变成了一堆白森森的尸骨。

野兽吃了含有草乌的诱饵后，必经受一番痛苦挣扎，才会跌入死亡深渊。有一只狼中毒后，在地上抓出了深深的爪痕。想必剧毒在它体内掀起的裂痛，让它恨不得把大地抓破，但最后它浑身变得无力，慢慢没有了声息。

另有一只沙狐，死在距毒饵一百多米的地方。它身上布满爪痕，全身的毛几乎已被拔光。不难想象，它挣扎出去的那一百多米，是如何疼痛难忍，又是如何抓挖自己躯体的，到了最后，体内倏然变得轻松，但紧接着巨大的黑暗包围了它。在那一刻，它的疼痛终结了，生命亦终结了。

有一位牧民，被狼祸害了不少羊，无奈之下遂决定使用草乌去除狼，但他担心其他牧民反对他使用草乌，因为在牧区有一个说法：毒死一只狼，十只狼会来报仇；毒死十只狼，一百只狼会来报仇。曾有人使用草乌毒死了一只头狼，结果羊群在当晚便被狼群袭击，一下子被咬死三十多头。狼群把羊咬死后一口不吃，拖到山坡上摆成"月亮"形状，让牧民在第二天早上看得目瞪口呆。牧民们想起，古西域的游牧民族认为，狼是苍穹之子，受苍穹之命在春天驱赶草原上的动物，并将其死后腐烂的尸体吃掉，避免瘟疫传播。他们亦相信，狼在饥饿或疲惫时，对着苍穹或月亮长嗥的举动，是让身心获得力量，亦是盼望回归。狼与游牧民族的死亡亦有密切关系，当老人去世后，他们会将死者放置在山冈，或让其从运送的牛车上自行滑落，等待天黑后让狼将死者吃掉。他们坚信，只有让狼吃掉死者，死者的灵魂在狼回归时，才会被狼带入苍穹……当时，牧民们看着狼群用羊在山坡上摆出的"月亮"，恐惧他们的投毒会迁怒神，便早早地转场。但在转场中，一位牧民见骆驼不停粗喘，且发出怪异的叫声。他仔细一看，发现驼背上的衣物中，有一只毛茸茸的耳朵。他以为羊爬到了驼背上，待掀开衣物，一只狼惊慌跳了下去。原来这只狼藏在驼背上，是想给狼群带路，引它们晚上来偷袭羊群。

那位牧民虽然害怕狼的诡异行为，但他的羊被狼祸害了那么多，他不除狼不足以解恨，但他又为难于以一人之力不能成事，于是他决定使用草乌，毒死几只狼再说。为了避免被牧民们议论，亦为了防止受到牧民们的阻拦,他决定一人单干。在一个早晨,他一大早便出门去找狼。哈萨克族有一句谚语:有人就有贼,有山就有狼。他上山寻找了一天,终于在太阳快落山时找到了一个狼穴,里面有几只小狼崽,而大狼则趁着黄昏这一捕食时机出去了。他将包有草乌的羊肉扔进狼穴,那几只小狼崽争抢吃过后,被一一毒死。

那牧民在几天后听到一个消息,说一个狼穴中的小狼神秘消失,一公一母两只大狼被毒死,有蚂蚁从鼻孔中爬出爬进,看上去很是吓人。只有他知道,那几只小狼并不是神秘消失了,它们被他毒死后不久,一公一母两只大狼回来,见它们已全部死亡,便一一将其吃掉,结果两只大狼亦中毒,倒在了狼穴中。在狼界,小狼出生后如果活不成,大狼会将其吃掉,这是狼的生存法则,那牧民坚信在那个狼穴中亦上演了这一幕。这个秘密,那牧民未吐一字,所以在那个夏天,没有一位牧民知道真相。

草乌本应用于清除恶兽,但后来使用草乌的人多了,牛羊和马,还有狗和鸡便跟着遭殃。有一只猫吃了毒饵,在村后的山坡上号哭半夜,让全村人都坐卧不宁。那一夜,凡是投过草乌的人,都发誓不再碰草乌一次。

如今,没有人再用草乌。

草乌兀自生长,一岁一枯荣。没有人去碰它,它便不会毒人。到了花季,它高耸绽开的花朵,引得人们纷纷驻足观赏。

8. 狼爪也能成为猎具

A:认知

将狼爪作为特殊的猎具,是猎人利用狼的心理,想出的一种对付狼的奇妙计谋。

狼走路时，如果前面的狼留下爪印，它们便会踩着那爪印前行。它们那样做是为了不暴露自己，让猎人以为从那里经过的，只有一只狼。

猎人受到启发，发现地上有狼走过，便用树枝将其爪印扫去，然后把备好的狼爪从口袋中取出，在地上盖下一串狼爪印，给狼制造出有一只狼从那里经过的假象，然后在爪印下安装上捕兽器。不久有狼来了，看见那串爪印便踩上去往前走，这正中猎人的下怀，那狼的爪子触到捕兽器的机关，咣的一声便被夹住，再也无力挣脱。

B：事件

狼爪，也能成为猎具。

猎人和狼之间，一直是你死我活的关系。有一句谚语说：同一件事，狼看一眼，人看两眼。意思是面对一件事时，狼一眼就能看明白，而人要想看明白，却需要两眼。不仅如此，狼的思维狡猾、动作灵活、攻击迅速，所以人与狼的关系，常常是人怕狼，而狼不怕人。

但人善于发挥自身优势，譬如调动智慧设置、调配和组装出新的猎捕方式，对狼实施致命的打击。将狼爪利用成猎具，就是典型的例子，亦是人常说的"以其人之身，还治其人之道"。

有一位猎人捕获一只狼，剥了狼皮，取了狼牙和狼髀石，把狼肉做了一顿抓饭，最后只剩下狼爪。众人都觉得狼爪没有用处，那人却把狼爪留了下来。他说，狼能用爪子骗人，我也要用爪子骗狼。众人问他如何骗，他不说，只是把狼爪小心收好，脸上露出诡异的笑。

猎人们都知道一句谚语：独狼难追，群狼难攻。独狼常常是走散的狼，被孤独、绝望、饥饿折磨，如果受到攻击，很容易发狂，亦会在转过身反咬一口的动作中，拼尽全力对人一击。还有一种情况，独狼奔跑时因为不会像在狼群中那样要顾及和帮忙别的狼,速度往往会更快,不论人徒步还是骑马追赶,都会被甩在身后。狼群深知独狼孤立而强悍的优势,便让自己利用爪印装成独狼,迷惑猎人放弃捕猎。

猎人深知狼的狡猾,如果它们从气味和地形上觉出不对劲,就会悄悄离去。所以人们安装捕兽器前,要用茵陈、艾蒿、爬地松和薄荷擦尽双手,避免留下人的气息。为了不使狼起疑心,猎人们事先会铲一些人迹罕至之处的土或者雪,安装好捕兽器后盖在上面,再在上面用狼爪盖上狼爪印,这样不但不会留下气味,而且看上去像有一只狼刚刚走过。

大雪天,是猎人让狼爪派上用场的最佳时机,他们在一场大雪刚下起时,就埋置好捕兽器,然后任大雪一层层覆盖。等到雪霁,捕兽器在积雪中已不露一丁点痕迹,猎人为了迷惑狼,会在积雪上将爪印深盖几次,让狼相信,有狼从此处经过时不惊不慌,它们可放心前行。

有狼爪的猎人可利用狼爪,没有狼爪的猎人,只能在狼留下的爪印上动脑子。他们把狼在雪地上踩下的爪印轻轻铲下,等埋好捕兽器后,再轻轻把爪印放上去,同样会让后面来的狼觉得有一只狼刚刚经过。但有时候却不如意,因为狼留在雪地上的爪印,铲下后无法留存,很快就化成了一摊水。

猎人们常说,狼的眼睛看十里,鼻子闻五里。有一人在安装捕兽器时,不小心吐了一口痰,过了几天,一群狼经过安装捕兽器的地方,仍闻到了味道。它们支支吾吾叫了几声,从捕兽器一侧绕了过去。也有人在设置捕兽器后撒了一泡尿,结果狼群远远就闻了出来,一转身就去了别处。人们后来说,人算不如天算,天算不如狼算。与狼打交道,稍有不慎就会前功尽弃。

但猎人一直是计谋的设计者,而且具有主动出击的优势,所以,不论狼多么狡猾,猎人总是能想出层出不穷的计谋,加之有诸多捕兽器,所以猎人对狼的猎捕,便一直在荒野中进行,而且一次比一次精彩。有一位猎人,专选黄羊下山喝水的日子,去捕猎饥饿已久的狼。狼撕咬吞吃黄羊时,猎人并不急于开枪,而是等狼吃饱了,才骑马去追击狼群。狼吃得太饱,嗅觉不够灵敏,闻不出猎人已在荒野中埋了捕兽器,猎人便接连对着射击,如能击中便可使它们毙命,如击不中便将之逼向埋捕兽器的地方。有一只狼想吐出食物,以便轻松逃离,猎人识破了它的意图,一枪逼得它慌不择路,一爪子踩在了捕兽器上。猎人对准它的脑袋又开一枪,它嘴里尚未吐出食物,便先冒出一团黑血。

有一位猎人,什么都想得周全,唯独忘了处理曾留过爪印的积雪,一只狼对他设置的爪印并未起疑,却敏感地闻到了原爪印的味道。虽然那爪印已随着雪融化,但味道并未散去,那狼一转身便离去,猎人的计谋随即落空。更为离奇的是,第二天早上他才发现,那捕兽器夹着一块石头,是狼在半夜用一块石头,触碰了捕兽器的开关吗?为什么会这样?猎人思前想后,终是无解。

猎人与狼斗智斗勇,时间长了,便让捕猎这一古老的职业,焕发出浪漫的色彩。狼群经过陌生地域时,从不留下痕迹,所以会让走在最后的狼负责清理爪印。那只狼或用尾巴,或拖一根树枝,将狼群留下的爪印一一清理干净。猎人发现这一情况后,便在它们有可能经过的地方设置障碍,逼迫它们从另一处经过,而那里早已布有陷阱、捕兽器、弓弩和标枪等,只要它们走进去,必然会发生惊心动魄的夹击。

有一只狼,曾吃过重复狼爪前行的亏,所以看见地上有狼爪,便会另选道路。有猎人已盯了它很久,便故意在一条路上用狼爪盖上爪印,诱惑它从另一侧穿行。它不知道,在它绕行的地方早已布有捕兽器,并设置了一个台阶,它一爪踩下便被捕个正着。

狼喜欢在以往吃过肉食，或撒过尿的地方停留，左闻右嗅一番后才会离去。据说除了狼之外，哈熊和狐狸也有此习惯，它们是在观察那些地方是否有变化，借以判断自己的生存会不会受到威胁。

有一只狼，看到吃过肉食和撒过尿的地方后，留下了一串爪印，下次它再来，查看爪印便成为首先要做的事情。猎人掌握了它的这一规律，隔几日便拿上狼爪，对着地上的爪印盖一下，无论刮风下雨，那爪印都像狼刚刚踩过一样。

那狼后来又经过那里，见地上的爪印颇为清晰，便觉得自己是安全的。它一高兴，便在以前撒过尿的地方，扬起腿撒了一次尿。猎人早已在那儿设置了捕兽器，它刚撒完尿，便啪的一声被夹击住脖子，不一会儿就断了气。

猎人上山收捕兽器时，见那只狼的眼睛，仍死死地盯着他盖在地上的爪印。

9. 猎枪响过之后

A：认知

猎枪是杀伤力最强的猎具，其射击速度和杀伤力，比其他猎具强出很多倍。

猎人根据野兽的习惯，判断出其出现时间、路线、方位和地点，然后持猎枪埋伏，等待它们进入射程后开枪射击。因为猎枪的杀伤力大，所以用猎枪射杀的多为较大的野兽，如哈熊、野猪、黄羊、麋鹿、狼等。枪法好的猎人，可一枪将野兽击毙。但有时候会出现意外，野兽被子弹击中后并不会死去，反而咆哮着向猎人扑来，如果猎人手持的是装火药的老式猎枪，便来不及压火药装弹，只能赶快逃离；如果他们拿的是装子弹的猎枪，便可推子弹上膛，再次向野兽射击。

有时候，猎人观察到野兽后，悄悄携猎枪接近它们，瞄准其致命的部位开枪。因为猎人的接近悄无声息，射击亦是在突然间击发，所以野兽大多会被突然击毙。亦有猎人将猎枪固定到某一处，并设置为自动击发，野兽触碰机关后便被击倒在地。

B：事件

猎人会迷路，猎枪会中邪。

此谚语说的是，在狩猎中，会发生意想不到的诡异之事。

猎枪之于猎人，是有力的射击武器。有一句谚语说得好：没有猎枪的猎人，靠双腿追赶野兽；有猎枪的猎人，子弹会替他奔跑。

猎人打猎，使用的猎具很多，譬如捕兽器、猎犬、猎枪等等，相比之下，猎枪是猎人的最爱，亦给猎人带来更多的收获。另有一个说法，道出了猎枪较之其他猎具的优势：设置捕兽器的猎人会击捕猎物，放犬狩猎的人会躺着狩猎，放飞猎鹰的猎人会尽兴捕猎，持枪的猎人会依靠武器狩猎。

但猎枪却会给猎人带来麻烦。

有一年，阿勒泰的猎人老张的猎枪中邪了，消息传开后，不少猎人都摸了摸自己的猎枪，眼中闪过惊骇的神色。

当时，老张发现红柳丛中有一只白色山羊，身上闪着绝尘的亮光，尤其是四只小巧的蹄子，在阳光闪着一束束光芒。更为魅惑的是，山羊似乎意识到身后有人，便转过头看着老张微笑。它美丽的眼睛微微下弯，嘴唇上挑，一副迷人的神情。老张呆呆地望着山羊，山羊一直在笑，犹如是一个与他熟悉的人，在用这种方式给他打招呼。

一股旋涡一般的激流，将老张裹了进去。

老张为此错过了射击机会，以至于他后来扣动扳机，感觉枪响后射出了子弹，但那只山羊却一动不动，一点也不见受惊的样子。不祥的预感涌入老张心中，并很快出现了奇异的现象，他想看看手中的枪出了什么问题，但一团阴影闪到了老张身上，紧接着那枪便响了。事实上，就在老张刚低下头的一瞬，他的枪响了，不偏不倚击到了一棵胡杨树上，树身上立刻便出现了一个洞。更不可思议的是，那山羊跑过去，抬腿对着那个弹洞撒了一泡尿，然后屁股一摔跑了。老张又去检查枪，他并未用力去拉枪栓，枪栓却一下子飞了出去，落到一块石头上被磕掉了一块，再也没办法用了。老张沮丧地坐在地上，觉得那支枪变得越来越模糊，像一个黑色深渊一样，等待着他一头坠入进去。

老张的事一出，大家才想起，很多年都没有发生枪中邪的事了，难道此事是征兆，以后的打猎会变得不祥？

猎人们劝老张给猎枪驱邪，不然他以后有眼睛瞄不准猎物，有腿上不了山，有牙吃不了肉。猎人说得再明白不过，中邪的猎枪不祥，理应尽快处理。

老张觉得他的猎枪并未中邪，所以不愿意做驱邪的事情。人们于是便都远离了老张，似乎老张和猎枪一起中了邪。老张扛不住压力，便应众人要求，扛着猎枪去找一位女巴克斯。"巴克斯"也就是人们通常说的萨满，可占卜和预测凶吉，为人们解惑。

女巴克斯把老张的猎枪放在门槛下，来回跨过几次，然后抓一把咸盐放入火中，等咸盐被烧得发出脆响后，她拿起猎枪在火焰中熏燎几下，念过一段咒语，驱邪仪式宣告结束。但老张的猎枪仍然倒霉背运，一次他瞄准一只兔子，准星却突然变得模糊不清，等他揉过眼睛再次瞄准，那兔子早已不见了影子。另有一次，他跟踪一群黄羊到山脚，举枪瞄准后扣动了扳机，但枪膛中却没有子弹。他记得早上出门时检查过子弹，为何击发后却空无声响？他怏怏然返回，却一路捡到五颗子弹。他疑惑，那子弹为何从枪膛中掉了出来？从未发生过子弹掉出的事情，而且还偏偏让他遇上了，你说邪不邪？阴影再次笼罩了老张的内心，他不敢去看那猎枪，手心沁出一层汗水。

有一人不信邪，他买走老张的猎枪，在返回途中试了一次，就打中了一只兔子。那猎枪用起来顺手，射击起来准确，他便觉得枪没有中邪，而是因为人的心里有了邪气，人就会中邪；人一中邪，很多东西便也就跟着中了邪。

不久，一位老猎人说出的一番话，给那人吃了定心丸。老猎人说，所谓的中邪，就是一只抓不住的小野兽，当猎人恐惧畏怯时，它就会窜入人的心里，人越紧张害怕，它便越蹦跳得欢。人在这种情况下的心理波动，会影响他的持枪、瞄准、呼吸和击发，所以便会出现异常反应。有一位很有名的猎人，年轻时闭上眼睛将掷枪投出，能无比准确地击中猎物，但过了七十岁手脚便慢了，行动也就失去了平衡。有人说他中邪了，他说他虽然老了，但他的心里没有害怕，所以他不会中邪。

老张出售了那猎枪后，常常手痒难忍，但他没有猎枪，便无法上山去打猎。后来实在忍不住，他便找到买走他猎枪的那人，商议借猎枪使用几天。那人遂了他意，他扛着猎枪进山不久便碰到一只狼，他因为久未打猎，便说出了一句连他自己也吃惊的话：我要打中它的眼睛。他从容开枪，那只狼应着枪声从石头上坠地。老张从子弹的沉闷声响判断出，他击中了那只狼。等他在乱石堆中找到毙命的狼后，他惊讶地发现，子弹是从狼的眼睛里射入的。

无意说出的一句话，变成了惊人的事实，老张再也不信猎枪会中邪了。

第二天，老张碰到一群黄羊。他瞄准一只肥壮的黄羊开了枪，黄羊群四散而逃，他无比惊讶地发现，在那只肥壮的黄羊旁边，躺着一只正在流血的褐色黄羊。他一枪居然打中了两只黄羊。这意外的惊喜，犹如神帮助了老张，将福祉降临到了他身上。老张喃喃自语，发生了这么美好的事情，猎枪中邪一说，还站得住脚吗？

老张又找到了以前的感觉，觉得手握猎枪无比亲切，无论瞄准还是射击，都能体会到以前的快感。他想继续打猎，但还枪的日子到了，他无奈一笑，将猎枪还给了那人。

在另一事中，猎枪还是发生了怪异的事。某一日，两猎人在戈壁发现一只狐狸，便穷追不舍，欲将其捕获。那白狐边跑边回首，其表情或现妩媚之态，或露紧张之情，或显敌视之意。猎人被激得兴起，追赶的脚步快了很多。那狐狸着实漂亮，它虽在仓皇逃命，却不失优雅，尤其是媚态神情，委实动人。

两猎人骂了几句，将那狐狸追至一片红柳前，刚举枪准备瞄准，那狐狸低头一窜，穿入红柳丛中。它身影之快，犹如白色雪浪冲开红柳，转瞬便不见踪影。两猎人用枪拨开红柳细枝，往深处探寻，很快便找到那狐狸藏匿之处。但它面对二人微笑，其神情像热情少女，又犹如深情眷侣。尤为激烈的是，其神情溢动，似是在说什么，似又是将话语含在唇边，隐而不吐。

前面一猎人为狐媚愣怔，举枪的手便软了，愣怔许久不能清醒。后面那猎人心硬，且不为狐媚所惑，于是举枪向那狐狸扣下扳机。那一刻出现了异象，一团黑影罩到心硬的猎人身上，紧接着他的猎枪便炸膛，脸上满是红色血珠。

那白狐倏忽一闪，便已不见。

返回的路上，那受伤猎人喃喃说，他昨晚有一梦，梦中被狐狸诅咒。

背他的那人双腿一软，险些跌倒。

10. 鱼叉上的鱼

A：认知

鱼叉多为铁制尖刃，镶长木柄。

持鱼叉捕鱼的人，或站在河中石头上，或立于湖海上的渔船上，窥见鱼在水中进入可叉捕范围，便冷静地将鱼叉向下刺向水中，叉住鱼后迅速提起，将鱼甩在船舱内。捕鱼的人也是一种猎人，追逐的是水域猎物。

鱼叉离不了水，学会使用鱼叉，便是在水面驰骋的能人。

捕鱼的人在下河前，要将鱼叉在磨石上磨得锋利，以保证迅猛插入鱼身。有的鱼叉上有倒钩，叉中鱼后，或借向上的提力将鱼死死钩住，或任鱼兀自挣扎，都无望逃脱。

B：事件

因为接触到罗布人的卡盆，便见到了他们捕鱼的鱼叉。

鱼叉是古老的捕鱼工具，人类最早捕鱼时，用的就是鱼叉。其时，人们刚学会用刀，从锋利的刀刃得到启发，认定捕猎时用石击不如用刀刺，用刀刺不如直接将利器掷出，既有力又快速，不失为捕猎之上策。他们先是那样猎杀动物，后又用于捕鱼，每每都收获颇丰。

罗布人世世代代以捕鱼为生，他们认为鱼是人类的祖先，也是代表男女生殖的象征，门上是鱼的图腾，左为男子，右为女子。进门时，男子进左边，女子进右边。出来的时候，无论男女都从右边出来，表示对女性生殖的崇拜。

我原以为，鱼叉多见于南方，在以游牧著称的新疆不会有，但在塔里木河边，看到一位罗布人扛着一把鱼叉，上面挑着几条大鱼从我面前经过，便惊讶新疆也有鱼叉。

他上岸后先侍弄了一番帽檐，才向我打了一声招呼。我问他帽檐有什么讲究？他说，捕鱼时把帽檐放下来，可以遮挡阳光；上岸后把帽檐立起来，可以极目远眺。真有意思，连帽子都和捕鱼有如此奇妙的关系。

细看他的鱼叉，有三个叉尖，装有一个木柄，属典型而常见的一类。看来，鱼叉不分南北，人们因为使用方法相同，所有鱼叉便别无二致。

与他闲聊，他说卡盆是让人坐的，鱼叉是让人飞的。我理解他说"卡盆是让人坐的"的意思，因为卡盆窄而长，入海子后人不能在上面乱动，唯有稳稳坐着不动，才可避免翻盆落水。而他说的"鱼叉是让人飞的"，则让人有些费解，于是赶紧请教，他说鱼在水里一旦发现有动静，就快得像人跑一样游走了。你想想，比跑快的是什么？是飞嘛！所以捕鱼的人一看见鱼，就得让自己的眼睛和手像飞一样动起来——眼睛紧紧盯住鱼，手飞快地把鱼叉向鱼身上叉去。他总结出的经验如此朴素，又如此丰富，让我颇为佩服。

后来又聊到鱼在水中的速度，他说海子里的鱼有一个特点，就是判断力极强，只要岸上或水面上有动静，它们很快就能判断出是怎么回事。村里的老人深谙鱼的这一本事，遇到反应迟钝的年轻人，就会对他们说，你去海子边待上三天，把里面的鱼看上三天，以后你的脑子就好使了。有一人经常在海子边看鱼，看着看着就看出了名堂，他发现鱼对风的判断极为准确，凡是刮大风的日子，鱼知道并无大碍，便在水中不惊不慌，自由游弋。那人发现了鱼的这一秘密，得意地一笑，回家将鱼叉磨得又尖又利，等到又一个大风刮起的天气，他划着卡盆进入海子，持鱼叉捕了一条又一条鱼。大风在海子水面上犹如在撕扯，所以不论他怎样叉捕，鱼都注意不到他弄出的动静，他捕到一条，复又去捕另一条，仅仅半天，捕到的鱼就装了半卡盆。

后来在一个海子边看到罗布人使用鱼叉，那人一边划着卡盆在水上行进，一边唱一首情歌：我从塔里木河走来，那条鱼在水中欢快地畅游，夜晚，我无法入睡，只因为想念你，我心爱的姑娘……他正唱着，忽见得水面有涟漪泛开，很快又收拢。他没有犹豫，拿起鱼叉扎入涟漪中心。想必水中的鱼不小，看上去他握叉柄的姿势在持续用力，等他断定万无一失后提起鱼叉，便见叉尖上叉着一条两尺多长的鱼。

等他上了岸与他闲聊，他说海子中是有大鱼的，有一次他在卡盆上看见海子里有一大团黑乎乎的东西，其尾部有个东西在动。他细看，才看清那是鱼尾，再一看，哎哟，是一条大鱼。他的鱼叉有倒钩，只要叉中鱼，鱼便无力逃脱。于是他持鱼叉向那大鱼的腰部叉去，使那大鱼无力挣扎，被他如愿以偿弄上了岸。村里人都很羡慕他捕到了大鱼，他一笑说这鱼长得太老，在海子里打瞌睡呢，凑巧被他碰上了。

他今天捕到的鱼不小，可谓收获颇丰，但他说这个季节的鱼傻得很，他用的是最简单的办法，如果在夏天，那鱼就变得很贼，是不容易捕得到的。问他还有其他捕鱼办法吗？他列举了渔网、捕鱼器、小头棒、斧头等，并解释说渔网和捕鱼器大家都见过，不用细说，需要给你说一说的是小头棒，主要是将鱼捕入卡盆后，用于将鱼击晕；至于斧头，则用于在冬天的冰面凿出洞，鱼便会从洞中跳出来。

他见我对鱼叉感兴趣，便说刚才给你说的，都是捕小鱼和中等鱼的方法，如果遇上大鱼，就要想别的办法。我问他用什么办法，还是用鱼叉吗？他说鱼叉一定是要用的，不管怎样的鱼，少了鱼叉就等于给鱼搔痒痒了。说到用鱼叉捕大鱼，是用弹力强劲的皮绳将鱼叉射出，扎入大鱼后，因柄尾带有一根绳子，便可将大鱼拉出海子。大鱼是一下插不死的，拉出海子后才会窒息。

罗布人捕鱼时，经常唱一首歌：兄弟送我一条鱼，我把它烤在火堆旁。兄弟不来我不吃，直到放臭又何妨。罗布人吃鱼以烧烤为主，常见的情形是把鱼一剖为二，用红柳条插在火堆旁烘烤。他们夏天吃鲜鱼、冬天吃干鱼。每捕到鲜鱼，要先熬出一锅汤汁，然后盛入碗或杯中，像喝茶一样一口一口地喝。

新疆冬季酷寒，捕鱼不易。每年入秋后，罗布人捕捉大量的鱼，杀净后晒干，供长期食用。晒鱼是罗布人在秋日的一道风景，家家户户门前，都挂满用红柳枝撑开的新鲜鱼干。罗布人为此总结出一句谚语：一年的日子有多少，罗布人的鱼就有多少。可见，他们无一日不吃鱼，每一餐亦离不了鱼。

每年春天，他们便实施一次独特的捕鱼计划——在塔里木河边挖开一个口子，引河水流到低洼处积滞，形成小海子。河水会将鱼裹带到低洼处，等到小海子中的水蒸发，方可捞取里面的鱼。

一方水土养育一方人，亦孕育一方人的生存智慧，罗布人的诸多捕鱼方法，就是例证。

大鱼罕见，所以大多数人能捕到的都是普通鱼，其最大者一尺余长，常常在海子边便剖去内脏，用红柳枝或胡杨木生一堆火，即可烤熟食之。在罗布人家中吃鱼，也多是那么大的，倒也吃得舒服。

我因为一直关注鱼叉，便打听制作鱼叉的地方。很快，便得到了确切的消息，罗布人大多都自己制造鱼叉，但凡有打造坎土曼等铁器的地方，他们拿几块钢板去，自己叮叮当当一番锻打，便做出鱼叉。回去每使用一天，晚上在灯光下将叉尖磨一磨，第二天又闪闪发光。鱼叉耐用，有的人一辈子仅用一个鱼叉，老了传给后人，他们又接着使用。

有一人，将鱼叉使用得颇为顺手，有时甚至像舞兵器一样，把鱼叉舞得虎虎生风。他遂感叹，如果有一天遇到危险，便可把鱼叉当成武器防身。后来发生的事，便应了他的那番感叹。有一天他撑卡盆到了岸边，用鱼叉挑着鱼回家，突然从路边的红柳丛中窜出一只狼，他慌乱一惊，遂用鱼叉与狼对峙。那狼疯狂扑过去咬他，他用鱼叉刺中狼腿，狼嗥叫一声窜离而去。他握着鱼叉愣怔许久，才觉得后怕。

少顷，他才想起鱼，刚才让狼弄得一番慌乱，不知它们掉在了哪里。他低头去找，月光尚好，那几条鱼还在。

11. 劝诫骨代代相传

A：认知

劝诫骨是羊的第十根腰椎骨，即臀骨前面的那块骨头。

这块骨头并不用于捕猎，亦不对野兽起到杀伤力，但与猎人密不可分，并对猎人起到精神引领。

其引领之一，是老猎人教年轻人打猎时，常常从一块劝诫骨开始，用一问一答的形式，教年轻猎人学会打猎的方法。

引领之二，是老猎人和年轻猎人，亦用一问一答的形式，让年轻猎人明白道理，建立狩猎美德。

B：事件

一块骨头，如果没有用途，便普通之极，而一旦派上用场，则被赋予意义，也具备文化色彩，变得非同一般。

劝诫骨便如此。

人们选这块骨头当劝诫骨，是用于有关打猎的一问一答的智力游戏。问答由两人进行，通常这样进行：

问：这是什么？

答：好男儿的额头。

问：为何叫"好男儿的额头"？

答：军队向前他领头，军队后退他断后，因而叫"好男儿的额头"。

问：这是什么？

答：鸟中之王的翅膀。

问：为何叫"鸟中之王的翅膀"？

答：它不怕风吹雨打，因而叫"鸟中之王的翅膀"。

问：这是什么？

答：金鞍。

问：为何叫"金鞍"？

答：它鞴在未驯马背上不会坏，鞴在娇气马背上不会烂，因而叫"金鞍"。

问：这是什么？

答：金须弥山。

问：为何叫"金须弥山"？

答：它后部满盛酸奶，前部满堆肉油，因而叫"金须弥山"。

问：这是什么？

答：平原上的河流。

问：为何叫"平原上的河流"？

答：千匹万匹马儿饮水碰不着也挤不着，因而叫"平原上的河流"。

问：那这究竟是块什么骨头呢？

答：这是吃嫩草、饮清泉的花脸绵羊二十六块椎骨后的那一块，臀骨前的那一块，人称"劝诫骨"的那块骨头，它被主人用来待客，被客人用来测智力，是块劝人向善的骨头，让我们祝愿羊只繁殖到千千万万，祝愿主人永享安康！

从形式上看，劝诫骨在一问一答间显得颇为有趣，完成一轮忍不住还想再来一轮。但千万不要把它当成是玩的，往深里看，或经得多了，就会发现劝诫骨蕴藏着大世界。一位老猎人教孙子打猎，他看重劝诫骨的说教形式，便想用劝诫骨来完成对孙子的引导。但是他缺少一块劝诫骨，扭头一看所有的羊都在吃草，它们还没有长到膘肥体壮，还不到宰杀的时候。老猎人对孙子说，咱们就从一只羊身上借一块劝诫骨，用完后暂时寄存在它身上，一两年后它被宰杀了，就可以把那块骨头取出。他还告诉孙子，这是一个很好的办法，作为劝诫骨，它在没有来到这个世界之前，就已经为这个世界做了一件事。

孙子听得非懂似懂。

老猎人看了羊群一眼，孙子不知道爷爷从哪只羊身上借了劝诫骨，但老猎人不做解释，他引诱孙子问他：打猎要记住什么？

老猎人答：会打肥的大的猎物，但有一种不打。

孙子问：哪一种猎物不打？

老猎人答：三只动物算一群，打死了两只，剩下的一只不打。

孙子问：为什么剩下的一只不打？

老猎人答：梨的把儿切不成块，草原和年轻人分不开。把剩下的一只留下，就留下了草原的命。

孙子问：草原有命吗？

老猎人答：草原的命就是让河水流过，让鸟儿从天上飞过，让动物在地上吃草。河水要流向大海，鸟儿的归宿在远方，吃上青草的动物，会守着草原。

孙子问：除了这些，还应该怎样打猎？

老猎人答：领头的动物不打。

孙子问：为什么领头的动物不打？

老猎人答：如果打死了它，动物们就会迷失方向。

孙子问：还有不能打的动物吗？

老猎人答：不打怀胎的母动物，不打幼小的动物。

孙子问：为什么？

老猎人答：怀胎的母动物是两个生命，不能掠夺它肚子里的那个生命来到这个世界的权利；至于幼小的动物，应该让它长大，好好看看这个世界。

孙子问：记得你说过公动物也不能打？

老猎人答：要看情况，如果一群动物中只有一只公动物，留下它，有利于那群动物的繁殖。

老猎人和孙子的一番问答，闪烁着猎人的精神光芒。作为猎人，他们必须遵循古老的法则，捕猎动物用于果腹。但他们懂得平衡大自然的生物链，懂得尊重动物的生命。所以，他们让猎捕这一古老的职业，焕发出了浪漫色彩。

后来，老猎人不幸命殁，孙子不知道爷爷当时借劝诫骨的是哪只羊，于是他每宰杀一只羊，便留一块劝诫骨，一群羊被宰杀完后，他攒了一大堆劝诫骨。他每用一块劝诫骨完成一次问答，便解决一个难题。后来他终于明白，爷爷借了一群羊的劝诫骨，他每遇到一个难题，都有一个劝诫骨等着他，他便什么也不怕。这样一想，他就笑了。

六条鱼

1. 烤鱼的味道

A：认知

　　有一年在麦盖提县，我见到一个八九岁的小男孩吃烤鱼，他将整条鱼从嘴右边吞入，然后紧抿嘴巴不停地嚅动，一会儿便从嘴左边冒出一条完整的鱼刺骨，鱼肉已被他巧妙吃掉。问他吃鱼的本事练习了多久，他指了一下塔里木河说，他的爷爷吃鱼时，就学会了这种吃法。又问他这种吃法是谁教的，他说他爷爷这样吃鱼，他爷爷的爷爷也这样吃鱼，不用教，一出生就会。

　　离那吃鱼少年不远处，有一户人家，仅住着一位年迈老太太，我见到她时，她与一只猫依偎在一起，犹如一位女巫。据说她从不吃饭，连猫也不喂一次，不知她和猫靠什么活着。我本想询问，但她双目紧闭已经入睡，我便悄然退出门去。在她家院子里无意一瞥，见院中有整齐码放的鱼骨刺。想必那些鱼骨刺已存放多年，不仅蒙尘，且有枯朽之感。我想老太太是靠吃鱼活着的，但她那么年迈，如何从塔里木河中打得出鱼？

我正在看那些鱼骨刺，那只猫从屋中窜出，唰的一声跳到鱼骨刺上，做出警惕守卫状。我对猫笑了一下，它抖动了几下胡须，双眼中除了原有的幽冥之光外，没有别的神情。此猫乃好猫，守着年迈老太太，到了相濡以沫的地步。于是，我又对猫笑了一下，才转身离开。

后来，我打听到了那位老太太吃鱼的真相，在河边烤鱼的人多知她的情况，听得猫叫便甩过去一两条烤鱼，猫叼回与她共吃，如果一次吃不完，便存放起来以俟时日。

新疆的老人吃东西，往往出人意料。我曾在和田见过一位七十多岁的老人，每日不吃别的，仅吃几个核桃，喝几碗黑砖茶。在吐鲁番，曾见一位老人在五月间只吃桑葚，对别的饭菜一口不动。我先后问过两位老人能吃饱吗？他们的回答惊人的一致：人老了，要找对适合自己吃的东西，多少吃一点，活得长久。现在碰到这位老太太，便相信她每天吃几口烤鱼，便可活命。

刀郎人的烤鱼皆出于塔里木河或沙漠中的海子，有一年在阿瓦提，见到一人肩扛一个鱼叉，问他去干什么，他说去划卡盆下海子。我知道卡盆就是木舟，被刀郎人专用于打鱼。海子的生成往往有两种情况，或是塔里木河水溢出后形成，或是沙漠中的蓄水，其规模都不大。当时想问问海子中的鱼的情况，但那人脚步太快，转眼便已走出很远。等到他在中午返回，便见他手提十几条鱼，最大的有两三公斤，最小的也有一公斤左右。我感叹他一天能捕到这么多鱼，不料他一笑说，今天捕到的鱼比这些还多呢，刚才和朋友在河边生火烤吃了一顿，已经有七八条进了人的肚子里。

那天下午，我随那人划卡盆在塔里木河中打鱼。那人说起探险家斯文·赫定的故事，说那个姓斯的老头儿，当年就是坐着他这样的卡盆在塔里木河上来来去去，把新疆的很多老故事都带到了外国。看得出，他所说的"老故事"指的是斯文·赫定对西域的考察。我正与他聊得起劲，他却突然将卡盆稳住说，鱼来了！我细看河中，并没有一条鱼的影子，但他神情颇为严肃，将渔网撒进了河中。河中果然有鱼，少顷，他将网提出水面，便有几条大鱼在网中扭动。看来刀郎人打鱼久了，能够听出鱼在水中的动静，下网、收网都不会落空。

刀郎人在塔里木河捕到的鱼多为大鱼，如果不用红柳和胡杨树木生火烤，味道便不好。有人想吃小鱼，问了几人均摇头，此处全是大鱼，吃小鱼得去别处。

我们坐在河边聊天，见河中有鱼骨泛着白光，是人们在河边吃完烤鱼，手一扬把骨头扔进了河里。真是不应该，那样做既对不起鱼，又有污河水。正在感叹，见几条鱼游来，看见那鱼骨便倏然游走。

大家看着河中的鱼骨，都不说话。

B：食单

烤鱼的做法，常见的有两种。一是用槽子烧好炭火，像烤羊肉串一样，交替翻烤鱼的两面。鱼少脂肪，被炙烤时不会冒出油脂，且会逐渐收紧，呈现焦黄之色。因调味之需，快要烤熟时撒上椒盐，其外在又隐隐呈微红色。食客亦可根据自己口味，撒辣椒面或孜然粉，食之肉质果脆，味道烈酥，口感舒爽。

另一种做法是从河中捕出鱼后，即在岸边生火炙烤。此做法在新疆的塔里木河边多见，人们先捡来胡杨树枝、梭梭柴或红柳树枝等，立成堆点燃。随后，将鱼去除内脏后洗净，用刀把鱼切开，使其呈扇面状，用一根红柳枝从鱼尾插入，慢慢穿至头部。等到火燃起，把鱼插在大火旁炙烤。鱼因为在红柳枝上被摊开，等一面烤一会儿后，便翻转烤另一面。因为是在野外，常常只撒上精盐，但此类烤鱼鲜嫩，所以仅有一把盐足矣。待将鱼反复翻烤，慢慢便散出香味。观之鱼上有焦黄色，便是已经烤熟了。取下手持红柳枝，慢慢将整条鱼食之，是痛快的吃法。

2. 五道黑的影子

A：认知

因为身上有五道黑鳞，故得名"五道黑"。

有人在额尔齐斯河下网捕得二十余条五道黑，收网后在岸上将它们倒出，只觉得眼前有黑色弧光闪烁，一愣后才明白，是鱼身上的五道鳞太明显，闪出了那样的光影。五道黑的力气不小，在挣扎中蹦跳得很高，被它们撞碰到的小草东倒西歪，晃出一片幻影。有一条五道黑的运气好，蹦跳了几下居然落入河中，奋力一游便潜入深水中去了。

五道黑的嘴小，有人见一条五道黑在水中吃一根水草，像是用上下唇含着在慢慢品尝。它虽然吃得非常缓慢，但却沿着那根水草一直在吃，慢慢地便见那根水草在变短，而五道黑在向前移动，把一种缓慢的持续展示得令人叹为观止。吃完了水草，那五道黑游向下一根水草，却不再吃了，像是要记住其特征似的看了一会儿，然后尾巴一摇便游走了。有一人看过那一幕说，五道黑这种鱼有两点让人一看就明白，一是它们饭量不大，一次吃一根水草就饱了；二是吃着这顿就想下顿，明天一定会来吃它看中的那根水草。那人看得仔细，总结得也很到位，但那条五道黑在第二天是否去吃了那根水草，就不得而知了。

虽然五道黑比起大红鱼要小得多，但也不是最小的鱼，一般都在半斤左右，如果用于家庭红烧，一条足矣。五道黑身上的五道黑鳞亦有奇事，有的五道黑鳞一刮就掉了，让烹饪者觉得可惜，如果能把那么好的鳞留住,端到桌子上岂不是更有面子。但有的五道黑鳞下面的印记却牢固得很,烹饪者把上面的鳞刮掉,下面便是五道显眼的鳞印。食客们一看见那五道鳞印便兴致高涨,饭桌上的气氛就活跃起来了。

前些天与别人说起五道黑,有一人说如今在额尔齐斯河和乌伦古河流域打鱼的人,网撒下去半天也空无一获,但以前却不是这样,人用脚都能钓上五道黑。问及原因,他说以前的人赤脚踩入河中,因为五道黑太多,便纷纷去啄人的脚丫子,但它们的嘴太小,任凭怎样啃咬,人都没有感觉。当然人们不会白让它们啃咬,他们慢慢向浅水处移动,引诱五道黑过去,一弯腰便抓住一条扔回岸上。五道黑是有思维缺陷的鱼,眼见同类已丧命于人手,但却不知道逃避,却仍然把嘴伸向人的脚丫子去啃,于是便被人们抓了一条又一条,有时候甚至会被抓得一条不剩。

这些年,因为五道黑很好吃,加之又太容易被捕到,所以人们便不停地盯着它们,以至于餐桌上的五道黑多了,水中的五道黑便少了。有一钓鱼者在河边等了半天,才钓上了一条又瘦又小的五道黑,看它一副可怜的样子,那人发善心将它放回河中。那人遂感叹,现在的河水也被人祸害得差不多了,就连五道黑也变成了这样。那人起身准备离去,但那条五道黑却游至岸边的水中,用尾巴在水中搅起一圈圈涟漪。那人再次感叹,五道黑啊五道黑,我可以放你,但别人未必会对你发善心,你还是赶紧游走吧!说着捡起一块石头扔进河里,那条五道黑才游走了。

阿勒泰的朋友说,现在如果想见到五道黑,只能在冬捕的日子。有一年听闻福海要在乌伦古湖中举行冬捕节,便专门去看。因为是大型活动,湖面上人山人海,似乎要一次把湖中的鱼捕捞干净。听得有人说,在这个海里,东海的鱼比南海的鱼多。从他的话中才知道,福海人把乌伦古湖称为"海",把去湖边都说是去海边。原以为这是福海人的可爱之处,但站在湖边向远处看,结冰的湖面一直延伸到了天际,便觉得那湖确实应该被称作海。

人们早已在湖面挖出口子,把渔网撒了下去,等到了一定的时辰,便十余人拽一网拉到了冰面。但网内却空空如也,翻来翻去仅有几条小鱼。湖上有好几个地方都开口子下了网,但都收获甚微。是鱼少了,还是鱼变得难打了?有人说,是天气不好让今天的人打不到五道黑,如果天气好一点,一网下去就能弄上来一大堆五道黑。但愿那人说的是真的,亦希望明年的冬捕节能有好天气。

再次见到五道黑,是在额尔齐斯河边。五道黑除了生存于乌伦古湖外,也就只有在额尔齐斯河中可见到。我们用柴火燃起一堆火,准备在河边烤羊肉串吃,不料好几条五道黑从河中迅猛跃出,翻出耀眼的鱼肚白,然后摔回水中。我们被吸引过去看水中情况,发现五道黑是因为见到火光后变得兴奋,遂做出了反常举动。我们觉得有趣,便想再玩几次,但无论我们将火燃得多么大,却没有一条五道黑跃出水面。直至我们将羊肉串吃饱,岸上的火光渐熄,河面上也没有任何动静。

我们猜想,也许五道黑初见火光时,从目光到内心都很兴奋,便跃出了水面。不知水中的鱼有没有喜怒哀乐,但它们跃出水面后奋力向上的姿态,欢快摆动的尾巴,都让人觉得它们颇为兴奋。但那样的情景多在夜黑月升时出现,现在它们被岸上的火光吸引,遂又难抑兴奋跃出了水面。但火光不比月光皎洁,甚至颇为刺眼,所以它们看过几眼后便再无兴趣,又潜入了深水中。

此事怪吗?要说怪,是因为我们不知道五道黑见到明亮光芒时,为何会如此反常;要说不怪,亦因为五道黑想跃便跃了,于它们而言是再平常不过的事情。

有一人说起某一年的一件事,当时有牧民的羊群转场至额尔齐斯河边,要经过河上唯一的那座桥才能到对岸去。羊太多,只能在岸上排队等待。不料半夜下起大雪,牧民和羊群皆惊恐不安,遇上那样的天气如不尽快想办法,一场寒流会让羊群大批倒下,弄不好还会冻死人。正在焦虑时,就听得河面传出声响,有多条五道黑影跃出水面,旋转几下后又落回水中。无火亦无月光,五道黑为何会突然跃出水面?牧民走到桥上去看河中动静,天虽然黑咕隆咚,但仍可看见有成团的五道黑在争抢着跳跃。牧民弄出的动静惊扰了它们,它们转了几圈后,便贴着河底迅速离去。还没等牧民弄明白事情的缘由,月亮出来了,雪夜中的月光像暗自移动的刀剑,穿过黑暗,亦穿过大雪,然后落入大地。整个额尔齐斯河被月光照亮,变得幽静而清晰,似乎要用巨大的脊梁将黑夜驮起。牧民于是明白,五道黑是因为感知到月亮要出来,才跃出了水面。很快,牧民想起年长者曾说过,雪夜出来月亮,大雪必将在天亮前停息。牧民吃了定心丸,等待天亮继续踏上转场的路途。

次日早晨,大雪果然停了,牧民赶着羊群顺利过了额尔齐斯河。

B:食单

有人将五道黑从河中捕出后,即在河边用河水炖煮。他们将此称之为原水煮原鱼,图的是鱼肉嫩爽,汤水新鲜。在河边炖五道黑,椒蒿和薄荷是现成的,揪上几把放进锅中,颜色便有白有绿有黑,汤则更加鲜美。

因为无刺,夹起一块肉咀嚼,有嫩滑鲜美的肉质感。其最好吃的地方是腹部,用筷子一夹便是一块肉,吃起来感觉分外不同。肉质被炖煮后白腻细嫩,尤其是肥厚的地方,用筷子挑开便是一块肉,咀嚼有酥软和嫩滑之感,带来难得的口感。

无论红烧、干煎、清炖、油炸和烧烤，都要少放调料，才能让鱼肉保持本质味道。尤其是清炖，切不可放香菜和葱花，否则会让鱼肉变得涩苦，汤也会辛辣，喝一口便会把碗放下。

有人煎炒五道黑时用番茄酱制酸，不用糖，而用蜂蜜制甜。同时，不放味精，并以辣椒、孜然做菜引子，做出的五道黑有红、金、绿、白等颜色，而且味道不淡不浓，既保持了五道黑的原味，又增加了甜酸辣的独特味道，且样式新颖，大受食客们赞赏。

3.北极茴鱼在打架

A：认知

新疆人嫌北极茴鱼叫起来麻烦，而且没有新疆特点，便把"北极"二字去掉，直接叫茴鱼。也难怪，吃北极茴鱼的人，大多都是额尔齐斯河流域的牧民，他们将所有鱼的名字都用一个"鱼"字称呼，如果让他们天天把北极茴鱼这一称呼挂在嘴上，一定听上去很怪。

当然，民间有民间的称呼习惯，如果一种东西的学名文绉绉的，加之又不好记，人们就会给它起一个通俗好记的名字。譬如北极茴鱼，就有花棒子、斑鳟子、棒花鱼等别名。这三个别名亦有渊源——北极茴鱼在幼时，会在身上长出白色斑点，长大后那斑点由白变黑，人们便顺嘴把"花""斑"用到它们的别名中。而棒花鱼一名中的"棒"字，则是因为它们游动时将躯体绷得很直，且不摆动鳍与尾，像一根木棒似的直挺挺向前，所以人们用一个"棒"字给它们命名，叫了棒花鱼一名。

多年前听说过有关北极茴鱼的一件奇事。有几人，在额尔齐斯河捕得一鱼，那鱼却从盆中蹦出，落地后出声，如婴儿哭泣。那几人皆怜悯，便放其入河。眼见它入水后，摇头摆尾，悠悠然游走。当天，出了奇事。有一人见那鱼仍在食盆中，便双手捉取啖之。那鱼多之又多，吃到最后，似是仍无减少。旁人看到的，却是另一情景：那人一脸愣怔，举着那空无一物的食盆，用舌头在舔。后那人终于清醒，见手中食盆空空，然而他更疑惑，既没有吃一口，为何腹腔之内，有饱食后的撑胀之感？

北极茴鱼捕食时，像是极有耐心的狙击手一样，总是长久等待，一旦昆虫和软体幼小生物出现，便从斜刺里突然冲出，把它们一口吞入。它们的游动速度极快，常在水底闪过一团影子，便已不见踪影。有人说北极茴鱼并非胆小，而是谨慎过度，就像人们常说的见风就是雨的人一样，把预料的可能在内心无限放大，目的是把风险降到最低。曾有一人见到一条北极茴鱼，他折下一根树枝拂向水面，意欲逗那北极茴鱼一下，不料树枝尚在半空，北极茴鱼已在水中快速窜出很远。不仅如此，就连附近的北极茴鱼也感觉到了危险，皆迅速向别处逃去。

但它们也有安静的时候，如果游累了，或者遇到合适的树洞和石缝，就会钻进去藏匿。而柔软的泥沙，亦是它们让自己休息的好地方，它们会安静卧下，一动不动的样子像是在假寐。它们虽然性情凶猛，但智商却并不高，钻入树洞和石缝后，往往只将头藏起来，把尾巴露在外面不管。它们的这一缺点往往会带来致命的危险，捕鱼者盯住它们的尾巴，要么用鱼叉将它们叉住，要么用手顺着尾巴摸进树洞或石缝，便可把它们拽出。对捕鱼者来说，一条活蹦乱跳的北极茴鱼，就是当晚的一顿美餐，所以他们不管它们如何挣扎，一石头砸在它们脑袋上，它们便不再挣扎。北极茴鱼被捕捉后往往会挣扎很久，如不迅速让它们毙命，会被它们烦死。

它们在一年中有两次洄游。第一次在春季天暖时，性成熟的北极茴鱼便躁动不安，于是它们集群游到清澈缓慢的水流中，在那里互相追逐交媾。情欲的最直接结果是孕育，北极茴鱼产下的鱼卵，会黏附在河底的砾石上面，母鱼们一直守护在附近，直至孵化出一条条小北极茴鱼，才会离去。北极茴鱼的第二次洄游在秋末，为的是安静度过冬天，于是便游到溪流下游，在那里度过漫长的冬季。小溪虽然安静，但却不是栖身的最佳处所，譬如因为水浅、透明度高，它们便常常被捕鱼者发现，不久就被捕到扔到雪地上，在蹦跳间把地上的积雪掠起一片雪浪。捕鱼者为此总结出捕捉北极茴鱼的规律：秋在大河，冬在小溪。

有一年在额尔齐斯河边，阳光自水面反射出的光芒犹如刀子，加之水波漾动，那光芒便一会儿刺入水中，一会儿又穿梭而出，像是要刺入天空。如此炫目的环境，警觉性极高的北极茴鱼是不会露头的，它们恐怕早就游到水底或避光的地方躲了起来。那件事后便明白，虽然北极茴鱼好吃，但却难觅其踪影，只有合适的机会才会碰到。

当晚宿于一户人家，男主人说他曾观察过北极茴鱼，发现它们是有意思的鱼种，说起来很有趣。我们请他说说，他点了一根烟边抽边说，北极茴鱼那些家伙很凶猛，是鱼类中的拳击手。他见得北极茴鱼多了，以为只有它们欺负别的鱼，别的鱼从来不敢欺负它们，但有一次他见到几条北极茴鱼被一条狗鱼追赶，才知道它们也有害怕的时候。那条狗鱼大而凶猛，如果它咬住北极茴鱼，定会将之一口咬成两截。

大家感慨，看来北极茴鱼的死敌是狗鱼。那人说，虽然北极茴鱼的力气不及狗鱼，但智慧在狗鱼之上，那条北极茴鱼逃过一阵后，突然一改逃跑的态度停在了一块石头前，回头盯着狗鱼似乎做出了迎击状。狗鱼大张着嘴冲过去，北极茴鱼往旁边一躲，狗鱼咬在了石头上，疼得浑身乱颤，而那条北极茴鱼则从容逃走。我能想象出那样的情景，狗鱼的牙很厉害，所以它们常常持牙傲物，觉得没有什么不能咬，北极茴鱼正是利用了狗鱼的这一弱点，让狗鱼吃了苦头。狗鱼在这一刻用力太猛，加之又因为牙齿太过于尖利，恐怕被石头磕掉了。没有了牙齿的狗鱼，在余生将忍受多大的屈辱，我就不得而知了。在平静的水域，在看似温柔轻盈的鱼群之中，不知发生了多少惊心动魄的争斗和死亡，一条鱼与另一条鱼之间，往往是一者生，另一者就必须得死。这样的生死布局，与历史多么相像。

那人说北极茴鱼另有一事，它们在春季求偶时，好几条雄鱼常为争夺一条雌鱼打架。鱼打架是当地人的说法，指鱼类在水中为情欲引起的冲突。几番下来，体弱的雄鱼会迅速败下阵去，最后只剩下两条雄鱼，把水中植物冲撞得东倒西歪，连泥沙也被搅起，将它们淹没得不见了。岸上的观察者断定它们会出来，过了一会儿，它们果然从泥沙中钻出，又纠缠在一起。它们在眼中都不容许对方存在，只有把对方打败，自己才有接近雌鱼的机会。

而那条雌鱼，却早已不知去向。

B：食单

北极茴鱼的肉质瓷实，做的时候一定要把握好火候，否则鱼肉会变老，吃起来如嚼干柴。如果是清炖，鱼块被煮得浮起后，再炖煮两分钟即可；如果是红烧，用热油炸两分钟，再次入锅煎两分钟，超过这个时间便不好吃。

红烧北极茴鱼不麻烦，把活鱼杀后洗干净，切成块状，放入沸水中略微烫一下，洗去表面脏物，然后把炒锅放在旺火上加热，倒入食油烧热，将茴鱼排放锅内略煎一下，放葱、姜、酒、老抽、糖、味精、胡椒粉和水，等到煮开，用小火焖熟后再用大火收汁到稠浓，淋麻油就可以起锅装盘。如此做出的北极茴鱼，颜色红泽鲜亮，味道咸中带甜，口感软糯浓郁，是从未品尝过的味道。

有一种叫"绿茶北极茴鱼"的菜，先将北极茴鱼放入油锅煎至八分熟，捞出放置一边。然后，将绿茶用开水泡开，把茶叶捞出，放入油锅中过油，炸出茶香后，捞出后放在鱼身上。最后，把茶汤勾芡，淋在北极茴鱼上，即成。此做法可让人品出茶香、鱼香，且味道浑厚古朴，香醇诱人。

煎炸北极茴鱼，则要先用姜丝和料酒将鱼腌制十分钟，然后用土豆淀粉加面粉、米醋、胡椒粉、蜂蜜（或白糖）、柠檬汁，放盐后搅成均匀的面糊，将鱼的里外裹一层。等油烧到七八成热，即下锅，在煎炸过程中要将两面煎熟。这一步骤不需要多长时间，炸到蛋白凝固，鱼身呈浅金黄色即好。出锅后放凉，就可以吃了。有人喜欢在食用时挤上一些柠檬汁，味道分外不同。

4. 赤梢鱼在水中飞翔

A：认知

又名红尾鱼，因其背、尾和腹部的鳞片艳红夺目，常被人一眼认出。

凡可食的鸟兽鱼，被人熟知并非好事。譬如赤梢鱼，但凡人们见到水中闪过红光，便大叫，快来抓，有赤梢鱼！但赤梢鱼游速极快，抓鱼者照准它们的红鳞扑下，它们却早已不见了影子。人们于是明白，它们名字中的"赤梢"二字不是白叫的，首先它们性情凶猛，一有情况便迅疾而动；其次它们身形细瘦，游动起来十分利索；再次它们力气较大，虽然看上去皮包骨，但是一动，身体里的力量会像闪电一样喷发出来。

有如此之多的长处，它们可谓是鱼中快手，水中风行者。

一位朋友说，他有一次在乌伦古湖，见过一件奇事。当时，湖上在刮大风。那风掠过湖面，湖水便喧响，并涌出粗硬的棱线。在那一刻，风似乎有嗓子在唱，亦有身体在动。他们正为风诧异，却见湖中有赤梢鱼跃出，在空中扭动几下，然后跌入湖中。那一刻，湖面一片喧响，一条条赤梢鱼闪出好看的光芒。看足了热闹，便打听赤梢鱼跃出的原因，但问来问去，却无一人知道。朋友便固执地认为：赤梢鱼喜欢大风，故跃出湖水，喝风。

赤梢鱼原产于欧洲，在中国仅出现在北疆一带，应该是从北冰洋洄游，沿额尔齐斯河和伊犁河游入了中国。鱼类的洄游很有意思，它们不远千里万里游动，虽然不知道要去何地，但天气变化，尤其是水温带来的贴身触觉，让它们敏感地意识到，到了要远行的时候了。洄游大多是逆流而上，遇到险滩、激流或险流，它们都必须克服。鱼类的洄游没有半途而废的，亦不会在某一处停留不前。曾看到一个电视专题片，有一种鱼洄游时遇上一群棕熊，棕熊们扑入河中扬起大掌啪啪地抓入河中，有的鱼闪开了，有的鱼却被抓个正着，被棕熊塞到嘴里一咬便成为两截。但棕熊并没有多少收获，那鱼群快速向前游去，很快把棕熊扔在了身后。

赤梢鱼在阿勒泰、塔城和伊犁的河流和湖泊中扎下根后，繁殖出大量鱼苗，从此新疆就有了赤梢鱼。听新疆的老人说，以前赤梢鱼很多，有时候因为它们集群式游动，会让河中红光一片。它们身上的红鳞太显眼，人们一看见水中有红光，就知道一定是有赤梢鱼出现了。有一位牧民骑马在额尔齐斯河边走，马突然惊恐嘶叫，差一点把他从马背上颠下来。他无论怎样拉缰绳，那马却总是无法平静。牧民一瞥看见河中有一片红光，才知道马受惊的原因。待他把马头拉到一边等了很久，那红光才消失了。但那马却不敢去看河水，只是低头不停地喷着鼻息。马怕赤梢鱼红鳞的消息传开，以后牧民但凡转场，都要弄清楚额尔齐斯河中是否会有赤梢鱼经过，如果有，他们哪怕等上几天，也不着急上路。

赤梢鱼和狗鱼一样，专食比它们小的鱼类。有一人在额敏河边，看见一群赤梢鱼正在捕食一种小鱼，他细看之下发现，赤梢鱼的嘴很大，一张一吞，一条小鱼便不见了。那人回去准备了渔网，第二天到了额敏河边一看，赤梢鱼一夜间在河底的卵石上产下大量鱼卵，正躲在一旁观察动静。那人想起他爷爷曾给他说过的一句谚语：路边的敖包不能动，怀孕的母狼不能打。便转身提着渔网返回，没有对任何人说出有赤梢鱼的消息。

我二十年前在库鲁斯草原，听说额敏河的几条支流近几日要被截流，人们准备捕捞一次赤梢鱼。截流捕鱼是人们常用的办法，从上游让河流改道，下游很快就干涸了，鱼便白花花地铺在河床上。草原上的河流都不大，每到鱼类洄游或多游时期，便用截流方式捕捞到不少的鱼。那天，我们刚好去一个山冈上看"恰秀"活动，远远地便看见一大群牧民围着一位年迈的老太太，有两位身着哈萨克族少女抬着一块餐布，上面放着奶疙瘩、方块糖、水果糖、包尔沙克等，我们刚走到跟前，就听得有一人高喊了一声，那老太太抓起餐布上的东西用力撒向空中，待落下后众人便去抢吃，场面颇为热闹。"恰秀"是哈萨克族的一种习俗，草原上遇到喜事，人们便举行"恰秀"庆贺；或来了尊贵的客人，人们亦以"恰秀"形式欢迎。在"恰秀"中向空中撒食物者都由年纪较大、儿女齐全、丈夫健在的年迈妇女承担，寓意幸福圆满。参加完"恰秀"，我向下一看，便看见额敏河从库鲁斯草原穿过，像一条洁白的哈达横穿额敏镇，然后从塔城市外流经而过，注入了塔吉克斯坦国。下了山冈走近额敏河，发现它虽然不大，但流势沉缓，像缓缓前行的骑手。有一首萨满歌曾唱道：马头的金色力量，羊头的棕色力量，渗透了你的脊梁。说的就是河流，亦是对河流的赞歌。

第二天，我跟随兵团的几位农工，扛着网兜，提着水桶，去截流的小河中捕捞赤梢鱼。截流先一天在上游已经完成，但截流后的河水还未干涸，虽然隐隐可感到有鱼在动，但不能肯定是否有赤梢鱼。一位农工说，肯定会有赤梢鱼，因为他们是看到赤梢鱼后才截流的；赤梢鱼虽然厉害，但是它们没有翅膀，飞不了。他那样一说大家便放心了，虽然眼前的河床上仍有存水，但是捕捞一定不会费事。我们在河边做准备工作，也许是因为我们弄出了动静，成群的赤梢鱼便挣扎蹦起，将本来就不多的残留水搅得浑浊起来。农工们便用盆子往外舀水，有鱼被舀入盆中，他们便连鱼带水倒在岸上，水渗下去后，便剩下白花花的鱼。大家看到它们身上有红鳞，便一阵欣喜，河中果然有赤梢鱼。

仔细观察待毙的赤梢鱼，发现它们眼中有神，有人走动，它们的眼神便跟着移动。这是赤梢鱼的一奇，别的鱼没有这样的反应。我想，但凡眸子灵动的兽类，心理感应一定灵活，看来赤梢鱼是会观察和打量这个世界的鱼。但是它们已把握不了自己的命运，无论鼓胀的鳃部是愤怒，还是奋力蹦出的一跳是挣扎，都无法获得水中的遨游。作为鱼，它们的生命将休矣。那条被截流的小河中的赤梢鱼被全部捕捞上岸后，却出现了一个奇异的现象，河床上的水在短时间内便干涸了。难道是有赤梢鱼，水便不干，而没有了赤梢鱼，连水也会迅速干涸？谁也说不出具体原因，便一脸疑惑离去。

我们离开额敏河后，传来一个消息，有一人在前一天没有捕捞到赤梢鱼，第二天又去额敏河边碰运气，不慎脚下一滑踩入小河的淤泥中，惊得一群赤梢鱼蹦跳而起。原来那群赤梢鱼在前一天藏在淤泥中，躲过了人们的捕捞。如果它们再躲一天，人们就会在上游恢复河水,到时候它们就会获得生机。但它们运气不好,躲过了很多人,却因那人的一个趔趄又坠入命运深渊。那人从容将淤泥中的赤梢鱼全部捕捞,提起试了试,感觉有二三十公斤,便颇为高兴地提了回去。

在另一事中,几条赤梢鱼却因艳红夺目的鳞片侥幸逃过一命。有一人带小儿去截断小河,意欲把赤梢鱼困在断流的一侧,然后唾手可得。父亲在一边忙碌,让小儿堵住小河出口以防赤梢鱼逃走。父亲忙毕断流事,待河水流尽,却不见一条赤梢鱼。那小儿支支吾吾地说,他看见赤梢鱼的红鳞好看,就在刚才放了它们。父亲一股恼怒直冲头顶,但看见小儿一脸童稚可爱之情,遂被感动,便挖通了那条小河。

B:食单

赤梢鱼瘦且小,饭店的菜单上多不见名字,其多见的食客在乡间,做法有酱焖、清蒸、糖醋、煎炸和清炖等,做得最多、最好吃的是红烧。因为小,便无须先油煎,而是直接放入热油中,煎少许时间后,放葱、姜、蒜、料酒、老抽、味精、胡椒粉和水,用大火收汁。此类做法须注意一点,因为用油煎后并不出锅,所以要少放油,否则食之会有油腻之感。

上桌时,一盘装两条或四条,或者更多,凑成双数图吉利。每两条的头尾,各对着一个方向,美其名曰比翼双飞。人吃鱼,经常会起一个有生机的菜名,让人觉得那鱼似乎还有余生,可活出生命的价值。

赤梢鱼的肉很紧,吃时须用筷子挑开,才能夹起一块鱼肉。但赤梢鱼的刺少,一旦挑开肉便将刺暴露出来,接着用筷子将刺拔除后,便可放心地吃。吃过一块肉后,会发现赤梢鱼有嚼头,其肉瘦,且少脂肪,肉质银白细密,口味地道,是别的鱼所不具备的独特之处。

最好的吃法,是做成咸鱼,既有熏肉一般的味道,又加之肉质瓷实，无论是干嚼，还是加调料烹饪，都味道极佳，会带来独特的口感。

5. 黑鱼的头向着北斗星

A：认知

身上太黑，故得名"黑鱼"。

黑鱼在西北黄河中颇多，尤其是在宁夏流域，曾有一段时间泛滥。之所以说黑鱼多了是泛滥，是因为黑鱼有一个让人头疼的习性，它们生性凶猛，繁殖力强，胃口奇大，但凡出现在一地，水中生物举凡各种幼虫、蝌蚪、小虾、仔鱼等，至于鲫鱼、餐条、赤眼鳟、泥鳅等，被它们碰上都会被吃得一干二净。所以人们常会说一句话，黑鱼亮相，其他鱼遭殃。

黑鱼是乌鳢的俗称，又名乌鱼、生鱼、财鱼、蛇鱼、孝鱼、黑月、火头鱼等。《神农本草经》将乌鳢与石蜜、蜂子、蜜蜡（蜂胶）、牡蛎、龟甲、桑螵蛸、海蛤、文蛤、鲤鱼等同列为鱼中上品。黑鱼的骨刺少，含肉率高，而且营养丰富，比鸡肉、牛肉所含的蛋白质都高。黑鱼作为药用具有去瘀生新、滋补调养等功效，尤其是外科手术后，食用黑鱼具有生肌补血、促进伤口愈合的作用。

黑鱼是有来头的鱼。李时珍在《本草纲目》中说："鳢首有七星……形长体圆，头尾相等，细鳞、色黑，有斑花纹，颇类蝮蛇……形状可憎……南人珍食之。"乌鳢头顶有七颗星状的印记，是一个吉祥的说法，它们在夜晚会朝向北斗星方向，乃是吉兆。但是人们却觉得以黑鱼之凶残，以及对水域环境的破坏，怎能与乌鳢的吉祥说法同日而语？为证实这一说法，人们捕捞到黑鱼后去看它们的头，有的确实有七颗星状的印记，有的没有，想必是还没有长出来。细想一下，倒也没有必要与黑鱼的凶猛习性过意不去，水域世界亦非安逸之地，适者生存的老天布道，黑鱼也别无选择。

　　黑鱼不但凶猛，而且智商在鱼类中也是佼佼者。它们捕食时从不追赶猎物，而是潜伏在水质浑浊、水草丛生的浅水地带，高度注视四周的动静。如果在水质清澈、水流缓慢或平静的地方，则多隐蔽在水草下面或静止的水层中，一旦发现有鱼类等适口活饵，便静静窥视，等待对方游到它们附近时，以突然袭击的方式一举咬住吞食。黑鱼还有自相残杀的习性，如果饥饿难耐，便一扭头把比自己小的黑鱼一口吞食。它们的食量大小与水温有关，尤其在夏季水温高时颇为贪食，摄食量也随之增大。

　　黑鱼有护幼的习性，每逢繁殖季节，雌雄黑鱼将产卵地点选择在沼泽、湖泊、水底、小河的水草丛中的岸边，或是长有芦苇的浅水滩中。产卵前，黑鱼共同衔取水草或植物碎片，构筑出一个环状鱼巢。产卵后，一对黑鱼或仅雄鱼潜伏于鱼巢中，或巢的附近守护鱼卵，不让别的鱼类或蛙类靠近，以免鱼卵受到伤害。待仔鱼孵出，黑鱼便守护于其左右，直至它们能垂直游动才会离开，但它们只限仔鱼在鱼巢附近游动，若有其他鱼类或蛙类企图偷袭仔鱼，黑鱼会全力以赴共同驱赶。幼鱼成群游动时，黑鱼一后一前加以保护。有来犯者它们必决一死战，常是雄鱼先上阵，若失败（例如被钓鱼人钓走），过了片刻雌鱼又挺身而出，继续保护幼鱼。它们前仆后继保护幼鱼的举动，壮烈之至。

　　黑鱼凶则凶矣，但却有铁血柔情之举。譬如它们被称为孝鱼的来历，就有极富传奇色彩的故事。雌鱼每次产卵后，都会失明一段时间，并无法觅食。不知是否出于母子天性相通的原因，仔鱼似乎知道雌鱼是为了它们才失明的，如果没有东西吃会被饿死，所以仔鱼便争相游进雌鱼的嘴里供它吞食，直到雌鱼复明才会停止，而此时的仔鱼已经所剩无几。此为黑鱼之孝的一说。另有一说，雌鱼复明后会绕着仔鱼出生的地方一圈圈游动，似乎在祭奠仔鱼们的舍身饲母行为。知道这一详情的人一般不吃黑鱼，如果捉到都会放回河中去。

新疆的黑鱼，多生长于额尔齐斯河和乌伦古河流域，在别的地方则不见它们的影子。黑鱼之所以黑，与它们的生存习惯有关。它们喜欢待在水底的泥沙中，如果不动，身上便被泥沙覆盖，不易被发现。时间长了，它们的皮肤被泥沙浸沁，犹如染上浓墨一般乌黑。不仅如此，它们还很像蛇，尤其是腹部的鳞纹与蛇纹极为相似，一动便闪出让人惊愕的光影。黑鱼具有很强的跳跃能力，当天气闷热，它们往往会跃出水面，沿岸边爬行逃逸；下雨涨水或有流水冲击，它们也会从水中跃起向前跳窜而去。黑鱼还能在陆地上滑行，它们离水后可活三天之久。

无独有偶，《酉阳杂俎》中记有一种鲵鱼，亦是能在陆地上存活的鱼。它们长有四足，其尾顾长，有上树本事，从水中出来，此刻便至树冠。天旱时，它们在河中喝足水，后又口中含水，上山藏匿草中。如有鸟飞过，便张嘴引诱鸟来饮水，然后将鸟吸食。吸食时，还会发出婴儿般娇憨声。人们捕到鲵鱼，必先缚于树上，凶猛鞭之，待其皮下脂肪如汗涌出，方可烹饪食之。如不遵此方法，食之必定中毒。

黑鱼的黑在游动时最为显眼，一动则带出一团黑影，似乎让河水也变了颜色。但它们不爱动，所以那黑影常常只是倏忽一闪，便连同鱼一起消失。随后，便再也看不见它们游动。有一人观察过黑鱼躲藏进泥沙的全过程后，断定黑鱼有一习惯，即它们不愿惹事，无论身处何地，是否安全，首先要把自己藏好。对于它们来说，只要用泥沙把自己遮蔽，哪怕世事纷争，生死存亡，便都与它们无关。泥沙中的黑暗世界，被它们用内心的光明照亮，过上悠然自得的日子。

　　有人看见，那条黑鱼先是把头钻进泥沙，停顿片刻后，用力摆动尾鳍，把身体一点一点拱进去。它的尾鳞硕大，摆动幅度亦不小，看上去像一把快速扇动的扇子。泥沙被它弄得散溢出浊尘，它一会儿被淹没，一会儿又显露出来。最后，它用力摆动几下尾鳞，遂用力一挺钻入泥沙中。水慢慢变得清澈，没有留下一丝它的痕迹。它钻进泥沙的整个过程，进行得有条不紊，看来黑鱼精于此道，操作技巧已非常娴熟。

　　那人想看到黑鱼如何出泥沙，便坐在岸上等。很久过后，都不见水中有动静。他将一根枝条伸入水中，去捣那鱼钻进去的地方。立刻，水中弥漫起一片尘物，水底的沙子向四周扩散开来，间或旋出细浪。过了一会儿，水中又变得清澈，那黑鱼却早已不知去向，想必它受到惊扰后已迅速离去。有如此趣事，黑鱼就是有意思的鱼。

　　后又听到人们说起它们越冬的事，也是有趣得很。河流入冬后便结了冰，此时的黑鱼一反平时躲在泥沙中的常态，如果有人在冰面上走动，它们便马上从泥沙中钻出，用尾鳞甩出剧烈动作，背鳞和腹鳞也随之抖动。兽类多用动作表达内心，黑鱼在此方面也不例外。人们被它们撩得心急，无奈隔着一层厚厚的冰，便奈何不了它们。

　　黑鱼如此顽皮，人们却不生气，反倒觉得它们聪明，并在心里揣摩它们所想：人啊，你们站在冰上，总不至于为了抓我，把冰弄破吧！那样的话，你们不就掉进水里了吗？这话是一个人当时在心里揣摩的，后来我见到他时，他表情复杂地讲给我听。我觉得合理合情，如果我是一条黑鱼，我也会那样想。

　　碰巧那人当天捕了一条黑鱼，我问他是如何捕来的，他说一网下去，稀里糊涂就打上来了好几条鱼，仔细一看，有一条是黑鱼。至于怎么打上来的，他也不知道。怎么能不知道呢，黑鱼那么警觉，加之又对人十分了解，怎能稀里糊涂被人捕获？直到他父亲回来后，我才知道了捕到黑鱼的原因。原来，近几日因下雨导致河水上涨，喜欢安静的黑鱼无一处可待，便四下里寻找栖身的地方，于是便改变了它们不喜好游动的习惯。但这并不是导致它们被捕获的原因，真正的原因是河水浑浊，让它们憋屈难受，视觉不清，才误入了渔网中。所以说，捕到这条黑鱼纯属偶然，换到别的时日，便没有这种可能。

因为对黑鱼好奇，我提出想看看那条黑鱼，父亲一声吩咐，儿子便提来一个桶子，那条黑鱼就在里面。它受我们惊扰，拼命地想顶开桶底钻进去，无奈它攻克不了塑料桶，激起一阵水花后，徒劳地在桶中打转。因为离得近，便看见它身上的黑更显眼，让人疑惑它不是一条鱼，而是极为怪异的种类。

细看，发现它的身体扁平，除了腹部略为鼓起外，其他地方都扁平如板，还没有一指头厚。怪不得善于钻泥沙呢，有如此身体条件，自然会利索很多。

那人讲到黑鱼的一件事，我便觉得很有意思。他有一次偷看到一条黑鱼钻进了泥沙中，便把网兜置于它尾巴后，心想它一转身就会钻进去。他在水中弄出动静，那黑鱼受到惊扰后，先是把头钻出泥沙，很快便判断出身后有危险，遂奋力向前一挺，便闪出一片黑影游走了。他坐在岸边抽烟，过了一会儿那黑鱼又回来，用嘴和腹部把刚才弄得凌乱的泥沙抚平，然后从容游去。

他看得目瞪口呆，直至烟头烧到手，才有了反应。

B：食单

因为黑鱼身上的颜色并不美观，做鱼者要把鱼皮撕下，所以所谓的黑鱼肉，就是不带皮的纯肉。黑鱼不大，一条只能剁出十余块。做鱼者把黄酒、生抽、淀粉等放入鱼肉中，搅拌均匀，腌制半小时，放入锅中的沸水煮开，看到鱼块开始打卷，便关火捞出。然后放盐，将煮好的豆芽、魔芋条，以及备好的花椒、辣椒段等覆盖在鱼肉上，把烧好的热油泼进去，嗞啦一声响，一股香味便飘溢出来。此做法美其名曰椒麻黑鱼片，肉质绵软，味道辣爽，是喜欢吃辣者的最爱。

黑鱼的肉柔韧有嚼头，肉质虽然紧致，但咀嚼开后便变得颇为爽滑，尤其是腹部较肥的地方，有软糯柔腻之感。因为花椒、辣椒段等起到了调味原因，所以每个部位的肉，一入口便都香辣浓郁，颇为提神。

用黑鱼可做黑鱼汤、红烧黑鱼、水煮黑鱼、大蒜烧黑鱼、酸菜黑鱼、番茄黑鱼、黑鱼片小炒、番茄黑鱼豆腐汤、黑鱼煲、清蒸黑鱼、烤黑鱼等。之所以有如此多的吃法，是因为黑鱼切成片后，无论是红烧还是水煮，抑或是用热油煎炸，其肉质都不松散和开裂，可放心制作。有一人突发奇想，用黑鱼肉包饺子，味道出奇地好。

6. 塔里木裂腹鱼已几近灭绝

A：认知

又称塔里木弓鱼、尖嘴鱼等，其生存至今已有三亿年，是新疆最古老的土著鱼。

古老的鱼种，多有奇事。譬如北海有一种鱼，名曰井鱼。其脑部有穴，吸海水进去，或存于脑，或用脑穴泄出。每当井鱼泄水，便如飞泉散落，甚为美观。海上打鱼者，用容器将那水接住，尝之，已没有海水咸味，反之淡如泉水。有天竺僧人知此事，他们乐于向人讲述，听者皆欣欣然，胜过倾听菩提。

另有一种古老的鱼叫奔鲟，是鱼中巨者，长两三丈，大如船。有人细究，终分出其雌雄，然不论雌雄，皆腹下有乳。某一年，有人捉得幼小奔鲟，放于岸上，发出婴儿般啼哭声。其头上有孔通风，时传出呼呼声响。路上行人闻之，以为大风起，顿作停留打算。有人说，奔鲟乃懒归所化。确切与否，无人断定。捕一头奔鲟，可得脂油三四碗，取之用于燃灯，会生出两种奇事。其一，如人在灯下读书纺织，则必暗；其二，如人在灯下欢乐言笑，则必明。

再譬如一种叫印鱼的古老鱼种，不长，仅一尺余；亦不重，单手拎之，行十里不累。其额上有一形状，颇为显眼。细观之，活脱脱如一枚四方印。觉得熟悉，似在某处见过，却又想不透。后又发现印上有字，但隐隐约约，终看不出内容。此事后被放大，成为信仰。人们每捕得大鱼，在刮鳞剖脏之前，必拿来一印在脑部盖下，意为大鱼不祥，用此举是为封死。

塔里木裂腹鱼生存于塔里木河和博斯腾湖水系，头小，但嘴很尖，尤其是腹部浑圆，像是臃肿的怀孕者。头小，是因为嘴很尖，向前延伸的流线便使其头部变成了锥形。这一长相让它们的整个头部都受到了影响，尤其是鼻孔，亦有向后拉伸而去的感觉，几近于和眼睛长到了一起；而且眼睛小得像米粒似的，疑惑它们看不了多远。它们的嘴太尖了，让人觉得它们啄向一物，其尖喙恐怕会直接叼出一个洞来。那样的嘴亦让人觉得会有利于啃食，但其实不然，它们吃东西时特别缓慢，咀嚼一根水草要用很长时间，好像它们是慢性子便要细嚼慢咽，抑或它们因为味觉迟钝，品不出食物的好坏，但为了活着还得好歹吃几口。但它们臃肿的躯体却会变化，有一人见一条塔里木裂腹鱼受惊后，腹部倏然收紧，一下子便显得不臃肿，然后从密集的草丛中穿梭而过，一晃就不见了影子。

此鱼无论是长相还是行为，皆颇为怪异。不过人们想想它们是三亿年的物种，经历了无数变故和嬗变，怪异一点倒也正常。

任何一物，有其短处便必然有其长处，塔里木裂腹雌鱼的繁殖与众不同，一年可以产卵两次，可谓是鱼类中伟大的母亲。它们的第一次繁殖在四月，其时开都河因上游的山地冰雪融化，会造成洪水漫灌，但此时的塔里木裂腹雌鱼却不但不躲避，反而溯入开都河大量产卵。第二次产卵是在开都河六月的盛夏洪水期，此时又是波涛汹涌，它们在汛期向开都河上游游去，一直到乌拉斯台一带的河段产卵。在洪水中产卵，很难保证鱼卵在一地安稳孵出仔鱼，但塔里木裂腹雌鱼却并不在乎，似乎只要完成产卵便可大功告成，至于别的则不管不顾。在开都河一带打鱼的渔民说，塔里木裂腹鱼的子女，都进入了塔里木河流域，因为开都河最后的归宿是进入塔里木河中。

说起塔里木水系，可谓是鱼的天堂，有宽口裂腹鱼、塔里木裂腹鱼、鸭嘴裂腹鱼、重唇裂腹鱼、厚唇裂腹鱼、大头鱼、斑黄瓜鱼、裸黄瓜鱼、西藏裸裂尻鱼等十余种。塔里木河由发源于天山山脉的阿克苏河、发源于喀喇昆仑山的叶尔羌河以及和田河汇流而成，最后流入台特马湖。它是中国第一大内流河，仅次于俄罗斯的伏尔加河。最早记载塔里木河的是《山海经》："河山昆仑，潜行地下，至葱岭山于阗国，复分歧流出，合而东注泑泽，至而复行积石，为中国河。"《汉书·西域传》中记载塔里木河"南北有大山，中央有河……其河有两源，一出葱岭山（今帕米尔高原），一出于阗（今和田）……其河北流，与葱岭河合。东注蒲昌海（今罗布泊）"。这一记载与今天塔里木盆地水系的流向概况，大体吻合。

除了鱼，塔里木水系另有粒唇新疆高原鳅、隆额高原鳅、斯氏高原鳅、小体鼓鳔鳅、叶尔羌鼓鳔鳅等鳅类近十种。但人们的关注点都在鱼身上，这些鳅类则常常被忽略。也难怪，鱼类肉嫩味鲜，能勾起人们的食欲，而鳅类难看，且吃起来味怪，人们自然不会惦念它们。

塔里木河有九大水系，分别是孔雀河水系、迪那河水系、渭干河、库车河水系、喀什噶尔水系、叶尔羌河水系、和田河水系、克里雅河小河水系、车尔臣河（且末河）小河水系。塔里木河的上游多为起伏不平的沙漠地带，来自于冰山的融水很不稳定，所以被称为"无缰的野马"。这些大小不一的河流，多在沙漠腹地艰难穿越，有的甚至或干涸，或变成季节河，但它们却犹如生育力极强的母亲，养育出众多绿洲，其中最引人注目的是鱼。

有一首歌曾唱道：塔里木河哎，母亲河！这句歌词简单之极，但被曲作者谱上忧伤缠绵的曲子后，听得人忍不住心颤。我曾听过这首歌，其曲一起，犹如是一位儿子面对苦难的母亲，纵有千言万语也无以言说，最后便化作一声哀叹，从胸腔间冲涌而出，让人听之不由得心颤。

古时的塔里木盆地，有不少民族专食塔里木裂腹鱼，故被称为"吃鱼民族"。新疆博物馆有一件叫"人纹石印押"的文物，其上的人是西域的一名传递信息的驿使，左手腕上系着一条鱼。他是从塔里木河流域来的，腕上的鱼是在说有一批鱼，将从南边的塔里木河流域运往北边，要途经其时在吐鲁番的高昌国。大批量运输鱼，说明塔里木河流域的鱼很多，当地人食之不完，便资助于别处。但后来塔里木裂腹鱼越来越少，人们将用于捕鱼的鱼叉掉转方向，去追逐林中兽类，鱼不再成为他们的主食。

如今，塔里木裂腹鱼已少之又少，我真担心此文写完，会成为祭奠塔里木裂腹鱼的悼文。细究塔里木裂腹鱼濒危的原因，与人们将大头鱼、五道黑和细鳞鱼引入塔里木水系有关，这三种鱼性情凶猛，将塔里木裂腹雌鱼产的卵吃得一干二净，致使塔里木裂腹鱼越来越少。另外，塔里木水系众多的河闸、大坝、水库、扬水站等，使塔里木裂腹鱼无法溯河洄游，囿于一地产卵，繁殖量急剧下降。还有一个原因，因塔里木裂腹鱼极好吃，人们便过度捕捞，让它们雪上加霜，数量骤减。一些非法捕捞者不仅在禁渔期捕鱼，甚至残酷地使用炸鱼和毒鱼的灭绝性方法，让塔里木裂腹鱼再次坠入死亡深渊。

等人们意识到塔里木裂腹鱼会消失时，任何一条河流中，都已经没有塔里木裂腹鱼的影子。就连它们最早出现的博斯腾湖，也不见一条。人们摇船在湖中苦苦寻觅，最后无奈地说，没有塔里木裂腹鱼了。塔里木裂腹鱼虽未彻底灭亡，但它们走了，沿着夕光游向遥远的地方，再也不会回到让它们伤心的地方。

但任何事都有意外，有一人忽一日在一条河中，看见一条塔里木裂腹鱼，将头微微探出水面，像是要看看水之外的世界。他惊得叫了一声，那条塔里木裂腹鱼倏然一晃，便潜向河底去了。那人了解塔里木裂腹鱼，知道它们好静，平时多贴着河底的沙子，即使有异常，也依然贴地游动。看来这条探出水面的塔里木裂腹鱼，着实有些反常。

那人想悄悄观察河流，以期发现成群的塔里木裂腹鱼。不料几日后昆仑山的积雪融化，雪水让那条河流骤涨，且一片混沌。雪水会让很多河流变成季节河，夏天积雪融化，河水便上涨，到了秋天气温渐凉，积雪不再融化，河流便变小，有的甚至干涸。那条河概莫能外，入秋后一天天变小，到最后便彻底干涸，裸露出骇然的河床。那人不但没看到成群的塔里木裂腹鱼，就连那条塔里木裂腹鱼，也终不见踪影。

那人后来想，那条塔里木裂腹鱼倏忽探出水面，是感知到将有雪水会使河流上涨？如果它们有那样的本事，又能否感知到，那条河不久将彻底干涸？

B：食单

塔里木裂腹鱼已几近灭绝，很难吃到。

都快灭绝了，还要吃的话，就太不道德了。

如果碰到，多看几眼吧。

苦役

1. 动物哭了

有这样一幅岩画：一群动物奔跑到一座山跟前，因为山太高，它们无力爬上去，便高扬着头嘶鸣哀叫。有一只鸟儿为它们被困而伤感，无声地掉转身子飞走了。

那幅岩画之所以吸引人，是因为那些动物的急躁嘶鸣有揪心之感。它们也许已经奔波了很久，已经能够闻到草原的气息了，但一座山却阻挡了它们。内心的渴求幻化成了暗淡的火苗，并很快熄灭。它们恨这可恶的山，也恨自己没有长出鸟儿那样的翅膀，否则一座一动不动的山又算得了什么！

细看，发现画中的动物都高扬着头。它们如此并不是在向上仰望，而是陷入迷惑不能做另外的选择。它们久久望着这座山，也许已经发出了不屈和挣扎的吼叫，但最终一切都是徒劳的，它们仍把头高扬着，似乎只剩下了仇视。但无论如何一座山在高处，一种压迫的力量不可阻挡，并潜入它们内心，它们最终无奈地屈服了。

画中只有一只小动物低着头，似乎连跻身于那悲愤集群的力气也没有了。与那些高扬着头的大动物相比，它显得更为弱小。幼小的心灵也许更无力面对此时的事实，所以它早早地因屈服而低下了头。

有人拍了那幅岩画回去，被一位小姑娘看见，她指着那只低着头的小动物说，它哭了。她问大人，它为什么哭呀？大人们一脸茫然，谁也无法给她一个答案。

另一幅岩画似乎是对这幅岩画的说明。画中有六只动物，有五只已倒地而亡，唯一剩下的一只嘴边有几株野草，那一定是可以救它命的，但它却并没有把嘴伸过去，而是扭过头望着已横尸荒野的那五个同类。也许它们是一起奔波到这里的，艰难挣扎只为那少有的野草，但那五只动物没能迈出最后的几步，苦难的大网将它们拉入了死亡深渊。

唯一剩下的这只动物扭过头去在看，它内心会有什么感觉？除了猜测，我们无法准确说出一个答案。人心向善，所以看到这幅岩画的人大概都愿意想，本来属于六只动物的救命之草，现在仅属它独有，它理所应当会把那丛野草吃掉，然后活下去。……命运的棋盘上，虽然棋子已变得无比沉重，但似乎仍被一只隐隐约约的大手在移动。

2. 残缺的挣扎

牧民给我讲述的一只狼，是痛苦择食的一员。它对那一年进入牧场的牧民和羊群观察了很久，亦忍耐了长久的饥饿。它的目标只是羊群中的一只羊，如能偷袭成功，它饱吞一顿后可管一个月。狼饱吞一顿后的一个月，可随意游荡，直到饥饿再次袭来，它们才会意识到又该去觅食了。

也许在饥饿中建立的愿望是最难实现的，这只狼等待了很多天，都没有得到出击的机会。它躲在树林里长久盯着羊群,内心已经上演了无数遍吞噬羊肉的场景。这是狼在隐藏过程中常有的事,幻想产生的错觉,会让它们的胃稍微好受一点。但美妙的享受最终被虚无所覆盖,饥饿再次将狼拉回现实,有细微的星星在眼前旋转出昏厥的深渊,它禁不住要一头栽进去。

那天下午,羊群在山坡上吃草,牧民们聚在一起吹牛。他们说到关于女人的话题,发出哈哈的笑声。人在寂寞的场所,加之生活又太单调,所以内心隐秘的舌头便悄悄伸出,舔吸着意念之中的快感。一匹被拴了好几天的马也许受他们的笑声感染,想挣脱那根绳子,结果差一点被绊倒。主人走过去抽了它一鞭子,它却欢快地嘶鸣起来,引得周围的羊都不解地望着它。受虐之后反而变得快乐,马为何会如此?

那只狼在牧民们谈兴正浓时悄悄接近了羊群。事实证明,它那样做是极不明智的。但谁也不知道狼有怎样的思维,所以在人们后来谈论中,始终没有得出狼那样做的原因。那只狼从中午就开始行动,天上的太阳慢慢从东向西,树木的影子也随之向一侧移动。它让树木的影子遮住自己,然后一点一点往前爬,从一棵树的影子里移到另一棵树的影子里。它必须忍受饥饿对体腔的撕扯,必须保持冷静,才能把偷袭实施成功。好在狼有超于所有动物的坚韧,越是艰难越能保持冷静。所以,它高度集中精力,让自己瘦弱的身子成功地变成了一枚棋子,在谋划的棋盘上慢慢推向目标。在最后,它将集所有力量完成一次出击。

应该说,那只狼是懂得利用地形的——太阳光照的角度,树,以及树的影子,都被它巧妙利用,不论是谁都会以为那是黑乎乎的一团阴影,不会发现它在潜伏。它亦认为自己的策略万无一失,只需循序渐进即可。这样的想法多少带有自我安慰的成分,但对于一只长久潜伏的狼而言，却可以减轻心理压力，不啻为一件好事。

狼不但隐忍能力超群，而且实施偷袭的谋略也颇为厉害。有一句哈萨克族谚语说："刮过的风没有影子，经过村庄的狼不会走空。"有三只狼去偷袭一家人的羊群，其中两只从正面接近羊圈，故意弄出声响，引得那家人出来追打它们，被它们引诱出很远，另一只狼则悄悄潜入羊圈咬死一只羊背走，没发出任何声响。等那家人返回看见地上的血，才知道上当了。他们气得大骂："毛驴子下哈的狼，会骗人呢，比贼娃子还贼！"毛驴子下哈的，意即驴生下的意思。新疆骂人时骂得最狠的话就是毛驴子下哈的，那家人被狼祸害了羊，便用最狠的话骂狼。

现在，这只狼也在悄悄实施它的偷袭计划。此等情景犹如微小的砾石，因为质地坚硬，同样可以垒起高大的城堡。终于，它移动到了最佳偷袭羊的位置。时不可待，它如离弦之箭突然窜出，向一只羊扑了过去。它尖利的牙齿，在此刻无异于把刺向羊的刀子。那只羊没有防备，鲜嫩的草使它犹如在享受盛宴，被狼一口咬住了脖子。这是狼惯用的攻击方法，只要一口咬住用力一扯，羊的脖子就会被撕开，喉管就会断裂，羊很快便倒地而亡。但正如牧民们在后来的议论中一再强调"那只狼当时一定是饿晕了"一样，它不但没能一下子将羊的脖子扯断，反而被羊用力一甩之后，像皮球一样滚到了一边。饥饿已掏空它的身体，它变得颇为惊恐，意欲爬起来逃走，但它连爬几次都未能成功。冲锋陷阵者突然丧失力量，就会变成被打击者。它意识到了麻烦，挣扎着好不容易爬起来，但却又一头栽倒。平时，狼接近人或羊时，眼中似乎会刺出刀子，让人不由得恐惧。但现在的这只狼浑身发软，凶猛形象迅速褪色，似乎要变成一只可怜的小动物。

狼的意外遭遇让牧民们高兴得大喊大叫，一向都是狼让人恐惧，今天终于看到了狼出丑，而且狼一出丑居然如此可笑，就像吃不动羊肉，骑不了马的人，没有一点本事。他们操起东西扑过去，要把打狼干成今天最有意思的事情。

狼受到惊吓，终于挣扎着爬起来，摇摇晃晃向远处跑去。但它跑得太慢，有好几次差一点被人追上，一棍子就可以把它击倒在地。但惊恐或许能激发狼的力量，它嘶哑地嗥叫了几声，四爪的速度明显加快，不一会儿便爬上了山坡。人们放弃了对它的追赶，嘟囔着说有一条狗就好了，狗追上去一口咬住狼，一定会把狼像石头一样摔下山坡，但今年出来放牧没有带狗，只能望狼兴叹。

但就在牧民们准备返回时，那只狼却再次出丑了。它从一块石头向另一块石头跳去，因力气不足，像树叶一样掉进两块石头之间的缝隙。慌乱挣扎中，一条后腿被石缝死死卡住，无论怎样用力都挣脱不出。平时，狼在山野间奔跑时身轻如燕，而且因为谨慎，从不会出现这样的危险。现在，是因为这只狼太过于饥饿，加之又被牧民们喊叫着追赶，它才没有把握好重心，被石缝卡住了后腿。那是让它无比痛恨的两块石头，它们中间只有一条窄窄的缝隙，它的那条后腿因为身体坠落的原因，插进去便被死死地卡住，像长在里面似的无法抽出。它恐惧极了，用尽全身力气向外挣扎拔腿。好在牧民们都已转身离去，所以没有人看见这一幕，它获得了挣扎的时间。

那条后腿却死活拔不出来。意外的灾难让它的形象再次褪色和萎缩，它喘着粗气，似乎在向遥远的母亲求助，但刮过的风淹没了一切。它用力往石头上爬，意欲将那条后腿扯出，因为用力太猛，那条后腿咔嚓一声被折断了。它疼得大声嘶鸣，周围的草叶都似乎随之在战栗。它在一瞬间遭遇的厄运，把它推进了命运低谷，连死亡也像幻影一般向它聚拢过来。

牧民们听到狼的嘶鸣回头一看，好啊，狼被卡在了石缝中。他们从地上捡起石头和木棍，这些都是称手的武器，可轻而易举致狼于死地。他们本来以为狼已经逃走,没想到石头却帮了忙,把它死死卡在那里,它还能往哪里跑?这是一只倒霉的狼,是一只来送死的狼,是一只彻底丧失了本事的狼,是一只让所有的狼都颜面扫地的狼,是一只让他们终于可以出一口恶气的狼……牧民们再次兴奋起来,要把打狼干成今天最有意思的事情。

狼看见人们扑了过来,等于看见了自己的末日。它害怕了,在惊慌中一用力,那条后腿再次咔嚓一声,被硬生生地扯断。那截断腿插在石缝里,像一根模糊不清的树桩。付出了一条腿的代价,它从危险中脱离出来,趔趔趄趄又向远处跑去。疼痛让它龇牙咧嘴,但它要活下去,必须挣扎着逃走。否则,它便会在人们的击打中变成一朵血肉之花。

它很聪明,跑进树林后,巧妙地将屁股往树上一靠,便掌握了重心,复又向前跑去。它就那样利用树跑了,牧民们无可奈何地说:"三条腿的狼也聪明得很啊,所有的树都是它的腿!"

它直至到了安全的地方,才停下歇息。那条后腿的断裂处在汩汩流血,它扭过头去用舌头舔干净,眼里弥漫出一股悲哀。它的遭遇,犹如冷面杀手丧失了进攻能力,只能从高地上撤退下来。它以后苦挨岁月,如何面对抱残之身?

那些牧民返回后气愤难消,没有把打狼干成今天最有意思的事情,他们颇为遗憾。平时,他们很少近距离看到狼,有时候只能看见山冈上有一个黑点,那是狼远远地在观察人和羊的活动,它们从不轻易走近人。有时候狼偷袭了羊,等他们赶到,只能看到躺在地上汩汩流血的羊,狼何时而来又何时而去,他们连影子也没有看到过。那天,用他们的话说,是那只丢人的狼自己送上门的,而且浑身软得没有一点力气,一石头砸下去就要了它的命。但它还是跑了,虽然丢了一条腿,但它的命没有丢,以后它还会拖着残缺之身来吃羊,而且会报复人。想到这里，牧民们有一点失落，亦对狼产生了恨意。

后来，有人看见那只三条腿的狼在河滩上挪动着身子行走。他胆小，便转身往回跑。这件事在牧区传开后，大家都笑话他，他生气地说："难道就我一个人害怕狼吗？你们谈起来嘴巴上的劲很大，但真正遇上狼了，谁不怕狼？"有一个人说："它只有三条腿，连站都站不稳，你还怕它吗？"他说："它只有三条腿，又不是只有三颗牙，你有本事你去打？！"

几个月后的一天，牧民们发现了那只狼，它死在一棵树下，皮肉已经腐烂，有苍蝇在身上乱飞成一团。它的另一条后腿也断了。在它的后腰下面，两条裸露出白骨的断腿看上去让人骇然。牧民想，也许它的另一条后腿也是被卡在石头中弄断的，那一刻它失去重心摔倒，被疼痛的大网顷刻间覆盖。但它在疼痛之余又发现，自己丧失了行走能力，平时还算灵活的身躯变得笨重无比，得用两条前腿用力爬才能挪动身躯。它悲痛欲绝，但又有什么能够帮助它呢？它跌入无以突破的命运死谷，前行无望，退路已绝，它只能屈服于绝望和无奈。

不知它用两条前腿爬了多远，爬了多少时日，最后终于被饥饿的大手死死按住，在一棵树下死去。从它的姿势上看，它在最后仍想向前爬去，也许前方有能让它活命的食物，但死亡在它面前竖起一道高墙，它只能被隔滞于永远黑暗的一边。

"我们没把它打死，它自己倒死了！"牧民们发出几声感叹，转身离去。

3. 幼狼与鹰同归于尽

几年前的一个雨天，一位牧民给我讲述了一只母狼的故事。他语气沉重地说，狼在平时，没有爬不过去的山，没有趟不过去的河，即使在荒漠上也速疾如飞。但母狼怀孕后，肚子经常会被树枝和石头碰疼，便不得不放慢速度。听着他们沉重的语气，我感觉它的刚烈像一对收拢的翅膀，为腹中的狼崽缓缓落了下去。它必须让自己缓慢下来，以免危险发生。它的骨骼为此隐隐作痛，那是一种压制奔跑的急切之痛。后来，它发现嗥叫是缓解急切之痛的好办法。它一番酣畅淋漓的嗥叫之后，舒服了一些。

但为了保护腹中的狼崽，它每走一步都小心翼翼，尤其是穿过树林和河滩时，则更加小心，生怕被树枝刮伤身子，或在石头上摔倒。这个世界有这么多坚硬的东西，尚未出生的它们又怎能经得起碰撞。等它们出生并长大后，其尖利的牙齿和敏捷的爪子，就是与这个世界较量的有力武器。但现在它必须与这个世界保持距离，保护好腹中的幼子。耽于对幼子的期待，母性的爱和柔情慢慢变得宽泛，世界缩小到了它只想要的范围。

分娩的阵痛是在一个黄昏开始的，它想去河边喝水，刚爬起身便感到肚子疼了起来。一丝欣喜和紧张泛上心头，它期待了很久的分娩终于来临，它卧下身子等待幼子出生。阵痛一阵紧似一阵，但肚子里的狼崽却并不出来，它痛得在地上打滚，渴望能让狼崽快一点出生，但数小时过去仍没有动静。又一阵疼痛自腹部剧烈涌起，它从地上一跃而起，向一个山冈跑去。在它的潜意识里，奔跑可以减少疼痛，它要用这个办法从疼痛的深渊中挣扎出来。它跑得很快，边跑边嗥叫，等到了山冈上，却发现这个办法并不管用，反之却让腹部如刀子划动一般剧痛。它绝望了，疼痛把它死死按倒在山冈上。它浑身发抖，似乎有恶魔一会儿在它身上变成火，一会儿又变成冰。就在它的双眼就要闭上，生命大门就要关闭时，它看见了月亮。夜空中的月亮又圆又明亮，晶莹的月辉洒下来，像是要揽住它的怀抱。它爬起来对着月亮长嗥一声,腹中的三只狼崽应着它的长嗥一一出生。它将它们用嘴叼回窝中,整整一夜,外面大风呼啸,而它内心甜蜜,无一丝困意。

第二天早上,它外出觅食,三只狼崽在狼窝中蜷缩成一团。它必须尽快找到食物,否则狼崽会被饿死。母狼走后,附近村庄的人嗅到刚出生的狼崽气息,他们悄悄接近狼窝将手伸进狼窝乱摸。三只狼崽尽管才出生一天,但它们知道那几个人是来害自己的,所以挣扎着向外逃窜。生命被苦难的大网罩盖,逃生是所有生命的本能。

本来,在狼窝最边上的一只狼崽,极有可能被人抓走,但因为狼窝中光线昏暗,另外两只运气不佳的狼崽被那几人摸个正着,用力一扯便被拉出了狼窝,而这只狼崽则留在了狼窝中。这样的结局看似是阴错阳差,其实与人的谋略有关,那几人深知在狼窝中留一只狼崽,便可以换取人的平安。曾有人将一窝狼崽全部掏走,回家途中到一位朋友家中喝了一壶奶茶,聊了一会儿天,然后才离去。但正是因为他这一停留,让狼崽的气息留在了他朋友的家里,母狼跟踪而至,将他朋友家的羊咬死了好几只,差一点还伤了人。这件事让人们警醒,如果在狼窝中留下一只狼崽,母狼因为无法分身,便不能去寻找被掏走的狼崽。只要过一夜,或者下一场雨,狼崽的气息就会散尽,母狼便无法实施报复。

那几人抱着两只小狼崽迅速离去,留下的这只狼崽因为惊恐,在狼窝中发出低低的呜咽声。至此,它才明白发生了什么事,那种被人夺取生命的恐惧让它浑身发抖。与那两只狼崽相比,它是未坠落深渊的幸运者,它们已被人掏走,不知命运将如何?

母狼捕回一只野鸡,可供三只狼崽啃食两三天,但两只狼崽已被人掏走,它愤怒地长嗥,声音在树林中传出很远。美好的世界缺了一角,母狼只好带着唯一的狼崽离开狼窝,重新寻找栖身之处。这是人所希望的,计谋的大网就在母狼和狼崽的头顶,它们没有办法将其冲破。

母狼和狼崽开始流浪，它们在树林里过了一个多月，却鲜有可捕获的动物。小狼崽已长大不少，但还是经常饿得无力走动，母狼便只好从腹内运起一股力量，呕吐出尚未消化的食物喂养狼崽。后来，它们走出树林去碰运气，但树林外的沙漠中没有水，沙漠狼和森林狼的生存方式截然不同，它们如果走进去，无异于投入死亡大张着的嘴。无奈，它们忍着饥饿在峡谷中流浪，一个多月后，母狼判断河岸边的山坡上会出现旱獭，如捕到一只可解决饥饿。

熬了几天几夜，母狼背着小狼崽，在它几乎已经没有力气，被累得快要倒地时，终于走到了那条小河边。母狼将小狼崽推到河边，待它喝足了水，才把自己的嘴伸进了水中。喝了水，腹腔内有了舒适感，内心的信心倍增。本来，狼是不喝河水的，因为流淌的河水会带走它们的气息，使它们的行踪暴露，但这只母狼别无选择，它没有力气再去寻找积水或泉水，只能狠狠心喝下河水。

这只母狼喝足了水，去寻找旱獭的洞穴。每天上午，旱獭们会走出洞来晒太阳。母狼计划在旱獭出洞后，悄悄潜行到它们的洞口，堵死它们的后路，然后实施杀戮。但旱獭似乎在洞穴中睡大觉，都中午了却仍不出来。没关系，母狼一动不动地趴在石头后面等待，哪怕时间再长，哪怕自己变成一块石头，也要等旱獭出来。母狼在隐忍中耐心编织的大网无比细密，加之已死死盯住目标，所以它的预谋不会落空。

然而一场灾难却在悄悄降临。狼崽因为饥饿趴在河边一动不动，远远地看上去，似乎已经命殁。一只鹰在半空中发现了它，便盘旋着观察它。是母狼没有坚守不喝河水的原则，它的气息被河水带到下游，被这只鹰嗅到，便寻找而来。鹰盘旋几圈后突然扑下去，用尖利的双爪抓起狼崽便飞走。母狼痛苦悲号，但却只能看着鹰越飞越高，它的小狼崽越来越模糊。

鹰想抓瞎狼崽的眼睛，然后再去叼它的喉咙。鹰固有的捕捉方式之所以被重复使用，是因为其杀伤力效果明显，对获胜有决定性作用。但这只经历了生死和饥饿折磨的狼崽，意识到自己的生命受到威胁时，一口咬住了鹰的一只翅膀。谋害者要把它推进死亡的黑洞，此时唯一的办法就是与对方对抗，让自己逃脱出死亡的阴影，或者把对方推入死亡的黑洞。

鹰用力欲把狼崽甩开，但狼崽死死咬住不放。慢慢地，鹰被狼崽扯得乱晃，不但没有抓瞎它眼睛和去叼它喉咙的机会，反而被狼崽咬得有坠落山谷的危险。意外遭遇让一场预谋被移位，进攻者变成了被打击者，此时鹰唯有挣扎，才可赢得将小狼崽从空中扔下的机会。但小狼崽紧紧咬住了它的翅膀，它又怎能轻易逃脱呢？

如果这只小狼再大一点，就会一口把鹰的爪子咬断，只可惜它还太小，没有能力咬鹰。其实，鹰是天空中的王者，在地上根本没有优势。现在，这只鹰很无奈，便拖着小狼落到了悬崖边，它想把小狼甩到悬崖中去。白热化的拼斗让死神的面孔变得无比清晰，必须把对方推向死神，才可让自己安全。但无论鹰怎样扭、怎样甩，小狼崽都不松口。小狼崽明白，它一松口就会甩下悬崖摔死，所以它便死死咬住鹰的翅膀不放。

鹰慢慢地没有了力气，身子开始软了。溃败会让心理渐渐崩溃，继而失去战斗力。但鹰不服输，它将一只利爪抓入了小狼崽的身体，小狼崽发出一声惨叫。但鹰再次失算，它没有想到疼痛会激发狼的狼性，小狼崽不顾疼痛，更有力地咬住了它的翅膀，它们翻滚在了一起。因为谁也不愿让自己掉进死亡深渊，所以谁也不放开谁。此时，挨时间和拼最后的力气就是较量。

鹰从小狼崽身体里拔出利爪，抓向小狼崽的眼睛，一股鲜血飞溅出来，小狼崽的一只眼睛被鹰抓瞎。但鹰在这一击之后，已用尽力气,再也无力去攻击小狼崽。小狼崽发出一声惨叫后,突然放弃挣脱,拖着鹰向着悬崖跳了下去。它也已经没有了力气,如果鹰缓过了劲,会抓瞎它的另一只眼睛。所以,它要和鹰同归于尽。

一团黑影一闪,它们一起掉到崖底,摔成两朵骇人的血色花朵。

当晚,山谷中传出一声声母狼的哀号。

4. 母狼食子

牧民给我讲述这个故事时,偏向于艺术感觉,以至于让我觉得自己并不是在倾听,而是在观看电视专题片。他用旁白一样的语气说,那片森林前的草地是狼的生存地,但他并不急于把狼推出,而是不厌其烦地说四周的风景,意欲给我灌输狼的生存地是多么美丽,再慢慢道出狼非同一般的生活。我洞察到他良苦用心,便耐心等待。

他是那个故事的见证者,当时躲在一棵树后,看到一只狼突然出现了。它咆哮,发怒,不安地奔跑,似乎有什么激怒了它,它正在调动体内的"武器",要将对方杀死。他终于进入了故事,我想起小时候的经历,大人们突然想起对我的承诺,给了我一件曾答应我的东西。那种突然之间如愿以偿的喜悦,着实是美不胜收。牧民终于让狼进入讲述,我内心的滋味一如小时候那般欣喜。

牧民说,那只狼不安地跑动几圈后,他才看明白它是为了躲避另一只狼。它是一只母狼,一只公狼向它发出了求爱信号,不知它是因为兴奋还是厌恶,它却开始逃避公狼,惹得公狼左右纠缠,重复十余次,母狼才接受了那只公狼。但公狼数次爬到母狼身上,都不能顺利交媾。牧民解释说,即使它们交媾成功,能孕育成功的概率是三千分之一。那一幕看得他颇为郁闷,觉得狼是最不善于生殖的动物。也许正因为如此,所有的母狼看上去和公狼没什么区别,它们性别模糊,每一只都散发着雄性的气息。

公狼最终未能如愿,沮丧地从母狼身上离去。母狼终于从肉体游戏中解脱,甩掉身上的草屑后跑过一片草地,在三个幼狼跟前停了下来。牧民这才发现,噢,这里有它的三个孩子。

牧民看见另两只幼狼晃了一下便不见了,只剩下最小的一只晃呀晃,渴望像母狼一样走动,但是它没有力气,好几次栽倒在地。牧民没有想到,接下来会在母狼和小狼身上,突然发生血淋淋的惨剧。

幼狼刚出生,只能勉强挪动身体,母狼守在它身边形影不离。母狼不时地用嘴拱拱小狼,其怜爱之意体现得淋漓尽致。它的周围还有一些动物,皆忙于游戏追逐,把野草冲撞得漾开一层细浪。很显然这一母一子,是动物中的自足主义者,无论他者多么快乐,它们都不会扭过头去看。

突然,一只豹子向它们冲了过来。豹子非常灵活,而且进攻技能优于所有动物。熟知豹子的人都知道,豹子和狼是死敌,二者力气并不均衡,但狼被不服输的个性左右,一见到豹子就凶猛地扑过去。为了争夺猎物,豹子凶悍的性格会成为有力的杀伤武器,不拼个你死我活便不会罢休。

母狼看见有豹子来犯,一口叼住小狼的脖子,意欲躲开这个麻烦的天敌。很多动物在危急时刻都会用嘴衔起幼子,有的动物长有锋利的牙齿,却不会伤到亲子。平时,它们撕咬死敌的牙齿长在嘴里,而在用嘴衔子时,那锋利的牙齿似乎就隐藏了起来。关于牙齿的杀伤力,成吉思汗曾总结出两句话,用于激励他的士兵:吃肉的牙长在嘴里,吃人的牙长在心里。

豹子很聪明,发现母狼嘴里衔着幼子后,舍所有动物而专攻母狼。阳光从豹子的长牙上反射出刺目的光芒,它只闪出一团影子便已接近母狼。豹子善战,它首先堵死母狼的退路,意欲将母狼逼入绝境。母狼无法躲开,索性回头欲与豹子拼命。气氛变得紧张起来,狼和豹子都恨不得让自己变成刀子刺向对方。

豹子很快便发挥出凶猛进攻的优势,有几次差一点咬住母狼的脖子。慢慢地,母狼因为口衔幼子而没有了进攻优势,它一边躲闪一边寻找着可以把幼狼放置下的地方,那样的话它就可以用尖利的牙齿进攻豹子。但豹子已识破它的意图,紧盯着它嘴里的幼狼一次次猛扑过来。母狼发出一声断哑的低嗥,不再躲闪,转过身正面迎向豹子。那位牧民以为母狼要向豹子发起进攻,但令人叹为观止的一幕发生了,母狼咔嚓一声咬断幼狼的脖子,咚的一声,幼狼身首异处,掉在草中。母狼不再有顾虑,掉过头来嘶鸣着对付豹子。

灾祸总是在意料之外发生,它要么伤及他者,要么伤及自己。但在这个故事中,母狼并没有被灾祸左右,而是做出了冷静的判断——如果它再坚持下去,幼狼必被豹子咬死,弄不好连它也会死于豹子之口,所以它先咬死幼狼,然后再和豹子周旋。两个死亡变成了一个死亡,它赢得了生的希望。

但豹子的进攻势不可挡,母狼因无力抵挡,不得不落荒而逃。风吹得野草乱晃,它的幼子尸体已被草丛淹没,一场死亡没有留下任何痕迹。

情节突变把这个故事推向高潮,让那位牧民心惊胆战。本来,他是恨狼的,但突然出现的豹子和随即发生的血战,让他对狼产生了怜悯,尤其是狼咬死亲子这一举动,更是让他对狼的决绝心生敬意。这动物界中生死的一幕,有一种极度残忍的真实,感动了躲在树后的观看者。

所有的动物都被吓跑,豹子站在山冈上东张西望,传出一连串粗喘声。从气势上而言,豹子是胜利者,但豹子并不知道因为它的进攻，导致狼咬死了它的亲子。少顷，豹子有些失望地转身离去。"没有对手的遭遇让它感到孤独"，讲述者这时又用旁白一样的话在解释，但一只豹子在内心想什么，人又怎能知道!

当晚，有一团黑影从树林里慢慢移动过来，走到白天发生过血战的地方停住，像是在寻找什么。牧民断定那团黑影是那只母狼，他想，白天的遭遇让它失去了小狼，而且是它迫不得已亲口咬死的，这对它来说是非常痛苦的事。现在，天敌已不在，它回来想看看自己孩子的尸体，但天太黑，它又能看见什么呢？牧民觉得它会失望，果然它在那儿停留了一会儿，慢慢移动进了树林里。

第二天，血淋淋的一幕剧加演。那只母狼回到了昨天丧子的地方，找到小狼的尸身，像是已忘记悲痛似的无动于衷。豹子没有出现，这里变得很安全。母狼开始散步，仍像以往一样谨慎。这样的事情让听故事的人不解，都会像我一样，不能容忍狼的这一行为。但人又怎能知道狼的习性呢？尤其是这只母狼，身上像是有一个模糊的黑洞，而且向相反的方向延伸，人又怎能将其改变。

过了一会儿，它走到幼子尸身旁，用嘴去拱它，似乎想看看它是否还活着。所有人听到这里大概都会心生痛感，觉得这是这个故事的悲痛之处，但接下来发生的一幕让人大吃一惊，母狼一口咬住小狼尸身的一端，一爪按住另一端，撕扯开皮肉吞噬起来。因为小狼的尸身太小，母狼只撕扯了一下便使其一分为二，并很快将小狼吃完。它抬头向四周看了看，用爪子在地上刨出一个坑，将小狼的皮毛和骨头埋了起来。

它与小狼的血缘关系，经由它这一刻的举动被迅速改变。这个故事有很大的偶然因素，狼的行为超出了人的想象，并且把血淋淋的事实推到了人们面前，让人一时无法找到答案。这个世界太大了，不管有多少没有答案的事情，它都足以装得下。最后，母狼走向空无一物的远处，好像隐隐还在，又好像已消失。在阔大混沌的天地中，万物生存到底有怎样的秩序？

讲述者又用旁白一样的解说词发出感叹："一只狼哪怕活得多么不好，别的狼都无动于衷，但如果它得了瘟疫或被别的动物害死，别的狼会不忍它暴尸荒野，会把它吃掉。那只小狼是它生的，现在又被它吞噬，又回到了它的身体里……"他在无意中成为见证者，所以他的解释一语中的，似乎说出了狼想说的话。

真的是那样吗？

5. 狼在，或不在

狼死后，会留下狼髀石、狼牙和狼皮。人们认为狼活着时凶猛，死后留下的东西仍有阳刚之气，所以把狼髀石和狼牙佩戴在身上避邪，而狼皮则用于装饰，图的还是展示狼的气势。

关于狼髀石，曾有争论，狼到底有四个还是两个狼髀石？有说四个，有说两个。最后得出的结论是，一只狼有两个狼髀石，是两条后腿的蹄腕骨。

狼身上的骨头多矣，为何人们独爱狼髀石，且将其视为圣物？牧民对狼了如指掌，说狼之所以善于奔跑，全靠后腿发力，其灵活力度也得益于后腿，所以狼髀石便成为力量和智慧的象征。

狼髀石作为象征物始于何时？懂历史的人说这个问题说来话长，远古时期的人们，从狼群生存的方式得到启发，遂团结多人形成部落，并将狼髀石作为象征物佩戴。

一块骨头，因为附带了文化和历史，便非同一般了。如今，狼髀石仍受游牧民族喜爱，男人常将其佩戴于身，妇女生孩子时，家人把狼髀石戴在产妇手上，或把晒干的狼心研碎后让她们服下，可保证她们顺利生下孩子。婴儿出生后用狼皮裹住，在摇篮下挂一块狼髀石，寓意长命百岁。牧民放牧时会在口袋中装上狼牙或狼髀石，他们认为有此物在身上，可逢凶化吉，大难不死。

蒙古族人有一个说法，如果你有一对狼髀石，当你遇到你一生最珍惜、不离不弃、最重视的人时，就可以给他一块狼髀石。这样做的寓意是，一只狼有两块髀石，它们在一起时左右相伴，不在一起时会拴住相知的心！

十余年前的一天，我去阿勒泰的白哈巴村寻访图瓦人，想弄清楚他们是否是成吉思汗的后裔。他们一见面就对我说，如果你昨天来的话，就可以看到取狼髀石的过程。细问之下才知道，有一只狼被捕兽器夹住一条腿后，它拖着捕兽器逃脱，牧民紧追它不舍，它的另一条腿不巧卡在了石缝中，它用尽力气挣出腿后，已无法逃出牧民的包围，它长嗥一声一头撞向一块石头，一声闷响后，它的脑袋变成模糊的一团血肉。

村里人从它的两条后腿上取下两个狼髀石，把它的肉做了狼肉抓饭，大人小孩每人吃了一份。狼平时多祸害牛羊，吃了狼肉，人们脸上都有解脱的轻松神情。

我与村里人商量，想买下那个狼髀石，不料他们均摇头表示不卖，问及缘由，他们说狼髀石影响人的运气，只可赠送，不可买卖。看他们那样看重狼髀石，是断然不会赠送我的，我遂打消了念头。

与村里人说起图瓦人的来历，他们坚信自己是成吉思汗的后裔，并举出成吉思汗与狼有关的历史加以证明——成吉思汗曾下过保护狼的命令："若有苍狼、花鹿入围，不许杀戮。若有卷毛黑人骑铁青马入围，要生擒他。"一位年迈的图瓦老人说起成吉思汗，道出一段鲜为人知的历史：当年成吉思汗征服欧亚返回时，从现在的图瓦共和国所在地带回一批图瓦士兵，经过白哈巴和喀纳斯一带，见其风景优美，河流中流淌着像乳汁一样的河水，便命那批图瓦士兵留守，以便他日后在此休养生息。大军开拔时，一只白狼横在大汗的马前不让他前行，大汗说我的士兵不能停下，我的刀不能在刀鞘中生锈，你不可阻止我不向前行。那只白狼见阻止大汗无望，遂纵身跳下悬崖，在崖底摔成一朵血肉之花。大汗不为白狼之举心动，他的心比世界还大，曾发誓要从太阳升起的地方打到太阳落下的地方，也要让所有长草的地方都被他军队的马蹄踏过。那天，大汗让人取下那白狼的两颗狼髀石，赐予那批图瓦士兵，然后继续踏上南下的征途。不幸的是大汗此去果然不祥，先是打猎时从马上摔下，后在攻打西夏时中箭，辗转到我老家天水境内的清水，终因医治无效命殁。那批图瓦士兵慢慢被人们遗忘，他们从脖子上取下狼髀石，从此变成百姓。

故事很吸引人，但听罢可感觉到，讲述者仍在强调，白哈巴的图瓦人是成吉思汗的后裔。

听故事，就看你怎么听了，有时候听的是历史，有时候听的却是历史的呼吸。历史并非结束的事件，它会因为人们的某些愿望，顺应人心延伸出某些温暖和美好。所以说，历史是活着的，且对时间有复仇心理。

与村里人闲聊，说到辨识真假狼髀石的办法。他们说根本不用看骨头的质地和纹路，只要把狼髀石往马或牛羊的鼻子下面一放，是真的它们就会大叫，是假的它们没有任何反应。

我想试试，但村里的牛羊和马都去了夏牧场，那位年迈的图瓦老人说，好办得很，用狗试也一样的。说话间他牵来一只狗，我把狼髀石刚放至它鼻子下面，它便惊慌大叫，挣脱老人的手跑向村后的山冈。直到天黑，它也没有回来。我睡到半夜，恍惚听见它仍然在叫。

成吉思汗为激励士兵，曾说过一句谚语：吃肉的牙长在嘴里，吃人的牙长在心里。

此话有杀气，前一句说的是狼牙，后一句说的是狼心，亦可理解为是在说人。

有历史学家称，成吉思汗不识字。此说法是否属实，有待考证，但他借狼说出的这句谚语，却是一句顶一万句，极大地鼓舞了蒙古大军的士气。

狼牙即狼獠牙，与狼髀石一样被视为圣物，尤其是牧民多有佩戴狼牙的习俗。有人说，只要身上有狼牙，攻击人的野兽就会远远避开，亦会起到逢凶化吉的作用。

细想，是因为狼牙留有狼的味道，野兽平时惧怕狼，闻到其味道，自然会远远避开。不仅是别的野兽，就连狼也会有同样的反应。有一人在放牧时受一狼攻击，眼看那狼要一口咬向他的脖子，但那一刻狼看见了他挂在脖子里面的狼牙，扭头嗥叫一声，然后起身离去。他愣怔片刻，手摸狼牙喃喃自语，狼不吃戴狼牙的人，狼牙救了我一命。

但狼牙一般是不可以戴脖子上的，有一人把狼牙像项链一样挂在脖子上，被另一人指出不妥，并解释说狼髀石可以挂在脖子上，但狼牙应佩戴于身体的其他地方，原因是狼牙多用于攻击和吞噬，若将其藏起来，可寓意不动声色之发力。有老话说：狼髀石要亮出来，狼牙要藏起来。说的就是这个意思。再者，狼牙有味，挂脖子上容易闻到，亦不好。

我写长篇小说《狼苍穹》时，写到狼有四颗獠牙，有朋友却说一只狼有两颗獠牙。我见过很多狼，因为一直认为狼有四颗獠牙，便未及仔细观察，被朋友那么一说，便不敢往下写了。为了证实，我去了吉木萨尔的野狼园，买了几块羊肉引诱狼来吃。第一块羊肉扔进铁丝网内，被一只狼一口吞没，我没有看见它嘴里的牙齿。稍后，我想出一个办法，将羊肉用绳子一头绑住，另一头绑在一木棍上，像钓鱼一样隔着铁丝网把羊肉放下去，狼便跃起欲叼肉，我将羊肉放下又提起，反复几次，终于看清狼有四颗獠牙。去年《回族文学》办笔会，安排大家去野狼谷的狼园看狼，大家在狼园旁听到一个故事，说一只狼死后，狼园的人准备把它做成标本，便把它挂在树上风干。园中的狼看见被挂起的狼尸，便狂躁长嗥，欲冲出狼园去把那狼尸吃掉。有一只狼狂吠不已，居然用嘴去咬铁栏杆，一颗狼牙硬生生被磕断。主人怕出危险，遂将那狼尸从树下取下，园中的狼才安静下来。那颗狼牙后来一直在狼园中，太阳出来便闪光，太阳落下便留在黑暗中。园中的狼对那颗狼牙视而不见，尤其是嘴里少了一颗狼牙的那只狼，有时一爪子踩到那颗狼牙上，也没有反应。也许，在狼的观念中，离开身体的东西，便与它们无关了。

野狼谷有一个小型博物馆，有狼牙出售，我让服务员拿了一个，握在手中有沁凉之感，待细摸之后，觉出细腻光滑之感。狼牙略有弯度，其尖端颇为尖利，在手上试着一划，便有了痛感。想想便明白，狼的力量在嘴上，不论是嗥叫，还是用牙撕咬，都杀气十足，令人胆战心惊。

当晚，朋友们喝酒到深夜十二点，我建议大家去看此时的狼，它们一天中最兴奋的时候在凌晨，亦会长嗥和两眼放出绿光。一群人去了狼园，远远地便看见有绿光在黑暗中闪烁。待我们走近，狼受到惊扰，突然大嗥起来。所有人都站立不动，静听狼的长嗥。那一刻，夜更黑了，山似乎矮了，整个世界都静了。

另有一事，那仁牧场的牧民说，有一个小山冈，每年牛羊转场时死活不经过，只有牧民下马站在那里，它们才会惶惶奔跑过去。牧民一直感到奇怪，直到后来被一场大风揭开了谜底：山冈上的土被大风刮走几层，露出了一颗狼牙。牧民于是知道，有一只狼曾命殁在那个山冈，它死了，但是它的獠牙却依然让羊群害怕。

写了狼髀石和狼牙，不可不写狼皮。

完整的狼皮不多见，我曾在哈萨克族女作家叶尔克西家见过一张。一进门，见一张狼皮挂在正面的墙上，因为逼真，恍然觉得墙上攀爬着一只真狼。细看那狼皮，有头有脸，四爪齐全，就连尾巴也挺出硬朗的线条。问及狼皮的来处，叶尔克西答曰北塔山。当时心想，那里是中蒙边界，此狼也许来自蒙古国。后来在白哈巴的一户人家又见到一张狼皮，体形庞大，毛色纯正。用手摸了一下，狼毛有粗硬之感，似乎还隐隐有一股燥热的气息，人们用狼皮做褥子的原因，大概就在于此吧。为了了解狼皮，便把手伸入毛中去抚摸，有柔软绵软之感。看来生性凶悍的狼，它们的皮子倒是另一种秉性。曾听人说狼的皮肤不透气亦不散热，所以狼很少在正午或酷热之时出动，而凉快的午夜，则是它们行动的最佳时机。因为皮肤的原因，狼不会长途奔跑，每跑过一段路程，便会寻找隐蔽处休息。狼攻击目标时总是前仰后蹲，等待最佳出击时机。它们的这一举动亦与皮肤原因有关，它们深知自己不能在攻击中耗时太多，否则会把自己憋坏或累倒，所以它们往往一击便要达到目的，如果没有把握，它们宁肯不出击。

狼的故事都好听，我写《十三狼》时，曾写下一个楔子：清晨出发，傍晚归来。勇敢的猎人，你走过了两千座山和五百条河流，见过了三百只狼和五十只狐狸。如果你要给人们讲故事，就请你讲狼的故事，因为狼的故事最好听。

那天在白哈巴村，我对那张狼皮越看越喜欢，问及价格，主人报出五千元，且不还价。我那时每月的工资才一千多元，用手不舍地摸摸，遂打消购买的念头。有一人也去问那狼皮的价格，为主人坚决不讲价而生气，便说这么贵还不知道是不是真的。主人说狼牙、狼髀石有假的，但谁能造出假狼皮？如果你能造出假狼皮，有多少我收购多少。那人怏怏然离去。

狼皮均出自牧区，但牧民猎捕到狼后却不动它们一根毫毛，而是整体运回村庄，交给专门做狼生意的人去剥皮、风干和加工，使之成为上好的饰品。

牧民之所以不动狼，是因为惧怕狼的味道，一只狼隔一座山冈，能闻到另一只狼的味道。如果他们在牧场上对狼开膛破肚，狼的味道被别的狼闻到，必然会循着味道前来报复。

有一人猎捕到一只狼，将其剥皮、剁肉、取狼牙和狼髀石，然后一一收拾进屋。天黑后他听到门响，开门后便被佯装敲门的狼一口咬去半边脸，他痛苦呻吟了几天后死去。

另有一猎人用夹子夹住一只狼后，用刀子割断狼的喉咙，剥下狼皮挂在枪上扛下山。另一只狼悄悄跟在他身后，趁他不备时一爪子打飞他的猎枪，并将他扑倒在地。他慌乱用脚去踢狼，狼顺势咬向他的大腿，一口咬掉了他的生殖器。

有关狼皮的故事，大多都发生在荒野之地，牧民们因为防狼，在毡房里从来不挂狼皮。仔细问过后才知道，狼皮都去了城市，狼群跟踪过去想报复，但城市的喧嚣阻止了它们，加之污染严重的空气很难闻，所以它们遥望城市几眼，便转身将自己融入荒野的落日余晖里。人与狼之间的"栅栏"，二者均小心翼翼坚守，从不轻易突破。但也有反其道而行之者，有一人猎捕到一只狼后剥了狼皮，挂在树上等待风干，然后将一堆无用的肉骨埋掉。一夜过去，那人第二天早上出门一看，埋狼的那个土堆已被刨开，里面空空如也。他大惊，遂想起狼群有严厉的法则，如果一只狼被人捕获，它们一定要想办将其救出，如果救不出，便要将其咬死吃掉，绝对不让它落到人的手里。

那人吓得发抖，再看那狼皮，还挂在树上，但树身上有明显的爪印和牙痕，想必是狼爬不上树，便恼怒地抠抓和咬过树。

那天早上有风，那张狼皮被吹得摇来晃去，似乎闪出了狼的影子。

狼狗、狼或者狗

1. 述说者的嘴唇

同一件事,经不同的人讲述,会变成不同的版本。

几年前,在新疆生产建设兵团的一个连队,我听三个人讲过同一个故事,但是三个人讲得都不一样,分别把同一故事的主角讲成了狼狗、狼和狗。

我对这件事抱有极大的兴趣,甚至想把包裹在故事外面的东西一层层剥掉,逼近其实质。其实,这是一只动物的故事,但为什么却让狼狗、狼和狗一一出场,重复上演了三次呢?

这三种动物之间并无关联,所处生存场景也各不相同。因为狗与人类的生活密切相关,所以在狗身上发生的事,不会像发生在狼身上那样让人骇然。狗已被人类驯服多年,且对人类忠心耿耿,所以狗始终让人觉得踏实。

狼与人的生活是有距离的,加之狼在攻击的侵害方面给人造成恐惧,所以人始终防备狼,并在意识中长久仇恨狼,把它们当作恶魔般对待。当狼一旦接近人,越过防范的"栅栏",往往会给人带来痛苦

——侵害牲畜,伤及人的性命,制造恐惧,等等,在狼身上发生的事,往往都少不了人的痛苦,狼是人最不愿意见到的动物。

至于狼狗,除了在性格上偶尔显露出狼的本性外,大多时候则显得更像狗。相比之下,狼狗要比狼和狗更迷幻一些,其自身属性也扑朔迷离,让人们总觉得它们的血液一半来自狼,另一半来自狗。狼狗是狼和狗杂交后的品种,它们的媾和、爱情,总让人浮想联翩。狼和狗在属种方面存在反差,所以它们的结合显得颇为奇异,生下的狼狗便有迷幻色彩,其性格、体型、力量和行为都给人亦狼亦狗的感觉。人们总觉得狼狗会在某个瞬间变成狼,所以人们对狼狗是有戒备心的。

三个动物是一个动物的幻影,一定有一个隐秘的神诣,暗暗打通了三种动物之间的隔阂,让它们为同一件事而生死,并且在生死更迭中,彰显出最本真的一面。

在那个故事中,似乎有一团光圈在慢慢扩散,让一个动物变成了狼狗、狼和狗。通常情况下,我们因为对某种事物太过于熟悉,往往知道其结果只能有一种,但有时候,事情在发生过程中扭结出的心灵阵痛,波动出的情感反应,都一咏三叹,让人相信每一个事物,都有其巨大的幻影,那其实是事物的另一种呼吸。

因此,便不难理解,一种动物在述说中变成三种动物的缘由。

一个故事在民间流传时,自然会被篡改,因为民间对故事有自身要求,也就是说,一个故事之所以能够在民间流传,它必须符合民间模式,即使它在流传过程中已与原事实相悖,但却满足了人们的情感需求,所以它便被合理地篡改。

后来我发现,这三个故事都很感人,一听便让人着迷,如同身临其境。我想,不论故事内容被如何篡改,让人感动其实就是真实。

听故事,就看你怎么听了,有的故事是人创造的,而有的故事却是神创造的，听那样的故事，犹如看见神在云端放牧，我们一伸手，便可以牵住神送给我们的马。

2. 第一种述说：狼狗

在第一个人的讲述中，它是一只狼狗。有一句谚语说，狼狗走了单，两头都为难。意思是说，狼狗的身份如果没有被界定为狼，也没有被界定为狗，那么它就会遇到麻烦。至于它会遇到什么麻烦，在这个故事中可以得到答案。

那只狼狗在那个连队颇为有名，只要人们一说起那个连队，就必然要说起那只狼狗。有那么多的狗，有那么多的人，在这个地处沙漠边缘的团场悄无声息地活一二十年，然后狗老死，人慢慢变老，能留下故事者寥寥无几，能被人记住的更是少之又少。但它却是人们长久议论的一个话题，说起它时会忍不住把它所有的故事讲出来，似乎它并没有死去，而是仍然活在那个连队中。

它的来历颇为神秘。团场连队的一条狗丢失很多天，人们都以为它被狼吃了，但它在一天早晨又回到了主人院中。它可真是吃尽了苦头，浑身瘦得皮包骨，毛又脏又乱，还有几片树叶贴在身上。

两个多月后，人们发现它的肚子大了起来，呵，它怀孕了，是跑出去和别的狗交媾怀上了小狗。后来它产下三条小狗，两条夭折，只有一条活了下来。

再后来它老死，小狗慢慢长大。人们发现小狗的长相有一点像狼，而且性格和行为也与正常的狗颇为不同，经常对着月亮长嗥。人们惊异，难道它的妈妈跑出被狼给那个了，要不然它为何这么像狼？

惊异归惊异，但因为没有确凿证据，谁也无法对其做出准确的判断。

后来的事情逐渐变得离奇。有一天晚上酷热难当,连队的一位农工坐在树林边乘凉,那条狗卧在他脚下喘着粗气,旁边有另一条狗亦热得气喘吁吁。因为无聊,他摸着旁边的一条狗的头说,狗啊,这天能把人热死哩,人难受,你们狗也不好受啊!

过了一会儿,他旁边的那条狗起身离去,他仔细一看,妈呀,原来它是一只狼!那只狼走到树林边回头对着狗温柔地叫了几声,狗亦对狼表示出亲昵,而那位农工被吓坏了,刚才自己摸了狼的头,要是它一张嘴就可以把自己的手咬断,好在它并无恶意,真是万幸。

但谜底由此被揭开,那条狗是一只狼狗的事实得到确定。

狼狗——狼的邪恶和狗的忠诚在同一生命中并存,相比较而言,人们还是惧怕它身体里的狼性多一些,因为狼性一旦暴发,就会对人构成威胁。但人们又希望它已经过神秘改良,像所有的狗一样乖巧听话,并能融入人的生活。但它是反常的,尤其是当人们得知它是一只狼狗后便觉得它的行为更反常了。它看人时目光诡异,吃东西时速度很快,追赶猎物时比所有的狗都凶猛,只有卧在人们身边一动不动时才又变得像一条狗……不确定因素会引发更多的猜测,人们觉得它身上亦正亦邪的幻影忽隐忽现,让人始终不放心。

一天晚上,有人偷偷向它开了一枪,意欲将它打死。

但它似乎有灵异感应似的躲过了子弹,扭过头愤怒地盯着向自己开枪的人。因为愤怒,它的眼睛在黑夜里发出了绿光,开枪者吓得抱头鼠窜。狼性潜藏在它身体的隐秘角落,在那一刻被激发了出来,它变得像一只真正的狼。

因为受太多目光的关注,它似乎变成了一个表演者,每一举动的背后都隐藏着什么。表演者的舞台是被关注的目光搭建起来的,其表演取决于受关注程度的大小。也就是说,一只狼狗的举动暗含着人们的愿望，人们希望能从它身上看到自己所希望看到的，证实人的判断是正确的。

基于此，人其实和它在同台表演，只不过人在隐秘的角落始终不肯露面，而它一直在前台。但所有的表演都出自世界的神秘布道，这只狼狗亦不例外。它让所有的人失望，既不像狼那样凶残，又不像狗那样温柔，而是顽皮得像一个孩子，不时制造出一些闹剧。连队养了不少牛，几乎所有牛的尾巴都被它咬过，于是乎所有的牛都乖乖听它的，下午从外面吃草回来经过马路时，它像一位指挥者似的站在那里，牛老老实实排成一队经过。旁边的羊也似乎受其威慑，自觉地排成一队跟在牛后面……秩序维持者一定是具有权力的，而权力又是建立在力量之上的。狼狗自身所具备的威慑性，让牛羊甘愿俯首称臣，听从它的指挥。

在连队有一只人人皆知的鸭子，也有很多故事。那只鸭子会飞，它之所以会飞，是因为被很多小孩恶作剧弄断了双璞，所以被逼得学会了飞翔。当它意识到有危险时，可以从院子里飞到树上，从小河的一边飞到另一边，有时候甚至能从人的头顶飞过去……残缺让它身体的某些功能丧失，但却催生出了另外一些功能。飞翔——于它而言是挣扎和无奈，于人而言却是一种惊喜的观赏，人们觉得这样的鸭子不可能是从处于沙漠边缘的团场培育出来的，应该是从大地方或很远的地方来的。但到底是从哪里来的呢？人们想来想去，觉得它应该是从北京来的，于是便叫它"北京鸭子"。

一天，几个小孩又追着北京鸭子在飞，狼狗像是打抱不平似的扑过去冲着孩子们大叫，吓得他们转身就跑。令人叹为观止的一幕接着又发生了，北京鸭子从树上飞落到狼狗身上，像亲人，又像老朋友似的亲昵在了一起。连队的人都觉得很奇怪，这会飞的鸭子和狼狗，两个家畜中的另类，倒显得亲密无间，看上去有一种难兄难弟的感觉。

从此，鸭子和狼狗成了好朋友，孩子们因为怕狼狗，再也不敢赶着那只鸭子乱飞了。

它和连队的狗不合群，见了狗便大叫，有扑过去要撕扯一番的意图。"它在骨子里就是狼嘛！"有人发出感叹。身份或血缘的确定，将直接导致命运变化。它的血缘实际上一直都没有得到确定，所以它的行为便一直让人觉得怪异，似乎它随时都会对人张开那张有尖利牙齿的嘴撕咬。它平时的沉默更让人紧张，似乎在等待一个最佳的出击时机，一旦出击，人必丧命于它的利齿之下。

但它又会极尽狗的职责，发挥了不可替代的作用。有刺猬潜入菜地啃食蔬菜，它便派上了用场。刺猬是潜行高手，进入菜地后很快就会弄到一片狼藉。农工们毫无办法，这时候狼狗闪亮登场，凭着灵敏的嗅觉把刺猬们一个个从菜地中赶出。刺猬是浑身带刺的小圆球，但狼狗却并不惧怕它们的刺，在被刺了好几下后，仍毫无惧色地向刺猬扑去，最后刺猬们终因无计可施而失败撤出。

有一个小伙子愿意收养它，给它吃的，并弄来药涂在了它的伤口上。过了一段时间，它好了起来，又像以往一样在连队走动，牛羊下午回来时仍去维持秩序，并把不听话的牛的尾巴咬上一口，让它老老实实。行为转变让它身上的狼的影子褪去，又恢复了狗的形象。

人的情感会因为得到了某种满足而升温。慢慢地，连队的人对这只狼狗有了好感，觉得它是通人性的，再说它从一出生就和人在一起，对人的生活是很熟悉的，所以它是不会害人的。

但很快发生了一件让所有人吃惊的事情，一天晚上，一群狼偷袭连队的羊，所有的人都出去打狼，所有狗飞跃的影子都像刀子一样向狼刺去，连月光也似乎在乱晃。但那只狼狗没有出击，反而对着狼群兴奋地大叫，似乎见到了久违的亲人。

最后，狼群退去，它站在一块石头上朝着狼群呜呜低鸣，声音既凄楚又伤感。

美好的游戏拉上了幕布，恶作剧者的面目暴露了出来。"狗日的就是个狼嘛！"有人骂它一句，它扭过头狠狠地盯着骂它的人，似乎要扑过去咬他几口。连队的羊被狼咬死了好几只，但却没有打死一只狼，人们把死羊堆在一起，间或把仇恨的目光投在它身上。同类犯下了不可饶恕的罪行，但它们都逃走了，只留下它在背负罪名。

这件事在连队影响很大，人们在潜意识里已经把它当成了一只狼，它的存在就是一种危险，说不定哪天就会完全暴露出狼的面目，祸害连队的人和牲畜。潜在危险会滋生潜在防范意识，它的存在也就是某种危险因素的存在，只要将它从这种存在关系中解除，就再也不会有麻烦了。一天晚上，有人朝它偷偷打了一枪。

因为事先经过充分准备的预谋，它被准确击中，但因为那把枪的射伤力甚微，它没有被打死，而是一扭一扭地在连队周围走动。从此，它看人的目光更加诡异了，似乎满含仇恨和怨怒。更让人不解的是，它从此不再走近连队的任何一家人，只是在外围转来转去，似乎准备随时离开，又似乎准备随时扑向连队进行一次大肆复仇。

到了这种地步，它身上的狼性正在一点一点被激发出来，它与连队，与人的关系也正在慢慢形成对峙。连队的人希望它快一点变成狼，那样的话就有理由把它打死，让连队从此平安。但奇怪的是它却又开始走近连队和人了，它因为伤痛难忍，趴在好几户人家门口痛苦地低鸣，好像希望有人能够帮助它疗伤。

有一天，连队的人发现它的肚子微微隆起，才知道它是一只母狗，而且已经怀孕了。

有人说，它是在连队怀孕的，一定怀的是狗，它生下几条小狗后，身上的狼的东西就没有了，会变成狗。于是人们便对它抱以厚望，耐心等待它经由怀孕和生产变成一条真正的狗。几个月后，它生下了三条小狗，那三条小家伙彻头彻尾是狗的样子，而且它也表现出了难能可贵的母性意识，小心呵护着三条毛茸茸的小狗。

那个小伙子在年底当兵走了，它又变得孤苦伶仃，整天在连队乱转。

一场大雪后，狼群开始频繁活动，团场的牛羊不停地受到它们侵袭，更可怕的是它们居然开始打人的主意，悄悄地踩着人留在雪地里的脚印，想潜入房屋里攻击人。团场组织了一个打狼队，一旦发现狼在哪个连队出没便迅速围歼，并把打死的狼挂在树上，让别的狼知道这就是它们害人的下场。

受到威慑，狼群不再出现，但这只狼狗却变得反常了，围着挂在树上的狼尸发出一连串嘶叫，并不停地跳跃而起，要把狼尸扯下来。它的这一举动太反常了，让人们觉得它看见狼尸后它的狼性又复苏了。"它会不会像狼一样咬我们？"恐惧和疑虑让人们本能地与它对立，并产生了将它杀死的想法。

一天晚上，它在墙角闻到一块骨头的香味，便叼起啃了起来。

第二天早上，人们发现它趴在树林边一动不动，仔细一看，它口吐白沫死了。

不知是谁投毒，它被毒死了。

3. 第二种述说：狼

第二个人给我讲述这个故事时，故事主角变成了狼。

它的来历和第一个故事中的来历不一样，一条狗从外面回来后，后面就跟来了它。因为它很小，人们以为它是一条小狗，待它慢慢长大，才发现它是狼。它一张嘴便露出吓人的獠牙，在月圆之夜发出令人毛骨悚然的嗥叫，尤其是一对眼睛，经常会发出蓝幽幽的光，把连队的小孩吓得哭成一片。这件事在那个连队引起轩然大波，因为狼在人们心目中就是危险的存在，人和牲畜都是它们伤害的对象，现在在连队养一只狼，怎能让人放心？

连队的三才喜欢它，提出由他来养它，并保证不伤害连队一人一畜。实际上，因为连队每家都有狗，有的人家甚至养了两三条狗，所以这只和狗一起长大的狼已经没有了狼性，和连队的狗别无二致。兵团的生活艰苦寂寞，人们觉得养一只狼倒也好玩，便都同意让三才来养它。

三才家养了七条狗，他每年夏天去放牧时，那七条狗把他家的羊群看护得很严，狼从来都无法靠近。三才年轻气盛，想把这只狼也训练成狗。他心里有时候会隐隐产生一个念头，它原本就是一只狼，再加上狗的习性，把它训练好的话，以后一定很厉害。

它经过三才的驯养和调教后，基本上没有了狼性，变成了一条地地道道的狗。时间长了，人们便忘记它是一只狼，就连连里的小孩子也敢伸出手去抚摸它。

但三才没想到它见过一只狼后，从此不安分了。

那时候因为狼多，县上每年都要组织牧民打一次狼，每人至少要打死十只狼。三才带着它去打狼，一天，他们围住了一只很凶恶的狼，它嗥叫着往人身上扑，但实际上它还是怕人的，虽然看起来像是要咬人，但却想寻找机会逃跑。大家让三才放他的狗出去咬狼。这时候，出现了让大家颇为惊异的一幕。三才放它出去，它一听到狼的嗥叫便显得无比兴奋，也跟着嗥叫了起来。那只狼一听它发出了和自己同样的嗥叫，显得很惊异，但狼的反应十分灵敏，很快它便断定眼前的这只"狗"是自己的同类，便也发出了急切的嗥叫。

大家这才想起三才的这条狗并不是狗，原本就是一只狼，现在见到了它的同类,转眼之间一条狗变成了狼,一只狼变成了两只狼。

这是多么可怕的事情。

它跑到那只狼跟前,不但嗥叫,而且还伸出舌头去舔那只狼。人们无奈,只好散开,让那只狼逃走了。它看着那只狼逃走,流露出一股眷恋之情。大家本以为它会跟着那只狼跑掉,但它却仍然回到了三才身边,不停地用身子去蹭三才。三才的脸已被气得乌青,但因为它是经过他训练的,所以他说不出一句话,怏怏地转身往回走。

他的那只狼跟在他身后,它从总体上看还是形似狗,面长耳直,毛呈灰褐色,尾巴下垂,如果没有人知道它的来历,或在刚才亲眼见到它对一只狼表示出了亲昵,谁会认为它是一只狼呢?

人养狼其实是很危险的,阿勒泰的一个人养了一只狼,一不小心被咬掉了一只手,他叫来打猎的朋友,用没有手的胳膊指着关狼的铁笼子说,你去,用你的枪把它打死。他的朋友提着猎枪走到铁笼子跟前才发现,狼早已咬断了钢筋逃跑了。刚才他背着猎枪进院时被狼看见,它知道自己有危险了,情急之下便咬断了钢筋。很多人都不相信这件事,但就像狗急了会跳墙一样,狼急了是会咬断钢筋的。那个人气得大骂,毛驴子下哈的狼吃了我的手,我以后咋骑马,咋喝酒?你吃我别的地方不行吗,非要吃我的手?旁边的人听了忍不住笑,他这才反应过来,说,吃我的什么地方也不行。

三才还想把那只狼训练成狗。但它见了一只狼后,似乎身上的狼性复苏了,经常发出尖利的嗥叫,而且明显地不与狗合群了,有时候狗走到它跟前,它突然扑过去把狗压倒在地。当然,因为它尚未咬过牲畜,所以它只是把它们压倒在地,并未去咬它们。

后来,它还是慢慢变成了狼,昼伏夜出,性情贪婪,起初偷吃兔子,后来便去咬鹿等野物。一次,它看见一个人坐在树林乘凉,突然扑上去咬他的胳膊,那人躲得及时才幸免于难。它的狼性已彻底复苏，不久，它开始选择牧羊人睡觉后袭击羊群。它翻入羊圈把羊赶出羊圈，然后咬死，吞食部分或拖走一些。不仅如此，它还像狼一样袭击野生动物，通常以个体为目标，一旦咬死便像狼一样先喝血，然后才吃肉。

连里的人很生气地说对三才说："你打个球的狼哩，把狼都打到自己家里去了，你赶紧把你们家的那祸害收拾了，不然的话你就不要在连里混了。"

以前，人们从哈萨克族那里学到了很多防狼的办法，比如捕兽器、铁夹、陷阱、圈索、标枪、软夹、石夹等等，但因为狼聪明，仍然防不胜防。现在倒好，三才把一只狼养在连里，让人们觉得它随时都会张开嘴扑到人身上。

三才很委屈，当初自己提出养它是大家认可的，现在倒成了自己一个人的错。不过三才仍坚持了一点，当初自己曾保证不让它伤连队的一人一畜，现在这样的事情还没有出现。众人一听他说这样的话都叫了起来："现在没伤一人一畜，要是伤了就晚了，你愿意让它先伤你或者你们家人吗？你如果愿意，把你的老婆先给它。"

无奈，三才决定把它打死，它已经全然由狗变成了狼，他内心已对它没有了感情。入冬后的一个夜晚，他在地窝子里睡觉，半夜被羊圈里的声音惊醒，是那只狼进了羊圈。他返身拿起一根棍子冲进去打它，它看见三才后怪叫几声，仍然不停地往羊身上扑。三才冲过去打它，羊圈里的羊很拥挤，狼跑不掉，他一棍子打在它身上，它便趴在地上不行了。可少顷之后，它突然扑上来咬住了他的手臂，他用另一只手去卡它的脖子，它却挣扎着跑了。

三才的一只羊被狼咬死，从此狼再也没有回来。

连里的人觉得三才有私心，狼是钢筋腿麻秆腰，他既然有棍子，为什么不打它的腰，如果打得准的话，一棍子就可以让它趴在地上再也起不来。

三才说:"我是想打它的腰和头的,我知道狼的腰不经打,我还想把它的头一下子打开花,但当时羊圈里乱成了一团,羊反而把我的棍子挡住了,所以才没有打准。"

人们于是又开始骂羊:"羊真是傻啊,挡什么棍子嘛,不知道那是去吃你们的狼吗?"

三才有时候也会气愤地骂它几句,但一想到它已经走了,心里便也就踏实了。三才说:"那只狼还是很可爱的,它跑了的那几年,他挺想它的。"

有人问三才:"如果再给你一只狼,你能不能把它训练成一条狗?"

三才说:"那只狼毕竟是自己喂养大的,它变坏了,就像家长没有把孩子教育好一样,我是有责任的。"但自此之后再也没有了狼,他没有机会再补偿遗憾了。

几年后的一个秋天,三才和公社牧业干事一起去看草场。吉普车翻过一个小山包,往下一看,一只牛犊般大小的公狼领着另一只狼正在山洼里追赶一只黄羊。那只黄羊左冲右突,仍摆脱不了两只狼的围攻。黄羊是最容易暴露的动物,猎人们为它们总结出了一句话:黄羊晚上死在眼睛上,白天死在屁股上。猎人们在晚上打黄羊时,会突然对着它们打开手电,黄羊的眼睛不适强光,便傻傻地站在原地不动,任猎人射击。而在白天,因为它们屁股上有一片白毛,走到哪里都是被追捕的目标。现在,两只狼把黄羊屁股上的白毛作为攻击目标,小狼扑上去咬了一口,黄羊已经开始摇晃。在平时,因为黄羊对草场践踏得很厉害,所以狼咬死黄羊可以平衡生态,但现在狼太多,而且每个人都有打狼任务,所以必须打死这两只狼。

牧业干事带着枪,他们开着车朝两只狼冲了过去。两只狼一看出现了吉普车，便转身逃跑。吉普车是机械物，狼是害怕的。三才二人边追边打，追了十几公里，两只狼跑不动了，他们把车停下，准备下车开枪射击狼。

还没等他们打开车门，那只大狼突然转身冲向吉普车，用两只前爪疯狂地去抓车头，牧业干事一脚油门踩下去，吉普车呜的一声从狼的身上压了过去。

他们下车一看，这只大狼被车轮胎碾了个正着，嘴里呜呜地，一边喘着粗气一边流血。它的后背有一簇竖毛，是牧民通常所说的狼鬃。长这种毛的狼，是狼群里的统治者——狼王，狼鬃可给狼王平添几分威严，所有的狼见了长狼鬃的狼都会低下头去。不一会儿，狼王死了，但它的嘴仍张得很大，把阴森森的舌头和牙齿露在外面。

二人仔细观察狼王，发现它在临死前将前爪死死扣进了沙土中，他们用力拽它的腿，听见前爪处传出吱的一声响，才把它的爪子从沙土中拉了出来。

两人唏嘘不已，这家伙的爪子要是抓到人身上，那还了得。但它已经被打死了，死亡是被征服的一种证明。多少年了，人们打死的狼不计其数，但打死狼王却还是第一次，三才和牧业干事很高兴。

他们把狼王装上车，又开车去追那只小狼。它实际上没有跑多远，追了不到二十分钟，便在戈壁上看见了它。逃跑中的狼是很狼狈的，它一边跑一边回头看，看是否已把追击者甩掉。但吉普车的速度比它快了很多倍，很快，他们便追到了它的身后。它突然转身逃向一片沙丘，意欲甩开吉普车。

牧业干事的经验很丰富，他知道如果再追的话，它选择一条不平坦的路就可以把车甩开，于是他掉转方向直接把车开到了沙丘前面，堵住了它的去路。它发现人识破了它的意图，便围着沙丘转圈，牧业干事紧追不舍，向它开枪射击，它身上中了五枪后仍在奔跑。后来，它因流血过多倒了下去。

三才下车一看，它居然是自己养过的那只狼。它也认出了三才，满含恐惧的双眸中突然浮出一丝哀婉。它想爬到三才身边来，但它已经没有力气，挣扎了几下，便不再动了。

4. 第三种述说：狗

第三个人给我讲述这个故事时，故事主角变成了狗。

它的出生和第一个故事中的出生一样，也是它的母亲一次外出后怀上了它，过了几个月它便出生了。因为它母亲是一条狗，所以它顺理成章地是一条狗，这一点谁也没有怀疑。

那个连队在那时候养狗成风，每家都有狗，有的人家甚至养有两三条狗。每家每户的人都有名字，所以每家人的狗便也不例外，起个名字叫起来亲切。有人随便给它起了名字："黑子"。其实它长有灰白色的毛，并非黑色，但这个名字一经叫开便无法更改，从此它便成了黑子。

黑子在三个月的时候，丢失过一次。那天，大狗带着它在老杨家门口玩，玩着玩着就走进了不远处的树林，从树林里出去，又走进了戈壁中。下午，大狗回来了，黑子却不见了。因为它是小狗，所以格外受人重视，有一个小伙子自告奋勇骑马去找它，到天黑也没有找不见它，只好怏怏而回。

过了几天，一位牧民从山里返回，见一条小狗趴在一块石头上发抖，便把它抱回了连队。连队的人都觉得奇怪，狗的记性是动物中最好的，不论走多远，或者把它丢在多么陌生的地方，它都能回来。但这条小狗为什么却丢了呢？如果不是牧民把它抱回，说不定它在夜里会被冻死。

从此，大家都对它格外关心，经常把自己的馒头省下来给它吃。黑子通人性，农工们出去种地时，它跟在后面，恍若连队的一员。有人骑马去放羊，它跟在后面奔跑，边跑边叫，逗得大家非常开心。有时候马的速度快，但人到点位不长时间它就到了。田地一侧经常有牧民的牛羊临近，农工们对黑子说，黑子，上！它就跑上去，大声叫着，像是指责似的把牛羊赶回。

黑子长大后比连队所有的狗都高大，所有的狗都听它的，黑子俨然是它们的首领。晚上，黑子待在院子里，其他狗像分工了一样各自卧在仓库、马厩和羊圈等地方，只要一有动静，黑子就发出一声吠叫，所有的狗像是听到命令似的迅速向它靠拢。然后，黑子带着它们向发出声响的地方跑过去。

大家觉得黑子机灵，便有意训练它。他们对黑子说："黑子，坐。"它就坐在地上；让它卧，它便马上卧在地上。后来，黑子学会了冲、跑、扑、抓、拉、撕、扯等动作。它又将这些技能传授给其他狗，很快，连队的狗都变成了一群身怀绝技的"特殊士兵"。后来人与狗之间更亲切了，有一阵子连队集体劳动集体吃饭，每天开饭时大家在饭堂前唱歌，黑子扬起头也随声附和着在唱。

有一年，黑子得了一种病，身上的毛大把大把地掉下，被风吹着到处飞扬。大家看着心疼，把它抱到一个小库房里给它敷药，过了十多天它才好了。它走出那个小库房，在连队的院子里走了一圈，对着人们叫个不停。

与黑子一起长大的一条黑狗与黑子相处得十分友好。后来黑子到了发情期，它们就形影不离了。大家都觉得它们应该成为一对夫妻，便有意识地把它们俩往一块儿搓和，下地劳动时把它们一起带上，让它们在山野和丛林里玩耍和调情。

后来，黑子的肚子一天天大了起来，大家都为自己做了一个成功的月下老人而高兴。黑子很快产下了一窝小狗，它每天汪汪地叫，提醒人们给它们觅食。

一天，它的一条后腿被牧民安在山林里夹狐狸的夹子夹断了，它忍着痛把夹子拖回了连里。大家把夹子取下，在它的腿上敷上药，它瘸着腿过了一年多才慢慢长好。长好之后，黑子每天晚上仍履行着"特殊哨兵"的职责。

后来，让它怀孕的那条黑狗突然得病，不停地嗥叫乱咬。它不仅把院子里的树皮啃去不少，见了人也往上扑。大家断定它得了狂犬病，而且已经十分严重。连队为了防止它影响大家的身体健康，决定把它除去。后来的一天，当它疯狂地啃咬大树时，有人开枪将它打死了。黑子听到枪响后飞速扑到它跟前，用舌头舔着它伤口上的血。过了一会儿，它发现黑狗已经断气，蹲在一边呜呜地叫了起来。

从此，黑子变了。它温柔的性格变得凶恶起来，经常不声不响地独自外出，回到连队也不再与人们亲昵。还没等大家弄清楚它经常独自外出干什么，牧民便来找连队的麻烦了。原来，它每天躲在隐蔽的山坡上，等到牧民的羊群过来时，一口咬住一只羊的脖子拖着往远处跑，羊被连咬带拖，不一会儿就咽气了。它饱餐一顿后，把羊腿叼回来给其他狗吃。要是发现连队有人，就在山坡上躲着，等到人走了才回来。连长给牧民道歉，表示一定要把它管好，别让它再犯罪。

它发现了大家的情绪，从此再也不回来。

牧民接二连三地到连队来告状，它犯罪的次数越来越多，罪名越来越大。这段时间，它只走到连队旁的山坡上便适可而止，从不接近连队的任何人。人们有时候发现它用非常复杂的神情在望着连队，就叫它的名字，意欲将它唤回，但它转身就跑，唯恐大家要害它。有时候，它趴在山坡上睡觉，连队的狗像哨兵似的为它放哨，只要发现有人企图接近它就大叫起来，它听见它们的叫声便起身向山上窜去。

黑子吃羊的次数越来越多，牧民找到连队，强烈要求把它除去。连队考虑到要和牧民搞好关系，便决定让一位擅长打猎的农工把它打死。但自从连队有了这个想法后，黑子变得更精明了，只要与那位农工一打照面，还没等他把藏在身后的枪拿出，它便撒腿就跑。那位农工对以前的它很有感情，对它的背影说，黑子啊，你难道就不能变好，好好做狗吗？

过了几天，他又看见它趴在山坡上向连队张望，一抬头与他的目光碰在了一起。这次，他没有拿枪，它也没有跑。它盯着他看了很久，它眼中既有惊恐，又有无奈，还有戒备。他看着它的这副样子，心里突然涌起一股难受的滋味。他心想，给它一点时间吧，说不定它能变好。

后来，大家对它没有了原来的那种仇视，只要它一出现，大家便都亲切地喊它的名字。它听到后本来要转身离去，但又突然停下看着大家。但它还是怕连里的人，没等大家走近便迅速离去。不久，它改变了叼羊的恶习。大家对它越来越热情，经常对着它喊叫它的名字。大家觉得用这种办法可以把它挽救回来。

慢慢地，它不再怕人了，每次听到大家叫它都亲切地摇摇头，用一种非常愧疚的目光望着喊它的人。再后来，它慢慢向连队接近，每天早晚有意识地在院子里走走，把自己和人的距离缩短。它的变化，被负责打它的那位农工看在眼里。他动员大家要对它报以热情，不停地吸引它向连队靠近。

有一天下大雪，天寒地冻，大家坐在饭桌前刚准备吃饭，突然听见外面有呜呜呜的叫声，大家向外一看，是黑子蹲在院子里扬着头正在叫呢！它叫得神情专注，与原来一模一样。大家望着卧在大雪中的它，顷刻间觉得这个寒冷的冬天也变得温暖起来。等它叫完，大家都跑到门口，对它说，回来吧，我们欢迎你。只要你改好，你仍是我们连的一员。

第二天早上，大家起床后，看见黑子站在连部门口，扬着头望着大家，大家走过去，它没跑。有人伸手去抚摸它，它好像惭愧似的低下了头。它在外漂泊了一段时间，身上的许多骨头都凸了起来。有人给它吃的东西，谁都为它变好而高兴。

黑子又担负起了原先的责任，巡逻、唱歌，每天晚上主动和那些狗一起站哨。它的一帮儿女都已经长大，一个个都变成了小黑子。

去年，抱黑子回来的那位牧民来连队。黑子认出了他，在他返回时追着他的马跑到了山里，晚上，黑子趴在他家院子里叫了一夜。那位牧民被它叫得难受，出来抚摸着它的头说："黑子，回去吧，我有空会去看你。"黑子听了他的话才止住哭声，转身跑回连队。从此，守望成了黑子的一桩心事，它经常跑到连队后面的山坡上，朝山谷方向张望。

冬天很快就来了，雪花落下来，黑子蹲在山坡上，仍一动不动凝望着山谷的方向。后来的一个大雪之夜，黑子被冻死了，但直到第二天早上，它仍保持着固有的姿势。远远地看上去，积雪使黑子变得像一座白色雕塑。

狼灾记

1. 意外的消息

　　意外的消息总是出乎人的预料,而且会将已成为事实的某个事件突然呈现出来,让你惊讶其发生的过程是一场秘密狂欢,并承认在人的视野或经验之外,密布着不为人知的神秘世界,最终酿成让人触目惊心的事实。

　　几年前,一件有关狼的事给我带来意外的震惊。

　　一辆旅游大巴车在巴音布鲁克草原上行驶,司机看见一只狼在奔跑,便按下喇叭按钮,鸣笛声让那只狼受惊,奔跑的身子歪了几下。汽车喇叭是工业化的传声之物,对于在大自然中生存的狼来说,在那一刻无异于被卷入陌生的漩涡。但狼性凛冽,它倏然回头张望大巴车,让车内的人一阵惊恐乱叫。有谚语说:狼若回头,不是报恩,就是报仇。人们都担心它会窜至车前,然后破车窗而入撕咬他们。少顷,它果然嗥叫着扑了过来,用爪子去抓大巴车的车身。大巴车犹如坚硬的钢铁巨兽,它抓了几下发现是徒劳之举,便转身跑开,很快在远处变成一个小黑点。人们在事后猜测,它当时的举动可能出于两种可能，一种是判断失误，以为能把那辆大巴车撕碎；另一种是它愤怒于大巴车惊扰了它，它难忍屈辱便做出那般疯狂的举动。

景区、大巴车、喇叭声和柏油公路，组成了庞大的现代文明棋盘，而一只狼并不是这个棋盘上的棋子，所以必然会被挤压出局。

以往听到有关狼的事情，我会做一些记录，尤其喜欢狼的传奇故事，但这次却不知该记录什么。这个消息的事件很单一，狼的举动也缺少凛冽和血性特点，其中的细节一点也不刺激。我隐隐感觉到，呼唤狼性的时代已经过去，而当下的狼正在经历社会变化、工业文明和人心更迭的冲撞，它们正在经受着前所未有的考验。

但这个消息让我震惊，亦意识到作为现代工业产物的大巴车，驶入为旅游而修建了公路的草原后，对狼是前所未有的干扰。巴音布鲁克草原有一座狼山，头狼每年开春时在狼山上仰头长嗥，散落在各处的狼便汇集成狼群，开始一年的集群式捕食。头狼早已观察到了一年中最早出来的动物，它向狼群传递出信息，狼群便如离弦之箭扑向目标。但那辆大巴车和那只狼，则是工业产物和古老物种的撞击，让人不由得惊愕，当下社会的有些变化，在动物身上同样体现得淋漓尽致。

无独有偶，后来又听到一件事，仍然与草原有关。草原因为近些年实行"退牧还草"政策，所以划分区域拉起了铁丝网，尤其是修了路的地方，必然会在路两边竖立铁丝网，从路上经过的牛羊和马，乃至于人都不能随意进入草原，草原由此焕发生机，生态大为改观。但问题也随之而来，在草原上自由自在的动物，被铁丝网长久阻拦在一侧，而另一侧的那片绿色草场，则变成无法到达的"远方"，时间长了，便必然会秩序混乱。譬如一只狼不知何故到了公路上，嘈杂的车鸣声让它意识到很危险，于是便借助路基从铁丝网上跳了过去，但是它的一只爪子在落下时却卡在了铁丝网里，它用力挣扎，没想到越挣扎却被卡得越死。它慌乱嗥叫，一位藏族妇女发现了它，她回家拿来一把钳子，一边向铁丝网靠近，一边在嘴里念念有词：拉嘉洛，拉嘉洛……旁边的人都安静下来，就连那只狼也好像听懂了她的祈祷，遂不再叫了。那位妇女祈祷的"拉嘉洛"是藏语，意为"诸神赐我大胜"。她一直祈祷着，用钳子顺利剪断了铁丝，那只狼叫过一声后向远处跑去。

那位祈祷的妇女，一定相信神会让那只狼安静下来，所以她才那样从容。心灵的力量在那一刻通过具体方式，转换成了让我们能够看见的事实。这件事中的铁丝网是人设置的一种限制，也是对区域的掌控，那只狼渴望突破限制，所以陷入了困境。在平时，人无法直接制约狼，但是借助类似于铁丝网、捕兽器和陷阱等这样的设置，就可以限制狼或将狼置于死地。那位妇女以仁义之举帮助了狼，并改变了铁丝网的禁锢作用，那只狼才转危为安，回到了自由行走和舒畅呼吸的旷野。有人在现场用手机拍下了那一幕，我看到那个视频后，再次为现代工业对狼的逼迫，以及狼陷入其中的惶恐而震惊。

震惊在很多时候是事实对人的直接刺激，并会让我们清晰地看到与我们相关的诸多事物，譬如大巴车和铁丝网，正在与我们无关的动物，譬如狼这样的草原动物发生前所未有的关系。工业产物都是庞然大物，由钢铁组成的坚硬身躯，以及行进的威猛速度，任何肉身生命都无法阻挡。很长时间以来，作为工业产物的猎枪和捕兽器，已经让狼变成无力抗争的弱势群体，但狼并没有更近地与现代工业发生纠葛。但是随着现代文明对草原的纵深改变，狼也无可避免地被卷入进去，正在经受着命运变化的阵痛。

诸如此类的事情，会引发人的感念反应，让人震惊当下社会的诸多事情，正在以不为人知的方式和速度在发生变化，很快就酿成令人瞠目结舌的结果。到了大雪飘飞的十二月，突然传来"北塔山牧业团场发生新中国成立以来最大的狼灾"的消息，尤其让我震惊的是，牧业团场养的牛羊和马都在统一设计和施工建设的畜圈内，有水泥墙、铁窗、铁门，有的还安装有监控器，为何狼却制造了一场骇人听闻的狼灾？我打电话询问后得知，狼早已洞悉牧业团场的畜圈坚不可摧，但它们经过仔细观察和长久等待后，终于等到了牧工放松警惕，让牛羊和马从圈中出来吃草，去河边喝水的机会。然后，它们如同听从统一号令，从不同的山冈、沟壑、山坡和角落倏然冲出，裹着一团团阴影扑向牛羊马。我颇为疑惑——多少年来，牧民为生存而养羊，而狼为生存而吃羊，在造物主暗布玄机的大地上，人和狼的纠葛并不因环境变化而改变，其冲突仍然如此简单。

接下来数日，几位朋友打电话给我讲述狼灾情况。很快，零乱的消息便拼接成清晰完整的事件——几天前的一个下午，北塔山牧场有八百多只羊、七十多头牛和二十多匹马，被来自不同方向的狼群突袭咬死。狼群袭击前没有任何征兆，牧民更是没有任何预感，所以狼群顺利得逞，被咬死后的牛羊和马遍布山坡。有一户牧民的一百多只羊无一幸免，在山坡上白花花地趴成一片，让人疑惑山坡上陡然出现了一堆堆白色石头。

有一个消息让我心中一痛，一位牧民在很多天都不离他的羊一步，但那天一位朋友打通他的手机邀他去玩电子游戏，他心想有人看没人看，羊都会吃草，便骑上摩托车去了。摩托车的速度较之于骑马会快很多倍，他很快就到了那位朋友家，当然也很快就远离了自己的羊群。手机、电子游戏和摩托车，都是出现在牧民中的新鲜事物，他们欣然使用并为之沉迷。正是这些现代文明工具，在改变牧民生活方式的同时，也在不知不觉摒弃传统。在平时，狼的出现或离去，对熟知狼的牧民来说再平常不过，他们亦有防备和对应的办法，譬如在牧场边上安装捕兽器，放牧时带上牧羊犬。但这次狼灾却让我震惊，牧民因为依赖现代工具，已经遗忘了那些沿袭多年的放牧方式，在狼仍然用固有的方式侵袭牲畜时，便手足无措，一败涂地。

牧民与时代的扭结，也在狼身上打下了明显烙印，并且让狼也陷入了不能自拔的涡流。当下社会中的狼，在古老与现代，遗忘与铭记，文明与传统等交织之中，有时模糊，有时清晰，但谁也说不清狼正在经历什么。草原在很长时间里，都是狼的惬意栖息地，它们为此成为草原上的自由精灵，并成为游牧文明的有力组合。狼性和狼文化，以及狼与游牧民族源远流长的关系，都曾经是久负盛名的草原传奇和吟唱。但突如其来的旅游开发，在草原上制造出了公路、铁丝网、木栈道、观景台。开发的目的是利益最大化，而且不会顾及生态，尤其是不会顾及动物的生存。狼受到的影响最为明显，随着生存空间急剧缩小，捕食逐渐困难，它们变成了草原上的流浪者。我听说有一只狼居然误爬上一个景区的区间车，它发现不对劲后疯狂逃离。那只狼的出现颇具魔幻色彩，虽然人们在后来断定，它是因为迷路进入了景区，加之对区间车判断失误才爬了上去，但它的命运在那一刻扭曲错位，一头跌入命运突变的阴影。那个景区游人如织，并且密布着人类的生存法则，它很快便招来疯狂追打，好在它顺利从平地掀起的漩涡逃出，才没有坠入死亡深渊。

人与狼的对峙，其实并非面对面，而是人对狼的防范和狼对人的窥视，一旦二者之间的"篱笆"被推倒，狼便一跃而入接近人，顷刻间制造出血淋淋的事件。在某些方面人不如狼，狼总是能够想出对付人的办法，并达到目的。而人在防狼、打狼时却总是无能为力，并因为屡屡上当和失败而蒙耻。近十年来，草原上出现了很多工业化的东西，发电机、汽车、摩托车、煤气炉、大瓦数手电筒等等，狼的生存空间由此变小，并被逼出草原和牧场。但就在人们以为狼已经远去，并不适宜再在工业化社会边缘生存时，狼却突然在北塔山制造了这场灾难，它们来势之凶猛，侵害牲畜的数量之多，无不让人触目惊心。

乌鲁木齐距北塔山有三四百公里路程，在新疆的地理概念中并不算远，因此便觉得狼灾事件近在眼前，尤其是从未有过的剧烈冲突，让人犹如面对刀子一样骇然。有一句谚语说："握不住的刀子最锋利。"我坐不住了，遂决定前往北塔山，去看看到底是什么原因，酿成了这场狼灾？

2. 人狼共舞

在路上，我想起曾有不少人问过我：你见过狼吗？每被问及我都会认真回答，并举例说明我亲眼见过狼，而且忍不住会说出我对狼性的了解，以及对狼的分析。我讲述狼时充满快感，似乎有一堆狼族密码已摆在面前，正在等待我重新组合。述说狼，几乎所有人都会被狼的奇异事件吸引，在述说的同时，想象会无限扩展，并神秘地依附于想象的一只狼或一群狼身上，享受一种难得的体验。狼族世界太过于离奇，人是无法亲眼见到和亲身体验的，所以述说或想象，便变成一种难得的抵达。

后来，我发现问我是否见过狼的人，都明显流露出一种倾向，他们的提问其实是出于自己对狼信息的缺失，本能地想从我这儿获得补充。有一句谚语说："听羊的故事，能知道草原的好处；听狼的故事，能知道动物的恐惧。"谚语是最短的文学形式，也是经久不衰的口头传播信息，人们用谚语述说或总结狼，久而久之便成为一种草原文化。

有时候，述说是对认知的维护，因为我们在讲述时都会坚持自己的观点，而最正确的观点，往往都从事实中总结而来。譬如我坚信狼袭击羊群靠的是策略，人未及防备，所以狼轻易便可得逞。但狼在冬天袭击冬窝子（牧民在冬天的住所）里的牛羊，实际上只是冰山一角，它们制造的更多灾害在牧场上，牧民的牛羊也多在夏牧场丧命于狼口。牧民痛恨狼，实际上痛恨的是狼扑向牛羊时的狡猾策略。有一句哈萨克族谚语说：狼行千里，为的是名声。所谓狼的名声，是说狼攻击羊时并不与人斗勇，而是运用其策略与人斗智，并且总是能够得逞。所以，"狼行千里，为的是名声"一说，实际上是指狼的不二法宝是狡猾策略。

而狼的世界有更多的隐秘，加之人们能亲眼见到的狼非常有限，因此便注定人们只能以倾听的方式去了解狼，然后在更宽广的层面把狼的事情讲述出去。狼的生存、观察、行走、思考，乃至于狼性反应，在人类语言中像洪流一样涌出，使更多的人体验和认知到那是大自然中的狂欢。从某种角度看，狼的智慧远在人之上。

逐渐变大的阴影，会让人恐惧。我从牧民们的讲述中感觉到，他们害怕的并非狼的尖牙和利爪，而是狼幽蓝的眼睛里令人捉摸不透的想法。因为狼的想法总是防不胜防，人往往只能眼睁睁地看着狼将牛羊咬死后，或弃于荒郊野地，或拖走吞噬。狼不仅凶猛，而且还狡猾。一只狼趁人不备，冲进羊群扑向一只羊。牧民只看见狼的獠牙像刀子一样划向羊的脖子，羊便倒了下去。狼没有松口，而是把羊甩到背上背起来便跑。牧民们怒不可遏地拿着猎枪追赶狼，狼跑到山坡下无力攀爬上去，回头看了一眼追来的牧民，扔下羊跑了。人们在事后分析，那只狼咬死羊后没有来得及换嘴喘气，否则它一定能把羊背上山，让追它的牧民在山坡下无可奈何。

如果仅限于在动物范围内衡量狼，便可发现狼虽然不像老虎、狮子、野猪和豹子那样具有王者风度和斗士精神，但狼却是动物界的冷面杀手。有一年，一位牧民在转场中看见对面山冈上出现了十几群羊，正缓缓向牧道走来。他很高兴，终于有人来给自己做伴了。但他又觉得奇怪，为何这些羊每群只有十几只，而且每群各自分开行走，不聚在一起呢？还未等他弄明白，一团灰尘在山冈上弥漫而起，那些"羊"突然发出嘶哑的嗥叫扑了过来。是狼！他惊叫一声，看见密集的灰色狼头快速向他晃动过来，他迅速爬上一棵树，只看见一条条狼的脊背从树下闪烁而过。几分钟后，所有的狼都奔跑了过去，他抱着树干滑下后大叫一声，我的羊到哪里去了？少顷后他才明白狼群冲过来后，他的羊未及逃跑，一只不剩地被狼挟裹而去。

　　狼是统一行为的搏击者，它们从不打无准备之仗，每次都是精心准备后才会出击。牧民不仅无力应付狼的策略，而且还常常为此蒙耻。一次，一位牧民在转场中发现一匹骆驼不停地发出怪异的粗喘声，仔细一看，驼背上的衣物中有一只毛茸茸的耳朵，他以为羊爬到了驼背上，掀开衣物后一只狼惊慌地跳了下来。原来，那只狼藏在驼背上想给狼群带路，引它们晚上来偷袭转场的羊群。还有一只狼，悄悄接近一户牧民的冬窝子，在马草中藏了十余天都没有被发现。那些天，那位牧民的羊每晚都少一只，一家人找不到丢羊的线索，便准备迁移到别的地方。在他们收拾马草时，那只狼才从里面窜出逃走。原来它每晚咬死一只羊后，悄悄拖到外面的树林里，有几只狼等在那里，将它拖来的羊悄悄吃掉。那天，它从马草中窜出后跑进树林，那几只狼居然变得很愤怒，冲向羊圈意欲再咬死几只羊。那位牧民将羊圈修得十分结实，并且已将羊圈门锁上，它们无法冲入羊圈，便意欲把那位牧民咬死。那位牧民情急之下从火坑中抽出一根燃烧的木柴，冲过去打狼。他知道狼怕火，这样就可以把狼吓走。但他没想到有一只狼躲在他身后，趁他不备叼走那根木柴，然后甩到了马草堆上，幸亏木柴上的火苗在刚才已熄灭，否则就会把马草点燃。狼不但狡猾，而且恶毒，它们的阴谋未得逞后，便要报复人。

　　狼的策略很多，说上三天三夜也说不完，但牧民们不喜欢讲这些事情，说不了几句便会对狼说出难听的诅咒或脏话。在阿勒泰一带，人们用"毛驴子下哈的狼"骂狼。"下哈的"即生养之意，"毛驴子"是新疆人骂人比较狠的话，意即你什么都不是，是牲口。这句话来自一位牧民的故事。一天晚上，那位牧民的羊遭狼偷袭，他冲进羊圈后看见狼正在撕咬羊的脖子，一着急吼出一声："毛驴子下哈的狼，干啥呢？"他的羊被狼咬死了不少，但他着急吼出的那句话却在牧区广为流传，成为人们骂狼的习惯用语。牧民们起初将那件事当作笑谈，但后来当他们的羊被狼袭击时，也本能地吼出了那句话。在这件事中，狼影响了人类的语言，但人的心理在那一刻的悸动，早已超出语言范畴，在不能忍受屈辱时便无奈发泄了一句。

诸多关于狼的策略，其实是狼的生存之道，但因为狼与人构成了对立关系，所以人们恨狼，在心理或言说中将狼的凶恶、残忍、狡猾和贪婪拼凑成一副骇然形象，因此也就忽略了狼的策略光芒。狼作为真实的生命，亦有让人叹为观止的生存精神，但人们不愿意接受狼，所以便陷入对峙的漩涡难以自拔。

一路上想着这些，心情渐趋沉重。司机在车载播放器中放了一首加拿大音乐家马修·连恩的《狼》，音乐一起，车内气氛顿时肃穆。1992年，加拿大政府为实施"驯鹿增量"计划，大量捕杀森林里的狼。于是狼面临前所未有的生死难题，很多动物学家和艺术家为此发出了抗议。马修·连恩的音乐与诸多关乎"狼"的音乐不同，很少有雄浑、肃杀和血腥的味道，他注重的是情结、悲伤和希望，可感受到他在强调狼是自然环境中的生命，必须原始保留，让它们在天道规律中自生自灭。马修·连恩深知这里面暗含着教育、启示和引领，所以呼唤人类给狼让出生存空间，从而维持生态平衡。

哈萨克族有一句谚语：有人就有贼，有山就有狼。马修·连恩的音乐，与这句谚语同出一辙，是东西文化的互为印证。

3. 牧工的叹息

　　一路大雪，四个多小时后到达奇台县城，朋友带我在一家餐馆吃了一盘拌面，然后便前往北塔山。北塔山另有几个别称，分别是拜塔克山、拜山和巴他克山。北塔山的北边是阿尔泰山，东边是哈浦提克山，西边和南边则连接准噶尔盆地，是一个天然牧场。

　　途中经过一个煤矿，有一个煤坑在自燃。据说有的煤必须让其自燃消耗，这个煤坑也属于自燃消耗范围，已经自燃了很多年。燃煤在积雪中升起的青烟颇引人注目，走近后还可看清火星。这寂静中的燃烧，仿佛是对其自身的一种隐约述说，亦在证明这个世界的有些生命，虽然不会在大众视野里开始或结束，但在寂静中的自生自灭，无不绽放着生命的黯淡之花。

　　行之不远又看见魔鬼城（雅丹地貌）的土堆千姿百态，多形似骇人的鬼怪。因为是为狼而来，便疑心会从魔鬼城冲出狼群。但我们的车子疾驰如飞，哪怕有狼追来，也一定会被远远地甩在车后的尘灰中。汽车，这四轮如同翅膀一样的钢铁产物，在道路上的疾驰就是一种飞翔，狼仅靠四条腿又怎能与汽车比赛！钢铁产物给了我们坦然与自信，亦在内心生出对狼的轻蔑，所以车内的每个人都昏昏欲睡，在钢铁躯壳带来的安全感中，顺着柔软而又甜蜜的睡意缓缓沉入梦境。

　　三个多小时后，我们到达北塔山的畜牧三连。北塔山的这些牧业连队，隶属新疆生产建设兵团，以养殖牛羊和马为主，是目前为数不多的牲畜连队，各连队的人员与牧民的身份略有不同，多年一直被称为牧工。我们正赶上连队干部在统计受灾情况，听他们说在此次狼灾中损失最严重的，是牧工达列力和开达尔两家。达列力家的七头成年牛全部被狼群咬死，而开达尔家一百多只羊无一幸免。畜牧三连有一百三十多户牧工家的牛羊和马，都不同程度遭遇了狼群袭击。有的母马正在怀孕期，牧民痛心地说一匹母马被咬死，等于死了两匹马。粗略估算，此次狼灾共有八百多只羊、七十多头牛和二十多匹马遭袭丧命，直接损失为一百四十多万元。另外，畜牧一连、畜牧三连以及草建连也遭受了狼灾，损失与畜牧三连相比要小一些。

第二天一早，我们赶往达列力的冬窝子。他的冬窝子建在一个近四十度倾斜的山坡上，他家人正在做早饭，冬窝子上空飘着炊烟。达列力说，也就两个小时，七头牛就全没了。前天下午三点，他一个人闲待着无聊，便到附近的邻居毡房里聊天，两小时后返回，远远地便看见几头牛躺在冬窝子背后的山坡上。他紧张起来，莫非有狼？他狂奔过去，看到他家的七头牛躺在那儿，雪地上留有杂乱的蹄印，他很快便从中发现了狼爪印。他一头又一头地摸牛的鼻孔，发现它们已经全部死亡。他从来没有见过这样的事情，赶紧骑着马到派出所报了警。

撕开的伤口，会持续不断地让人疼痛。达列力说话的间隙，眼里总是忍不住冒出泪影。他揉一揉眼睛后朝山坡上看几眼，掩饰不住内心的恐慌和伤感。那七头牛已被抬走，但它们流出的血把雪地染成了红色，至今仍然醒目。听连里的牧工说，这个地方已经让达列力伤透了心，他明年将不再在这儿冬牧。

损失是利益的对比，达列力在这次狼灾中的损失在五万元以上。算这样一笔账让他伤心至极，让周围的牧民心惊胆战，害怕这样的事很快会发生在自己身上。达列力在痛恨狼的同时，也对自己充满悔意。事发前的三天，他从奇台县城坐班车返回北塔山途中，看到六只狼穿过马路，向他们的冬牧场方向跑去。车上的人都没有见过狼，所以大家都趴在车窗上看着它们在雪地上飞奔。当时，达列力觉得狼飞奔的样子并不好看，有一种疲于奔命的样子。同时，一丝阴影掠过他心头——狼会不会去连队的冬窝子？但他却并未细想此事，直至回到家也没有把遇到的狼当回事。事发后，他断定自己在路上遇到的那六只狼进入了畜牧三连，而且一定在咬死自己的牛的狼群之中。

我问达列力，牛是大畜，狼是如何把它们咬死的？这位三十三岁的哈萨克族牧工断定，是狼群将牛围起来咬死的。如果狼直接攻击牛，牛因为身躯高大，加之有一双尖角，防御和反击能力都很强，所以狼无法得逞。但如果狼群将牛围住，牛则变得顾头不顾尾，被狼瞅准机会一口咬掉公牛的睾丸，或咬断母牛的喉咙，很快便能让它们丧命。如此一分析，他的神情变得颇为痛苦，七头牛啊，要把它们一头一头围住咬死，得有多少只狼啊！

我无意一瞥，看见被狼咬死的牛堆积在后院，心里便闪过一个念头——这些牛能否当作牛肉卖出去，哪怕便宜一点也是对达列力的补偿。但我又觉得人们因为忌讳，不会吃被狼咬死的牛，便没有说出心里的想法。看似一场狼灾制造的损失在牛羊身上，但对人的影响，却像暗自移动的阴影一样，不知还会扩散到什么程度，还会给这个冬天罩上什么样的寒冷？

和达列力相比，开达尔的损失更大，他家的一百余只羊在此次狼灾中全部丧命，让他们一家不知接下来该如何继续放牧。开达尔平时寡言少语，遭受了这样的打击后话就更少了，只是茫然地望着山坡，似乎还有狼正向他的冬窝子移动过来。牧民们都在议论防狼的对策，只有他一言不发。看得出，这次受损让他内心充满阴影，一百多只羊需要三四年才能拥有，他目前面临的问题是如何从零开始，如何重新建立起在北塔山放牧的信心和热情。

开达尔给我介绍了受损的过程，十一月底，他按照放牧惯例，赶着一百多只羊从牧场回到了冬窝子。今年的雪下得很大，地上的草很少，羊除了艰难地从冻土中扯出草根慢慢咀嚼外，大多数时候只能在羊圈中吃马草（新疆人把牲畜过冬吃的饲料统称为马草）。出事的那天中午，一位朋友邀请他去吃饭。那位朋友的毡房距他的冬窝子只有一公里多路程，他吃完饭后因为牵挂羊群，便向朋友打了一声招呼返回，还没有走近冬窝子，便看见有三四十只羊倒在山坡上。完了，有狼！他惊叫一声迅速爬上山坡，眼前的情景令他目瞪口呆——一只只羊倒在雪地中，脖子、腹部和臀部均被撕开，流出的血将雪地染得猩红刺眼。他向四周巡视，发现另有一串羊蹄印延伸向后山，他断定还有六七十只羊活着，得赶快把它们找回来。他翻过山坡沿羊蹄印开始寻找，天快黑时终于找到了逃窜的羊群。羊群被狼吓坏了，看见他后咩咩咩叫成一片，他担心狼群再次扑过来，便赶紧将羊群赶回。一路上，他感觉四周有狼嗥声隐隐传来。那一路，他不知道是如何走回去的，当家人知道被狼咬死了三十多只羊后，都伤心地掉下了眼泪。第二天，他向邻居借来六只牧羊犬，防止狼的袭击。但他低估了狼，就在他的羊群刚转过一个山包时，前面突然传来惊乱之声，一群狼冲进了羊群，他只看见狼在上下跳窜，羊在一只只倒下。那群狼专拣羊脖子咬，在短时间内一咬一甩便把羊的脖子扯断，让它们倒地而亡。他大声喊叫，从地上捡起石头砸过去，但狼群似乎知道他对它们构不成威胁，所以对他置之不理。他无奈，只能眼睁睁地看着一只又一只羊被咬死，直至狼群离去，他发现又有三十多只羊被咬死了，他借来的六只牧羊犬已有两只被咬死，另外四只不知去向。第三天晚上，狼群再次来袭，他所剩不多的羊全部被咬死。令他震惊的是，整整一晚上他居然没有听到任何声响，他在早上走出冬窝子，看见方圆不到二百平方米的山坡上躺满羊尸，他顿时觉得如同当头被猛击了一下，全身软软地倒下去。少顷，他在四处看了看，没有发现一只活着的羊。一百多只羊全死了，他的全部家产一夜归零。

开达尔的痛苦是一点一点加剧的，狼一步步逼近他，他一次又一次眼睁睁地看着狼把羊咬死,直至一只不剩。开达尔说,一只羊按市场价五百元计算,我们家至少损失五万多元。唉,今后的日子怎么过呀……他忍不住哭了起来。他自从遭受狼灾后,不知已哭了多少次。旁边的人劝他,别哭了,羊已经被狼咬死了,再哭也哭不回来了。他止住哭,但仍有泪水从眼角不停地流出。

狼灾似乎把北塔山撕开了一条裂缝,遭受狼灾的牧工在这条裂缝中挣扎,而肆虐的寒风和飘落的大雪,又让他们在心理上承受了更多的压力。这个冬天,将是历来最难熬的一个季节。

我们安慰开达尔,他意识到我们要走了,一言不发地转身进入冬窝子。有雪花落在他身上,他的背影陡然变得模糊。

4. 虚幻的大火

庞大的遭袭数字,对应的侵袭对象是狼。到底有多少狼,才制造了如此让人惊愕的一场狼灾?这是一组由数字带来的疼痛,而且与这组数字之痛一起挥之不去的,是笼罩在人们心头的巨大阴影。所有人看上去都面露恐惧,像是抓着他们的灾难之手,不知何时才会松开?

我出去抽烟,一出门便被一股寒冷裹住。正在愣怔间,却看见不远处的牛圈和羊圈,在遭灾后一直大开着圈门,像在惊讶中没有合拢的嘴。牛羊在圈中吃草本应是安全的,但它们一出圈门便被狼群锁定为攻击目标,很快就陷入了一场生死劫难。我突然明白,我刚才出门时的异样感觉,与牛羊出了圈门后的遭遇是一样的——狼灾给牛羊带来的是死亡,给人带来的是恐惧。

抽完烟回屋,一杯水没有喝完,又传来牧业三连的一匹马被狼咬成重伤的消息。我们匆忙赶过去,看到它因疼痛难忍,在一瘸一拐挪动着身子痛叫。它的脖子和大腿被狼撕开了口子，汩汩冒出的血犹如一朵液态的骇愕之花。牧场兽医已无力医治它，因为狼咬穿了它的气管和食管，刺目的创洞使它已无法喝水和进食。过不了多久，它的生命就会终结。

　　雪下得更大了，我随人们默默离开。我此次来北塔山，渴望能见到狼，最好能参与到防狼或与狼对峙的行动中。不料当晚十一点多，便真的与狼相遇了。当时，我们准备睡觉，突然有人在外面大叫，狼来了！我们跑到屋外，是一位牧工骑马来报消息：又有一群狼冲进了牧业三连，因为牧工早有防范，它们才没有得逞，但它们却不离去，蹲在牧业三连对面的山坡上呜呜呜地嗥叫，意欲向连队的羊群再次扑来。牧工们知道派出所的民警带枪上山了，便让这位牧工骑马来报告，希望民警带枪过去防狼。

　　我们开车赶到牧业三连，人们乱成了一团，每个人都手持棍棒，双眼紧盯着对面的山坡。对面山坡上一片漆黑，但在牧民眼里狼随时会扑过来，所以他们随时准备一搏。民警用车灯将对面的山坡照亮，没有狼，只有厚厚的积雪。牧民们一阵惊呼，奇怪了，刚才还在嗥叫呢，人和车一来它们就跑了？疑惑归疑惑，但人们还是在冬窝子周围点起了火，以阻挡狼靠近。火越烧越大，木柴在火堆中发出噼噼啪啪的声响，似乎黑夜在颤抖。有这么大的火，而且人也不少，狼无论如何是不敢来了。

　　我们准备返回，我突然看见另外一个山坡上闪动着几点绿光，并迅速向山坡后移动过去。一定是狼！我本想提醒大家，但那几点绿光很快便不见了，于是我没有出声，人们已受惊恐颇多，如果没有危险还是不告诉他们为好。

　　我们去牧业三连询问昨夜是否平安，牧工们高兴地说，大火起到了作用，狼没有再来，一晚上都很安静。我说起我看见另一山坡上闪动过几点绿光,可能是狼的眼睛在夜里被火光映射后发出的。牧工们断定,肯定是狼,别的动物的眼睛在夜里发不出绿光,只有狼的眼睛被火光映射后会发出绿光。为了弄清楚昨晚到底有多少只狼,我和大家一起爬上山坡去看,果然雪地上有爪印。我们根据狼的爪印一一清点,一一归类。最后,我问大家有多少只?大家异口同声地回答:十三只。对,昨晚有十三只狼来过,但它们没有得逞,不知它们还会琢磨出怎样的偷袭办法。

第二天上午,两辆白色防疫车开到了山上,按照上级指示,必须尽快处理被狼咬死的羊,以免狼附带的传染病扩散,在牧工连队传播瘟疫。狼灾是一场血腥事件,但牛羊的死亡并不是这件事的终结,还有紧跟其后的灾难之手,会把被逼到悬崖边的人们推一把,让人们坠入万劫不复的深渊。传染病和瘟疫,就是这一恶性循环的典型例子,如果人们不慎被传染,就会出现不可预估的后果。而一场狼灾,也就不再是狼对牛羊等牲畜的简单侵害。

防疫人员通知大家,羊尸要集中起来焚烧。

如果说,前几天因为恨狼,牧工的痛苦都是外向的,其情绪和心理都可以像拳头一样挥打出去,在善与恶的对照中让狼承担罪责。但是现在却似乎与狼没有了关系,牧工们面对的是维护安全秩序,把被狼咬死的羊送向一场大火。

这是超出所有牧工经验的一次磨难,以前发生狼灾,牛羊死了也就死了,牧工们最多大声骂上一阵,或默默叹息几声,然后又赶着剩下的牛羊走向牧场。狼吃牛羊的事情自古有之,久而久之便像一枚钉子,把苦难和忍受紧紧钉在一起。他们在很多时候都沉默不语,以平静的心态维持生计。但是这次却不一样,如果不将死于狼灾的牛羊焚毁,隐藏在它们体内的传染病,就会像阴影一样将人们裹入一场灾难。

防疫人员有条不紊地在消毒，空气中弥漫起浓烈的化学药剂味道。牧工的房前屋后，院子四周，以及屋内的每一个地方都被喷洒了一遍。身穿白色大褂的防疫人员，像是把古老的游牧撕开道口子，把疫苗一般的化学药剂植入进去，以起到对瘟疫的阻挡作用。

牧工们表情漠然，消毒对他们来说是陌生的，他们不知道这样做的作用有多大，亦预估不出在将来的颠簸马背，或乱跑的羊群后面，该如何把消毒维持下去？长久以来，他们自有一套放牧的方法，譬如用草药治病、用自行搭配的食物防止疾病、喝未发酵的奶汁强身健体等等，而且屡试不爽。但现在他们被意外的遭遇挟裹，不知要被推入到什么样的地方去。

化学药剂的味道，变得越来越浓。

牧工们脸上浮出窘迫之色，他们世世代代生存的这个地方，日出而牧、日落而归的生活习惯，突然被迅速改变，他们面面相觑，以后的放牧还会沿袭多年的方式吗？他们还会是以前的牧民样子吗？

我走出一段距离去透气，一回头便看见白色防疫车，和防疫人员穿在身上的白色大褂，正像白色的手一样在抚摸牧工老旧的房子，谁也不能肯定是否有细菌或传染源，但必须对这里消毒，才能让人的心情得以放松下来。

牧工们以为消毒只实施于环境，看了一会儿便准备离去。但防疫人员马上阻挡住他们，所有人都要消毒，在实施完环境消毒后，紧接着就是人。给人消毒是另一套方案，用专用的洗手液洗手，给衣服上喷消毒液，并且给大家分发一些带回去使用。

我看见几位牧工在接受衣服喷消毒液时，下意识地弯下腰，有意想避开那浓烈而陌生的味道。防疫人员开始作业后，浓烈的味道便钻进牧工们的鼻孔，并且撕扯出难受的痛感。所以，当那味道因为喷洒而骤然逼近时，牧工们便本能地躲避，其迅速蹲下的姿势，活脱脱像惊恐的羊。

接下来是更为痛苦的场景，当死牛羊被成堆集中到后山的一个大坑中，牧工们都犹豫着不愿近前，要么低头看着脚下的雪水，要么执拗地转身离去。但此时的场景被更大的规则所统一，无论牧工们愿不愿意看，都不可阻挡地要进行下去。所有的牛羊堆放完毕，倒入汽油后便引燃。火焰升腾而起，不论白羊还是黑羊，先前还醒目的毛色在瞬间便被吞没，然后便飘来一股难闻的焦糊味。

至此，这些牛羊才真正消失了。

牧工们有些不舍，想凑近去看。防疫人员及时阻挡住他们，并告知要防止焚烧散发出的毒气，不可靠近大坑。火越燃越大，已看不出火中是否还有完整的牛羊。这是彻底地消失，牧工们在这一刻体会到了从未有过的疼痛。防疫人员一再劝他们退后，他们的脚步踉踉跄跄，好像在后退，又好像在徘徊。他们脚下的雪已被踩成了泥淖，不时让他们的身子歪斜，有几个人甚至差一点跌倒。

慢慢地，人们都分散而开，各自返回。他们历经辛劳放牧而拥有的牛羊，在身后的浓烟中化成了虚幻的飘浮，等到升至半空，被风一吹便散了。

下午，我们快到达另一连队时，朋友在车上突然惊呼：快看，三只狼。果然有三只狼正在前面的山梁上快速奔跑，虽然它们身躯瘦弱，但却极为敏捷，转眼间便不见了影子。这么容易就看见狼，无外乎说明一点——北塔山确实狼多。这样一想，便觉得四周变得恐惧起来，似乎狼群仍在附近，会随时向人扑来。

有一句谚语说："洪水的声音先来，石头的影子后到。"有三只狼已经出现在山梁上了，用不了多久就会接近连队。到了连队后，我提醒大家要注意，那三只狼也许它们会跟踪而来袭击连队的羊群。一位牧工说，不会，狼贼得很，这几天外面来的人很多，还有不少汽车，它们早就去了别的地方。你们看见的狼，是因为怕在低处碰到人和汽车，所以才在山梁上走。放心，近期绝对不会有狼。

听他这么一说，我顿时释然。

5. 饥饿是一种重负

说到此次狼灾的原因，所有牧工都认为，原因固然有很多，但最根本的一点是狼因为饥饿，才疯狂扑向牧业连队的牛羊和马。饥饿在狼的生活中普遍存在，狼的命运也始终和饥饿有关，一旦羊群出现在它们视野中，饥饿就会在狼的身体里转化成力量。牧民对此总结出一句谚语：吃饱的羊不动，饥饿的狼能飞。所以说，疯狂捕食的狼，都是快要被饥饿撕碎的挣扎者。

冬天对人的直接影响是寒冷，但带给狼的却是饥饿。从某种程度上而言，人解决寒冷的办法，远远要比解决饥饿的办法多得多，况且人在这个世界的生存条件远远在狼之上。牧民在冬天不再进山放牧，在冬窝子里休息一个冬天，羊在圈里吃马草过一个冬天，游牧在这一环节得以缓慢和松弛下来。但狼却因为缺少捕食对象而陷入饥饿，得苦苦熬过一个冬天。所以，常常能看见狼在积雪覆盖、空无一物的夏牧场上游荡，像幽灵一样在碰运气。所有的牛羊都已在秋末转场离去，狼再也体会不到用双眼盯紧牛羊的那种焦灼、紧张和充实感觉。在季节简单的布局中，它们只能忍受饥饿，等待春天的到来。

有一组统计数字，显示出了极为残酷的事实：狼百分之八十的攻击目标是羊类——牧民养的家羊，山野里的野黄羊、羚羊、盘羊等，都会让狼把贪婪的目光死死盯在它们身上。但牧民养的羊受到很好的保护，狼轻易不能靠近。至于黄羊，则是山野里的跳跃高手，善于攀岩爬山，狼更是无法接近。牧民每年五月份进入牧场时，狼会悄然尾随而至。但狼仍然不能得逞，牧场上看似平静，但牧民却把羊群看得很严，因为他们知道危险就在不远处，刚刚啃食了草的羊一旦走出牧场，就会马上被狼咬死吞噬。狼看着羊从不走出牧场，只能饥肠辘辘地离去。

饥饿犹如扯不开、撕不破的大网，一直困扰着狼，所以狼便不停地解决"吃"的问题。跟踪、埋伏、等待和偷袭，是狼一贯使用的方式。狼别无选择，只能把孤苦和坚忍推向极致。久而久之，狼的内心亦变得孤苦冷漠，成为动物界最冷漠的杀手，而且仅为吃食出击。狼能够达到的捕食目的极为有限，很多动物的个头，譬如哈熊、野猪、雪豹、野马、野驴、鹿、牦牛和野骆驼等，都高大得让狼望而兴叹，只能默默在内心打消念头。有些动物的个头虽然和狼差不多，譬如黄羊、貂熊、岩羊、北山羊和藏羚羊，但它们的奔跑速度却比狼快，而且逃跑技巧要比狼高超很多。所以狼能捕获到的猎物其实并不多，很多时候都用一双发绿的眼睛在愤恨地瞪着那些猎物。

但饥饿并不是死死扼制狼的喉咙的大手，有时候则会推狼一把，让狼在别无选择时铤而走险，疯狂地把獠牙咬向出现在眼前的羊。这种情况会给牧民造成极大的损失，人们经常议论如何防饿狼和打饿狼，言语中既有愤恨也有不屈，亦有要与狼斗争到底，一解心头之恨的意思。人与狼已争斗多年，人与狼的关系，亦一直保持在狼不停地制造灾难，人不停地打击狼的状态。有谚语说：饱马好骑，饿狼难打。虽然人们怕狼，但狼被饥饿折磨的消息却让所有人都很振奋，并做出了颇为理智的判断：饥饿的狼仍不会离开牧场，所以，人狼之斗一定还会持续下去。但现在是冬天，加之狼又处于饥饿之中，所以人们都浮现出欣喜神情，要急于通过打狼发泄一番。只要他们和狼斗了，或者用他们的话说"打狼了"，就会在内心生出欣慰之感。我因为无法看到具体的人狼之斗，所以乐意听牧民们讲述他们打狼或与狼争斗的经历，我觉得这是牧民们在狼灾之中的挣扎，亦可看出人们在狼灾后的缓解和放松心理。

一位牧工用一句话道破此次狼灾的关键所在：正因为今年的狼在秋天没有吃上东西，一直被饥饿困扰着，所以才在牧业连队制造了这场前所未有的狼灾。众人面面相觑，难道狼在饥饿之中还会做一番衡量，认为牧工的牛羊和马最易得手吗？或者说狼唯一的捕食对象，就是牧工的牛羊和马吗？

另一位牧工说，有两个说法足以证明，狼哪怕被饿得饥肠辘辘，也不会将牧工的牛羊和马作为唯一的捕食对象，因为有更多的动物是它们的捕食对象，比如兔子和黄羊，捕获它们远远要比捕获牧工的牛羊和马容易得多。有一个说法，狼七天吃肉，七天吃草，七天喝水，七天喝风。可见狼在一个月内只能吃一次肉，其他时间则勉强应付，也能活下去。如果我们这时候去打狼，狼一定会疯狂反扑，人就会有危险，所以绝对不能去冒险。

又一位牧工也持同样的观点，认为狼哪怕被饿得饥肠辘辘，也是攻击能力最强的动物。他说，不论是狼的智慧，还是狼的行为，都颇具凛冽豪气。在雪野或密林中，如果突然传出嘶哑的嗥叫，一定是狼群要出现了。狼群出现后，会前仰后蹲一动不动，眼睛里流露出扫视大地的寒光。这是狼进攻猎物前惯有的习惯，在短短时间里，这股野性会像洪水将它看到的东西淹没。狼群一旦出击，会在对方尚未察觉的情况下，对其实施致命一击。制造这次狼灾的狼，虽然已经饥肠辘辘，但牧工围养的牛羊和马出圈去饮水时毫无警惕，饥饿便被升起的渴望压制了下去，然后它们便长久潜伏，等到牛羊和马再次出圈，便迅速扑向它们。他为了证实自己的说法是正确的，还引用了一句谚语：狼死三年，獠牙也不会破损。可见狼只要有能够窜出的力气，就一定会把獠牙咬向牛羊，而它们的獠牙不论在什么时候，都犹如刀子一样锋利。听他这样一说，便觉得饥饿虽然会折磨着狼的肉体，但它们却不会因饥饿而命亡。

屋内热了起来。几番争论后，大家一致认为造成此次狼灾的关键，虽然狼多是不争的事实，但更重要的原因则是这场突降的大雪，让被饥饿大手撕扯的狼，再度陷入困境，所以滋生了一场疯狂侵袭。

遥远偏僻的边地，无论是游牧民族还是牛羊，在冬天的生存境况都颇为不易。当秋末的寒风刮起，发黄的树叶飘零，牧民便赶着牛羊和马从夏牧场转入冬牧场，或回到去年曾居住过的冬窝子，将牛羊圈养起来等待春天。牛羊和马在冬天的生存境况同样也不易，那些经过一个夏天食草后，却难以过冬的膘差牛羊和马，会被列入冬宰对象或用于"以物换茶"。冬宰是为整个冬天储备风干的肉食，而以物换茶则是用牛羊和马换取足够一个冬天喝的砖茶。但狼入冬后却境遇不佳，当大雪覆盖了草原和山谷，狼在平时易于捕获的兔子、黄羊和鹿等动物都销声匿迹，它们便面临生存难题。牧民为此总结出一句谚语：人入冬后有肉吃，狼入冬后饿肚子。这时候，如果狼发现了牛羊，就会疯狂扑过去撕咬在地，然后吞噬一番。北塔山的这次狼灾，便是这样一场血淋淋的惨剧。

谈论让分歧的意见无法统一，虽然狼被饥饿困扰，但仍然是不可预估的冷面杀手，人只是想打狼，但谁也不知道该如何去打。激烈争论让牧工们颇费心神，脸上很快都有了倦意，言说的主题不再集中，观点也不再清晰。

我因为中午只吃了一点饭，这会儿突然觉得肚子饿了，一种持续不断的撕扯，让我的身体变得无力，只想找一个地方靠上去休息。饥饿，会同步摧残肉体和意志，并会在心理上产生焦虑。人是这样，狼也是这样。但是人吃饭后马上就可以缓解，而狼的吃食却无以保障，它们正在凶猛的饥饿风浪中起起伏伏，也许黑暗在一瞬间会在它们的眸子里倏然放大，它们一头栽倒后就再也起不来。但它们在倒下之前，却常常会奋力一搏，用迸发出的力量把自己从死亡深渊拉回。

想着这些，我便觉得此时的狼，仍然像巨大的阴影一样，正在挟裹整个北塔山。

6. 狼在加速迁徙

当晚，有几个人因为心有不甘，又聚过来谈论狼灾事件。

夜晚更适合交谈，也更容易让话题确切地展开。外面的雪下得很大，寒冷犹如一种无形的威逼，大家不再出门，围坐在火炉周围谈论这次狼灾。其实，狼灾已是无可改变的事实，除了默默忍受外别无他法，但狼是这场灾难中的冷面杀手，认清它们有助于预防今后再发生类似的事情。

很快，谈论便集中到一个话题，为什么突然出现了这么多的狼？

这是多日来一直揪紧人们神经的话题，那么多被咬死的牛羊和马，直接对应的是数量惊人的狼。有牧工感叹，把过去几十年的狼加起来，也没有今年这么多，到底是什么原因让今年的狼像疯子一样都出来了？

出乎人们意料之外的事件，倏然将平静的世界打破，然后就有阴影逼近，要重新建立秩序。以前的狼多在春天和夏天出现，因为兔子、黄羊、旱獭和鹿等动物，多在这两个季节出现。狼由此迎来捕获的黄金时期，捕食链条也由此绷紧，狼因而制造了诸多杀戮事件。但现在是严冬，母狼已进入孕期，公狼也懒得走动，为何却有这么多狼出现了？

一位牧工说，新疆突然出现这么多狼的原因，并不在狼身上，而是与社会变化有关。他的话很简略，但能听得出他的意思是，狼多的原因也与当下这个时代有关。他的话出乎所有人的意料，好像他早已洞悉了某种事实，就等着在这个雪夜全盘托出，让人们认清确切的事实存在。狼在很长时间里都是草原上的主宰者，这是没有争议的事实，但他说狼突然增多与时代有关，这个说法超出了大家的预料和判断。

屋外的寒风在呼啸，屋内的火炉则烧得通红，放在炉子上的水壶传出开水沸腾的响声，听起来像是一种低低的隐语。在这次狼灾事件中，以草原为家的狼似乎听到了同一召唤，涌入北塔山形成了集群。从表面上，这似乎是动物界的一次迁徙，但是其结果却有令人骇然的指向性，那就是牧工大量的牛羊和马被咬死。狼跨界、集合和出击，犹如大兵团作战的冲锋者，完成了一次疯狂的侵袭。

狼为什么会集中到北塔山呢？

那位牧工说，与"退牧还草"有关。

我颇为震惊，没有想到狼突然增多的主要原因，其答案却如此简单。那位牧工沉默了一会儿，说出的话再次让我震惊。他说新疆近几年有草原、牧场和草场的地方，都执行国家退牧还草政策，草原因此受到保护，草势和草质明显转好，不论是牧民还是到达草原的外人，都惊叹草原达到了前所未有的生态平衡。生态链维系着万物的生存，动物也获得了最好的生存环境，所以大量出现。

这是一个新话题。

但是，随着这位牧工展开话题，我才知道狼也从生态变化中获得了生存机会。牧工说，"退牧还草"这几个字说得真好，就是让牲畜退出草原，还给青草生长的地方。以前，因为人们没有计划和节制放牧，导致草原上的草不够牲畜们啃食，但是涌入草原的牲畜却源源不断,食物链的供需关系出现了危机。幸亏有了"退牧还草",这几年的青草长得太好了,从眼前把一片绿色延伸到了天边,看着就让人高兴。但是很快又出现了问题,牲畜都不在草原上了,草不就白长了吗?不,草不会白长,牲畜们不吃草了,草原有的是吃草的动物。他说到这儿,却停住话题建议大家先喝一会儿奶茶,等把全身都喝热了接着再说。看得出,他要酝酿一下情绪,大家便遂他的意开始喝茶。

我仔细观察这位牧工,他看上去极为普通,但他刚才说的一番话,却让我认定他是当下草原变化的见证者,他一定发现了很多人都没有意识到的问题。我想起几年前在阿勒泰的那仁牧场上曾听一位老人说,草原的事情,只有草原上的人说了算。那么我眼前的这位牧工,一定会经由揭示和讲述,让这个雪夜变得非同一般。

有人往炉子里添了煤,煤块燃烧的声音似乎要冲出来,就连烟筒抽风的声音也骤然加大,屋内马上有了一股按捺不住,要急于展示开来的气氛。

牧工还是从青草展开话题,开始他的述说。他说,草原上的草长得好了,喜欢吃草的兔子和黄羊就多了,这是老天爷给它们安排的啃食方式,它们就像人渴了要喝水、饿了要吃饭一样,只要春天一到,它们自然而然就会出现在草原上。这时候就会出现一种规律,喜欢吃草的兔子和黄羊多了,那么喜欢吃兔子和黄羊的狼也就多了,这就是现在狼多的原因。

众人一片唏嘘。

暗藏于草原的玄机,被这位牧工用简单朴素的话述说出来,众人在这一刻的倾听,无异于接受了一次启示、教育和引导。

接下来,他又分析了狼多的另一原因。因为新疆的草原分布密集,而且有中国第二大草原巴音布鲁克,所以西北地区的甘肃、青海、宁夏、内蒙古和西藏等地的狼,便依靠灵敏的嗅觉,向西而行到达天山南北的草原牧场,各自找到了理想的栖息地。不仅于此,与新疆接壤周边的邻国蒙古、俄罗斯、哈萨克斯坦、巴基斯坦、吉尔吉斯斯坦、阿富汗、印度等国的狼,也被新疆良好的生态吸引,跨越国界线上的铁丝网进入了中国。

倾听本身就是一种感悟,在倾听的同时,会在意念中想起同类事件。我听着那位牧工的讲述,想起曾经在网上看到的一组图片,是动物翻爬铁丝网被卡住后,因为没有得到及时救助,活活困死在了铁丝网上。经过大雪和大风之后,它们只剩下一副尸骨。试想,当它们痛苦地嘶嗥几天几夜,终于无力再发出一声时,它们的眼睛里逐渐暗淡下去的,是怎样的屈辱和无奈?当然,跳过边界的铁丝网对狼来说不在话下,它们成为迁徙的幸运者,并且顺利到达了草原。

关于狼跳跃铁丝网,我曾看到过一个朋友用手机录制的视频。有一个草原和戈壁只隔着一条公路,动物们因为在草原可以吃到青草,从来都不会穿过公路到戈壁上去,而在戈壁上艰难迁徙的动物,最后要到达的栖息地就是那片草原。那条公路上来往的车辆不多,所以驾车的人把车开得很快。那辆车正在向前行驶,突然看见一只狼从戈壁上奔跑而来,急于穿过公路到草原上去。驾车的人按响车喇叭要把它吓走,但是它却拼命往前跑,像是要把车甩开,然后穿过公路进入草原。车里面的人觉得很有意思,便向那只狼喊叫,它一扭头露出嘴里的牙齿,好像要扑过来攻击车子。大家于是让驾车的人减速,好让那只狼穿过马路到草原上去。汽车放慢速度后,那只狼紧跑几步到了车前面,然后腰一弓便要跳过公路边的铁丝网。戈壁因为没有生机,所以没有铁丝网,而邻近草原的一边却有一道铁丝网,目的是防止人畜进入草原破坏退牧还草的成果。那道铁丝网太高,那只狼跳到一半,眼看就要一头栽倒在铁丝网上。车上的人都有些不好意思,如果早一点停车让狼过马路,就不会出现这么尴尬的事情。但就在那一刻,却出现了令人叹为观止的一幕，那只狼突然凌空来了一个二次跳，跳过铁丝网后飞快地跑向草原深处。那些天在那个草原上已出现了成群的黄羊，那只狼拼命从铁丝网跳跃过去，为的是能吞噬肉食，在牙齿和口舌之间享受果腹的快感。但当时在车上的人并没有想这么多，他们只是感叹，狼的爆发力真是不可想象，它们在一瞬间像是获得神助一样，在身体里面爆发出了神奇的力量。

狼没有边界意识，当它们被夕阳另一边的美丽吸引，便翻山越岭跋涉到了新疆退牧还草后的草原。前几年有牧民发现，新疆出现的一些狼，既不是草原狼，也不是沙漠戈壁狼，看上去极有可能是丛林狼和湿地狼，它们不喜欢在开阔地带活动，哪怕挨饿也不暴露自己。当牧民得知邻国的狼已经到达后，便惊呼：如今的草原上，来了外国狼。

良禽择木而栖，这是亘古不变的生存法则，狼在这一点上也不例外。

屋内的气氛有些憋闷，我出去透气，一出门便被冷硬的寒风裹住，亦有雪花落在脸上，浸入一股寒意。我在大雪中站了一会儿，任雪花一层层落在身上，任寒冷一点一点浸入我体内。我感觉自己正向着一个不可知的地方下沉，那是一个我尚未看清，但又想看清的地方，只有彻底沉下去才能洞悉全部。狼也是如此，从退牧还草开始，它们被草原上全新的密码围裹，迅速坠入一场动荡。这场动荡犹如一个万花筒——先是青草获得生机，然后是嗜食青草的兔子和黄羊密集而来，再然后就是作为草原杀手的狼被唤醒，揪起了一场把内心狂流变成事实的草原裂痛。

过了一会儿，我拍掉身上的落雪进屋。大家在谈论另一件事，狼多的话题像外面无声飘落的雪花一样，因为人们的兴趣转移被搁置在了一边。一场狼灾的缘由和结果，正在变得清晰，或许明天会得到更多的答案。

第二天早上,一位牧工带来一个消息,草原边上的铁丝网底下出现了密集的爪印,可能有狼群在昨天晚上又想接近羊圈,受铁丝网阻挡后徘徊了一番才离去,那地上密密麻麻的爪印,说明它们是多么不甘而又焦灼。

这个消息顿时掀起轩然大波,牧工们去看后争论不休,有人说是狼爪印,也有人说是羊蹄印。狼爪印与羊蹄印截然不同,作为牧工应该一眼就可以分清,但他们的神经在这一刻为之动荡,先前的经验和判断意识也随之被颠覆。大家仔细分辨那些爪印,如果是狼爪印,说明狼群在昨天晚上确实来过,因为无法越过铁丝网退了回去;如果是羊蹄印,那也不能说明是羊群在安全之中踩下的,因为整整一夜所有的羊圈门都紧闭着,没有一只羊出去过。

一定是狼的爪印。

有一句老话说:同一件事,人看两眼,狼看一眼。意思是说同一件事,人要看两眼才能明白,而狼只需看一眼,只要看明白就会有进攻的方法。虽然现在是冬天,只有少量的黄羊和兔子躲在草原的隐蔽角落,但狼也已感觉到了退牧还草对草原的改变,并从中嗅出了能让它们获益的生机,所以它们在冬天的草原上徘徊和等待,期望开春后用充足的捕食补偿忍耐长久的饥饿。所以,铁丝网底下的爪印,一定是狼的爪印。

细致的分析,把预估的最坏结果拉近,似乎风一吹,雪花迎面弥漫过来,一切就会变成事实。

那位牧工之所以会发现铁丝网底下的爪印,是因为他想连夜在羊圈周围围一道铁丝网,他觉得狼冲到羊圈跟前,会受到铁丝网阻挡,哪怕阻挡不住它们,也会因为它们撕扯铁丝网而弄出声响,他就会打开羊圈廊前的电灯,狼就会被吓走。他去草原边上打算把铁丝网的样子画下来，然后依葫芦画瓢用铁丝做成铁丝网，在羊圈前后围上一圈。这个办法是否妥当，可能他也说不清楚，但他难以抑制挣扎的心理，只有铁丝网能让他心里踏实，心里踏实了，好像劫难也就远去了。

铁丝网或许能阻挡狼，但能缓解人心灵的焦灼吗？

7. 工业挤压

我没有想到，造成这场狼灾的原因，只在我面前露出了冰山一角，还有隐藏在草原深处的原因，在等待着与我相遇，然后启发和引导我认知更为深刻的事实。

从乌鲁木齐来了几位畜牧和林业专家，专门调查这场狼灾情况。专家们都是行业或领域权威，能够对发生的事件给予准确定论，所以牧工脸上都浮出希望，期待专家们能够把他们从一场灾难中拉出，或者帮他们渡过这一难关。

但专家们说，造成这场狼灾的另一个原因，是现在的放牧方式已大为改观，影响了狼的生存规律，譬如当下的放牧大多依赖现代方式、交通运输工具和工业器物，狼因此丧失了久已沿袭的捕食方式，变得无所适从，加之一场突降的大雪加剧了它们的恐慌，所以它们疯狂制造了一场狼灾。

我惊愕，这又是现代社会对狼的一种改变。

牧工们因专家们的话一脸懵懂，狼灾事件发生后，他们面前一直有一根杠杆，一边是他们忍受的痛苦，另一边是狼不可饶恕的罪恶。但是现在这根杠杆却发生偏移——他们变成了狼灾事件的始作俑者，他们先前对狼的仇恨与怨怼，也变得羞于提及，很难再发出几声咒骂或斥责。

雪下得更大了，风呼啸着吹刮过来，又向远处吹刮而去。天色暗了下来，远处的雪山在飞雪的映衬下，似乎要倾斜着压过来。

其实人们都知道，狼在当下的生存已经骤然发生了变化。青年牧民的观念活跃，在草原上很快体现出了新生代的自觉反应，他们一改以往骑马跟在牛羊后面，牛羊吃草到哪里就跟到哪里，而且用古老的牧歌指挥牛羊，用牧鞭掌控牛羊行进方向的方式，而是骑着摩托车放牧。速度与时尚，让青年牧民体验到了美妙的感觉，而且产生了驾驭游牧的满足感和自豪感。正如摩托车有着惊人的速度一样，机械在短短时间里便改变了放牧方式，也让狼很难再接近牧场和牛羊。

机械也有不可避免的缺点，譬如摩托车在草原上留下的尾气和汽油味，让不少动物的嗅觉受到前所未有的刺激，尤其是摩托车的马达声，更是让它们闻之惊悚，在茫然张望一番后便离草原而去。虽然狼还留在草原上，但它们的捕食方式已被改变，要么从不接近牧场（也许在暗中窥视），要么以迅雷不及掩耳之势突袭一次，然后又迅速离去。

狼在工业和现代社会的冲击下，诸多方面已悄然发生变化，可惜人们，尤其是骑着摩托车在草原上风驰电掣的青年牧民，对此浑然不觉。

到了转场季节，牧民们为了少在途中吃苦受罪，遂花钱租用大卡车运输羊。从事专业运输的商家，在每年初便与牧民商议卡车转场事宜，牧民再也不为转场发愁，商家亦可顺理成章地挣钱。大卡车的到来让草原变得热闹起来，以前专用于驮运帐篷、生活器物，乃至于幼小羊羔的骆驼，首先被废黜，再也见不到沉缓行走的骆驼，也听不到悠扬的驼铃声。转场过程更是骤然蜕变，以前在大雪飘飞的天气转场，要在山谷或荒野中行走三四天，如今用大卡车拉几趟就宣告结束，而且在一天之内便可完成；以前转场时的马鸣羊咩声，以及蹄音持续不断的回响，还有牛羊在山野中蜿蜒出的好看队形，随着如今的大卡车的轰鸣和迅疾行驶，已一去不复返。

以前在牧区，人们为了防止狼进入牧场，会在牧场边上做几个"稻草人"，以起到恐吓狼的作用。狼是最为谨慎和冷静的动物，它们受到"稻草人"的威慑不敢进入牧场。时间久了，它们便判断出"稻草人"是在欺骗它们，但它们仍不轻易接近"稻草人"，直到一个刮风下雨的夜晚，才悄悄过去把"稻草人"撕咬在地。牧民在第二天重新做了"稻草人"，并为其换上红色衣服，而且手持木棍做出欲击打状，狼在很长时间都没有出现。"稻草人"是人类利用自身优势，设计出的一种心理攻击方式，会让动物畏怯其威慑，打消祸害庄稼或牲畜的念头。有多少"稻草人"，就会有多少信息威慑的作用，这是农耕文化的精髓所在。牧民将"稻草人"移植于游牧文化背景下，同样也起到了作用。

但是，自从狼突然增多后，"稻草人"变得像面对千军万马的孤单守卫，很快就被狼群掀翻在地，并把装饰其上的鲜艳衣服撕成了碎片。牧民们另辟蹊径，买来鞭炮一早一晚放上几串，狼在牧场边上徘徊一番后离去。偶然尝试带来了意想不到的效果，牧民们暗自欣喜找到了对付狼的好办法，遂用鞭炮替代了"稻草人"。有人说，狼害怕鞭炮的脆响，也不敢闻火药味，所以不敢来了。其实，狼并不是害怕鞭炮的脆响，而是在它们谨慎的自我保护意识里，做出了理智的选择。同时，它们也不是不敢闻火药味，而是它们很珍惜自己的嗅觉功能，要把灵敏的嗅觉留用于捕捉动物、天气、道路和疾病信息。狼由此离去，牧民的放牧暂时安全了。

狼会一去不返吗？

人们说，这场狼灾其实已经给了我们答案，狼无论如何都不会离开牧区，否则就不会发生这场狼灾。要说狼的离去，也只是承受了鞭炮的刺激之后，在进行心理调整而已。狼善于等待，更善于调整战略，所以它们不出现则预示着更可怕的出现。有牧民曾目睹，一群饿狼围住一只鹿后，头狼先冲过去咬伤鹿腿，随即转身返回狼群，让另一只狼去咬鹿的另一条腿。它们之所以不凶猛进攻，是因为鹿善于用蹄子攻击，一蹄子便可把狼踢死。所以，狼轮番扑上去咬鹿的腿，让它大量失血，没有了反抗的力气和意志。最后，鹿轰然倒地，狼群一拥而上吞吃起来。狼如此理智和冷静，人又怎敢放松警惕？

造成狼灾的原因在逐渐变得清晰，牧民没有想到，他们努力改善的生活也影响到了狼。多年来，人们基本上遵循的是"随季节迁徙，逐水草而居"的游牧方式，也就是说哪里有水草，就赶着牛羊去哪里，只要牛羊有草吃，人就搭起简单的毡房，下雨了忍受阴湿，下雪了挨着寒冷。至于饮食则更简单，只要有一把宰杀羊的小刀、一盒火柴、一把咸盐，就可以随时随地把羊肉或烤或焖或炖，简单用以果腹。直至近年来，草原上出现了发电机和煤油炉，让牧民的生活大为改观。发电机让黑夜中的毡房有了亮光，以往在黑暗中摸索的日子一去不复返。牧民们在灯泡的亮光中无论是吃肉喝酒，还是唱歌跳舞，都面容清晰，心情愉悦。狼的眼睛怕强光，人们在遇到狼时燃起火堆自救，或举着火把攻击狼的事情就是例证。所以狼受不了电灯泡的强烈光芒，甚至不愿看见有亮光的毡房，便趁着夜色将身影闪进了幽暗的角落。而煤油炉让人们做饭时更为方便，饭菜不再是简单的风干、炙烤和烧焖，放牧中的生活滋味由此丰富了很多。

牧民的生活质量提高了，却不小心打乱了狼的生存规律，继而导致狼变得诡异怪诞，要么疯狂侵害牛羊，要么只为发泄和报复，咬死牛羊后一口不吃便离去。

煤油炉像发电机一样，给牧民带来显而易见的益处，下雨天做饭时不再为濡湿的柴禾而发愁。但煤油炉散发出汽油味，牧民虽然对其忽略不计，而狼却讨厌汽油味，所以它们再次受到逼迫，拉开了与草原的距离。有好几位农工谈及这个话题时，都说狼与人没有什么关系，它们唯一与之有关系的就是草原。长篇小说《狼图腾》中的毕利格老人说过一句话：草原是大命，其他在草原上的都是小命。大命活不了，小命又怎么能活？当下进入草原的工业文明来势汹涌，但是否坚守大自然的传统法则，依然是摆在世人面前的难题。

任何一个难题，都有可能解决，亦有可能无法解决。而无法解决的难题存在得久了，就会生成无奈的事实。以前，狼在牧区嗥叫几声，不属于牧场的动物就会被吓走，狼无形之间起到维护生态平衡的作用，但是现在缺少狼对动物们的威慑，黄羊、野驴和藏羚羊成群结队出现，青草常常在一夜间被啃光，而且草根也被践踏，草原生态和牧民的放牧面临前所未有的危机。

我唏嘘不已，本来狼就多，偏偏牧民制造了这么多的变化，像密集的鞭子一样刺激了狼，也让它们为自己被挤压出局而恐惧，更为失去捕食目标而焦躁，于是便疯狂制造了这场狼灾。但这一切都发生得极为平静，静水暗流一般悄悄酝酿的事端，其结果必然超出人的预料。

还会有什么样的"稻草人"，能让草原恢复安宁？

8.气温变暖的阴影

内幕一层层揭开，牧工们被对与错、善与恶和利与弊的齿轮咬压后，经过反思、比较、权衡和诚善，最终采取理智的选择，决定从来年春天开始，不再骑摩托车放牧，也不再使用煤气炉，让草原的空气恢复以往的清新。他们说，不光要考虑到狼，还要考虑到自己的牛羊和马，如果它们也像狼一样因为空气变化受到影响，膘情就会差很多，一年的放牧不就白辛苦了吗？

我很欣慰，人们终于从恶性循环的漩涡中，抓住了最重要的一根稻草，要挽救和平衡草原的生态链。

雪停了，天空碧蓝，被积雪覆盖的大地洁白宁静。我坐在一块石头上抽烟，粘在鞋子上的雪融化后，变成明晃晃的水渍，然后慢慢干了。这个过程与当下的狼十分相似，同样的大雪也落到了狼身上，狼同样要经过一个磨难的过程，才会找到适于自己惬意生存的地方，像自由精灵一样行走于大地。

雪霁后的阳光更加明亮，远处的雪山反射出的光芒，自山峰向下，像是晶莹的流苏一般把积雪、岩峰、石壑间的阴影驱散得一干二净。牧工们又赶着牛羊外出放牧，山谷、河滩和荒坡等地带已被积雪覆盖，而且草场在这个季节也不见枯草，但牛羊仍然要出去。牧工们说，这时候并不是要让牛羊去吃草，而是让它们走动，否则它们到了春天便懒惰笨拙，不能把自己挪到草原上去。

当然，羊在这个季节的啃食是艰难的。我看见一只羊发现了一株枯草，它吃完草叶后还想吃草根，但草根冻在土中，它用舌头不停地舔着冻土，直至把冻土舔化开后才扯出草根。它那样做时一直前屈着两条腿，看上去像跪伏着乞求的人。

一位专家过来，坐下与我一起抽烟。他的眼睛被阳光刺得有些不适，眨了几下后似乎要弄清楚阳光为何如此刺眼，便去看远处的雪山，看着看着便发出一声叹息。我问他为何叹息，他说这几天大家一直在谈论，北塔山狼灾实际上是人打乱了狼的生存秩序后，狼做出的一次反常举动，但是原因并不仅于此，除了人，大自然的变化也影响到了狼。说着，他指着雪山又发出一声叹息，然后说，就拿雪山来说吧，它虽然又高又遥远，但你不会想到全球气候变暖，影响到雪山发生变化后，又间接性地影响到了狼的生存。

我愕然，又一个现实中的困惑摆在了面前。

他说，全球气温变暖造成的后果，绝不仅仅是夏季高温、城市雾霾、气候反常和生物异变，还有很多尚待认知和分析的东西，已悄无知觉地发生了变化，只不过人类的探知触角尚未抵达，所以不知道它们的异变已到了何种程度，将来又会以多么可怕的面目呈现出来。

他所言极是，我深以为然。

这件事，犹如黑洞中的秘密孕育，因为脱离了普遍规律，加之又不被大众目光所直视，所以最终的结果必然会在我们的意料之外。关于全球气温变暖，在政治、经济、人文、环保和科学等诸多领域，都已被长久讨论，且在积极寻求解决方法。人们在自身生活和生存环境受到干扰后，才第一次发现，人类利用和开发大自然的速度太快，已经造成了大自然难以负荷，生态链错乱扭结的沉重事实。但是谁也没有想到，隐秘游移的生态烟尘像一只手一样，一把抓住了狼，把它们拽入了这场空前的劫难之中。

我们各自点上一支烟，本以为边抽烟边谈论会轻松一些，不料因为话题太过于沉重，以至于我们忘了抽烟，手中的烟自燃到烟嘴根部，一晃之下落下一片烟灰。

他说，气温变暖来势汹涌，短短时间内便影响了雪山上的积雪，从而让积雪加速融化，向山下流淌大量雪水。这个现象已非常明显，天山作为悬在天上的巨大"水库"，正在为低处的沙漠、戈壁和绿洲源源不断地输送着丰沛的水资源。

这是雪山受到气温影响后的直接反应。

我想起二十多年前每去帕米尔，都是一大早出发，赶在中午抵达目的地，从而避免下午在河滩或山谷中行驶。因为从雪山上流淌下来的雪水,需要一上午时间才能到达低处,在下午很容易把路冲毁,有时候还会形成洪水。有经验的牧民从不在下午赶着羊群走动,驾车行进在极有可能遭遇雪水的路途,自然也要同样防范。由此可见,雪山是巨大的贮存,戈壁沙漠中的万物无不都受到雪山的恩泽。但是,气温变暖却是蛮横闯入的一个施虐者,将先前已唯美组合的秩序全盘打乱,让积雪加速融化,让雪山一改以往的正常输送,以透支的方式在苦苦挣扎。

悲怆的幕布已经拉开,一场天地苦难已一览无余。

专家同样把自燃而尽的烟嘴扔掉,将话题转向另一方面。他说,大自然在错乱之中已没有规律可循。比如积雪加速融化,流淌下来大量雪水后,却歪打正着地让草原上的青草获得了惊人的生机,一年比一年长势良好。但这不是正常现象,懂行的人并不为此而欣喜,反而担忧加剧,因为青草在如此充足的水分滋养下会疯长,最后会导致草原异变。

我问他,那该怎么办才好?

他是生态专家,很快便做出理智判断:就目前的情况看,草原尚处于滋养的黄金期,因为青草长得好,喜欢吃青草的野兔、黄羊、藏羚羊、野驴等由此增多,这也是歪打正着的意外之喜。草是食草动物的本能依靠,草多或者草长得好,食草动物便密集出现。如果一个地方突然没有了食草动物,那么那个地方必然会草木退化,不久就会出现沙化现象。草退沙进,这是必然规律。历史上这样的例子比比皆是,西域的楼兰王国在新楼兰王带领下,弃楼兰城去寻找更好的栖息地,但仅仅在第一个冬天就遭受了前所未有的寒冷、饥饿和野兽侵害。有楼兰人转身返回罗布泊,意欲重新在楼兰城生存,但出现在他们面前的楼兰城,因为人去城空,已草木皆死,水源干枯,沙子已淹没了城墙。他们无奈地再次离去,楼兰从此在时间烟尘中彻底消失。

而现在，因为青草意外获得了生机，再次将偶然叠加的生机向外延伸——野兔、黄羊、藏羚羊、野驴等动物骤然增多，便必然引起喜欢吃它们的狼的注意，于是狼也迅速增多。

这又是近年来的草原上，狼急剧增多的一个原因。

食肉动物的捕食习惯难改，所以它们必须依据自己的能力，锁定能够顺利捕获的对象。弱肉强食，在动物界是恒定的法则，其中对它者的杀戮和制造的血腥，在维持自身存亡的杠杆上，从来都是不可替代的砝码。但是具体到这次狼灾事件，最让人惊骇的，仍然是这些客观原因导致狼突然增多，狼变得像一个回过头来的清算者，要把混乱的秩序一一厘清，让人们看到大自然的棋盘上，密布着怎样的错位冲突。

任何事情到了最后都会变得清晰和透明，其发生原因也会一层层揭开——气温变暖是一个引子，继而连接成复杂的链条——雪水滋生青草长势良好，青草吸引食草动物啃食，食草动物又吸引作为食肉动物的狼来捕食，最终因为狼多，加之又因为那些食草动物在一场大雪中已迁徙得无影无踪，导致狼无法继续捕食，便疯狂扑向了北塔山牧工的牛羊和马。

依稀记得前几年有人撰文说，因为近些年生态变化太大，狼已经不适合在草原上生存，它们开始向更原始和偏僻的地方迁徙，并将创造新的生存方式。譬如，狼实际上并不是严格意义上的食肉动物，它们也吃蚂蚁、青草和浆果，当它们无法捕获动物后，就会以蚂蚁、青草和浆果为食，时间长了，它们的血性和体质必将被改变，以后出现在我们视野里的狼，将不再是矫健如飞、嗜血残暴的草原杀手。就在人们以为狼已经远去，并不会在这个时代出现时，狼却突然出现了，其行为之反常，似乎大自然的裂变已让它们异变，不再是人们熟悉的狼。

从某种程度上说，全球气温变暖是工业文明这棵大树结出的一枚畸形果实，无辜的狼被迫吞咽了这枚果实，然后陷入恶性循环之中，做出了反常举动。牧工们有那么多牛羊和马被狼咬死，但狼却并没有把它们全部吃掉，有的甚至一口也没有吃，就匆忙翻过山冈离去。它们已经遭受了太多的惊恐，担心从牧工的冬窝子里，突然冲出让它们惊骇的大卡车和摩托车等钢铁巨兽。在它们只侵袭但不吞吃的行为背后，并不是反常的狼性行为，而是久受惊恐的一次发泄。

气温变暖是全球问题，无论是雪山、草原和狼，都不会被列入首先探讨和解决的范畴。但是恶性循环在黑暗中会获得迅速生长的机会，专家在我俩起身要离开时，又说了一句让我震惊的话：气温变暖不但影响了现在的狼，对狼的将来也将产生致命的影响。这时又刮起了风，雪花也飘飞起来，一场雪又开始下了。专家的话让我一愣，觉得落下的雪像大手一样拍打在了我身上。他说，雪山承受全球气温变暖的最长时间是五十年，这五十年是草原受恩雪水的黄金时期，五十年过后，草原会因为缺少雪水而严重沙化，狼会在夕阳尽头走远，再也不会回来。

我想，全球气温变暖问题已经存在了十余年，剩下的三十余年，我们当如何且行且珍惜？

我曾听说，长年在大兴安岭伐木的工人，已经遭受到了狼逐渐减少的痛苦。以前的他们劳累一天，晚上在狼嗥声中安然沉睡，是一种无比舒服的享受，但是现在再也听不见狼嗥，漫漫长夜里只有孤寂相伴，他们彻夜难眠。

我走到牧工的冬窝子门口，回头望了一眼雪山。因为天气骤变，雪山在阴暗之中只剩下模糊的轮廓，好像在耸立，又好像在下沉。

雪下得更大了。

9. 市场经济的冲击

开达尔炖了大块手抓羊肉,用于招待我们。盛在盘子里的羊肉颇为诱人,一看就知道是羊的后腿肉。喜欢吃羊肉的人都知道,羊的后腿肉最好吃,尤其是炖成大块手抓肉,食之绝对是难得的口舌之福。但是冬窝子里的气氛颇为沉重,每个人都很难从味蕾与舌尖调动食欲,迟迟没有人把手伸向手抓肉。

开达尔说,吃吧,人吃了总比被狼吃了好!

他的语气充满无奈,也有不屈于痛苦而做出的挣扎。外面的雪花在飘飞,黯然的角落像不动声色的嘴,正在侵吞着迷茫的积雪。屋内的人同样也很迷茫,吃完面前的羊肉就得面对终结,而新的开始是什么样的,谁也不得而知。开达尔说,吃完这顿手抓肉,他将锁上冬窝子的门,骑马去乌拉斯台找他的父亲。他认为狼群在牧业三连受到的惊吓不小,一定会迁徙向别处寻找牛羊和马,他父亲的羊群数量在乌拉斯台最多,一旦被狼群盯上后果不堪设想,所以他要尽快赶过去,帮助父亲照看羊群。

我觉得开达尔考虑得很周全,有一句谚语说,与其等着狼来了拼斗,不如早早地把栅栏修好。北塔山的狼灾虽然由诸多因素造成,但从牧工的职业角度而言,他们没有好好防狼,或者说没有意识到狼会突然侵袭。现在谁也不能肯定,狼还会不会突然来袭。所以,及早防狼是唯一的好办法。

手抓肉已经凉了,开达尔催促大家快吃,但还是没有一个人动手。开达尔一急便说,一百多只羊就剩下这一只,如果大家不吃上几块,那不等于我全部的羊连个影子也没留下吗?他这么一说,大家觉得吃一点是对他的安慰,便勉强吃了几块。

闲聊之中，因为开达尔几次提及他父亲的羊群在明年要卖好价钱，所以要防止狼去乌拉斯台。他的话无意间又引出一个话题：此次北塔山狼灾，乃至狼增多的另一个原因，是近年来市场上的羊肉价格上涨，牧民养羊的数量随之增加。但谁也没有想到，数量庞大的羊群，在狼眼里变成了捕食目标，所以狼群从不同地方向北塔山汇集而来，然后在隐蔽角落里长久等待。此时的牧民看着庞大的羊群，在内心盘算着可观的经济数字，而狼也观察着羊群，在内心幻想着一次饕餮盛食。

又一个狼增多的原因，这也是拼接狼灾事件不可忽略的版块。

有一句谚语说：羊多的地方，狼不会少。还有一句谚语说：为了咬死一只羊，十只狼会齐心协力。如此之多的羊，让草原上的自然规律偏移，出现了草量不足的现象，甚至已明显呈现出草原难以承受的迹象，但利益诱惑又让人们顾此失彼，只把目光盯在羊身上，盼望小羊快快长大，母羊多产羊羔。忽略事实存在，必然会导致恶果，牧业团场的连队遭受狼灾就是例证。按说，寒冬大雪会让狼迁徙往别处，但庞大的羊群让它们迈不开步子，一直等到开达尔去朋友家吃饭，狼便顺利实施了一次疯狂突袭。

牧业连队的牛羊数量原本不少，近几年市场需要的牛羊肉，同样影响牧业连队调整了牧畜计划，加大了养牛羊的数量。一时间，牛羊的数量之多，用牧工的话说，是羊圈比冬窝子多，牛羊在晚上归圈后的叫声，比风声还大、还密集。此时的北塔山，很少有人注意到狼的数量已增加了很多，随着牧民转场离开牧场，狼群便悄悄尾随到牧业连队附近。狼的跟踪能力在动物界首屈一指，它们会与牛羊和马远远拉开距离，仅凭嗅觉便能准确掌握它们的行进情况。狼还会躲开牧民，在山梁上一边观察牛羊和马，一边跟踪向前。最后，牛羊和马到达冬窝子旁的圈内，狼或远或近地隐藏起来，等待最佳的机会。至此，北塔山仍没有人意识到已有难以预估的狼群，正在不同的地方盯着他们的牛羊和马。狼群一般由十只左右的狼组成，从来都不会有几十只或上百只狼组成的狼群，因为那么庞大的集体会造成食物分配困难。在平时，狼群集体出动，运气好的话能捕回一只黄羊或鹿，所有的狼便可以得到一块肉。如果运气不好，只能捕回一只兔子，只能由狼王和狼王喜欢的配偶食用，其他狼只能沉默着低下头，独自挨过饥饿的夜晚。此次狼灾中被咬死的牛羊和马的数量多得惊人，说明出现的狼群至少有七八群，如果多的话可能在二十群以上。只可惜，牧工们在一场大雪中放松了警惕，还有非常乐观的市场行情，和即将获得的巨大利益，让他们沉浸在欣悦之中，谁也不会去考虑狼会给他们一场灾难。

以前经常发生狼侵袭羊的事情，但都是独狼偷偷摸摸接近羊群，大多都因为羊群受惊后发出嘶鸣，狼便不得不慌忙逃走。至于狼群侵袭羊则更不能得逞，因为它们数量多，一动便弄出动静，不是被牧羊犬发现后阻挡，便是被牧民用猎枪射击，有的狼还没有扑到羊群跟前，却先被子弹击倒在地。但这次因为牧工们的牛羊和马太多，才吸引了众多的狼群。正如开达尔发出一连串叹息后所说，怪啥狼哩，狼吃羊是天经地义的事情，要怪就怪我们自己只想着多养羊、多挣钱，忘了这世上还有狼，让狼钻了空子。

市场需求和强烈的经济刺激，让牧民渴望暴富，于是便大量养羊，这本无可厚非。以前的游牧者在草原上，一只眼盯着牛羊，另一只眼盯着狼，从来都不敢放松警惕。游牧是古老的职业，狼在这一职业模式中的影子从未消失。但是现在的经济诱惑太大，有多少羊就有多少钱的概念，在人们内心已根深蒂固，并且让人们完全忘记了沿袭多年的游牧法则。

羊多，狼也多，二者在同一生存地域无形地叠加，加之狼捕杀羊的关系亘古不变，于是便酿成了这场狼灾。归根结底，是因为人的经济欲望太过于膨胀，狼也被牵入了无序循环的怪圈。当下的牲畜供需是否合理，再次成为难题。但人们不愿意承认是因为羊多，直接导致了这次狼灾。没有哪个牧民不希望自己的羊多，更没有哪个牧民不希望自己有钱，草原文明在时代扭结和错位之中，再次受到冲击和考验。

人们为此谈论一个古老的话题，在人类还没有开始刀耕火种，仅以猎捕方式生存时，人与狼从未发生纷争，反之却互相帮助。譬如狼会发挥追赶和恐吓优势，将动物赶到人们埋伏的地方，人们发挥刀戈和弓箭优势将其射杀。分配猎物时，人们会给狼留下一些猎物，以示合作分配和取舍公平。

时至今日，这些都已成为怀念，永不可再现。

10. "稻草人"的作用

我们准备离开北塔山。我发现，牧工们对狼的态度，仍然很纠结和无奈。狼让他们遭受了巨大的经济损失，有人甚至面临着无力再发展牛羊群，无法再放牧的困境。为了保护自己的利益，他们想猎杀狼，但因为狼是保护动物，受法律保护，他们不得不将其念头打消。他们由此愤恨、绝望和痛苦，到最后便只能无奈。

狼作为一种生命，自有它们生存的理由，尤其是被列入国家二级保护动物后，便不能随便猎杀。但面对不断发生的狼灾，尤其是牛羊被狼群大肆侵害后，牧民颤着声发问，到了这一步，可否为了保护牛羊而打狼？答案很明确，不能打。虽然狼是国家二级保护动物，但目前没有具体的保护区，狼群的数量没有统计，狼的具体保护措施也并不明确。也就是说，狼是保护动物在目前只是一个笼统的说法，狼的数量在多少范围内应该保护，如果超出规定范围，是否可适度猎杀，以防止它们因为数量太大对人和牧业造成损失？这仍是一个亟待解决的问题。

困扰人的东西，往往与人的自身利益有关。与牧工们多次谈论狼，尤其是话题转到大自然生物链的关系时，他们对狼的态度就会变得很纠结。我给他们讲述狼对牧场生态起到的平衡作用，他们眼里弥漫出一股复杂的神情。他们知道狼是有功劳的，每年初夏进入牧场后，他们首先会查看草的长势情况，如果草好，他们会欣喜地感叹，狼把一些黄羊吃了，大批量的黄羊没有来祸害草场。如果牧场上有黄羊，草便必然被践踏，牛羊的啃食就会受到影响。而狼出现并咬死一些黄羊后，大批黄羊就会被吓走，青草便得以顺利生长。同时，还有一些因为患病跑不动的黄羊落入狼口，避免了瘟疫传播。另外，狼因为嗅觉灵敏，能闻出羊群中患病的羊，并想方设法捕获它们（不排除患病的羊易于捕获的原因），从而让羊群避免被传染。牧民对狼的这些功劳铭记于心，在恨狼的同时，亦显得纠结。

我从牧民的讲述中听到一件事，觉得牧民对狼的纠结在这件事中被推到了极致。一位牧民发现，狼在草原上奔跑时会呼出一种特殊的味道，这种味道散布到草原上，牛、羊和马等牲畜闻到后会精神振奋，提高免疫力。他说，如果草原上没有狼，草原上的动物和牛羊闻不到那种特殊的味道，会莫名其妙地生病，并大批死亡。所以，狼接近牛羊会有两个好处。其一，让牛羊闻到它们呼出的特殊味道，避免生病；其二，它们冲入牧场，体壮的黄羊都跑了，只有那些体弱和患病的黄羊跑不动，被它们吃掉。这样一来，可对动物起到优胜劣汰的作用。这就是狼对动物有好处的原因。这个说法听上去很有道理，而且也符合多年来的事实。人们都信了他的说法，觉得狼在这个说法中体现出了美感，而且对牧业有功劳，应该铭记和赞扬它们才对。

其实，人和狼多年来恩怨难分的原因，也正在于这位牧民的这个发现中。一位老人说，古代的察哈尔人非常尊敬狼，认为狼是他们的图腾，是长生天派来的天狗，专门来保护草原，调解草原上的动物生存。没有狼，草原上将牲畜混乱，出现难以想象的畜灾。有时候，狼对着天空长嗥几声，不属于草原的动物就会自觉离去。察哈尔人认为，正因为狼是长生天派来的，所以它们仰天长嗥的动作，便是与长生天有神秘关系的例证。古代蒙古族人去世后，亲人让牛车拉着死者的尸体在草原上自由行走，直到尸体从牛车上自行滑落下来，便牵牛车而回，让狼在夜晚把死者的尸体吃掉。他们认为，只有让狼将人的尸体吃掉，人的灵魂才能在狼回归时被带到天上。

开达尔和达列力却对这些说法无动于衷，他们眼里充满忧郁，不时还浮出无奈。我们不忍离去，想留下为他们做点什么。但我们能做什么呢？此次牛羊和马遭受狼袭，使他们一夜间赤贫，而要恢复原数量的牛羊却需要五年。如何熬过这五年，他们很茫然。

边防武警已进入牧区，他们教导牧工必须改变传统放牧方式，将散放改为圈养，这是目前防狼的最好办法。边防派出所的民警带来了鞭炮，已分发给各户牧民。牧工们将成串的鞭炮单个拆开，不时在冬窝子周围点燃。砰砰砰炸响的鞭炮，以及空气中弥漫的火药味，可对狼起到震慑作用。距进入夏牧场还有三四个月时间，牧工们决定天天放鞭炮。他们觉得鞭炮声类似于枪声，狼听到后便不敢靠近。除了放鞭炮，牧工们还在冬窝子四周插上了旗子。北塔山的风大，旗子被风刮得呼啦呼啦响，似乎有人在大声吆喝。如此这般，狼便不敢轻举妄动。由旗子受到启发，牧工们将一些"稻草人"插在软木杆上，风一吹便左右摆动，像真人在走动。这个办法不错，牧工们便都在羊圈周围插上摆动的"稻草人"。以前狼往往趁人不备时进行袭击，现在有了这些日夜防守的"稻草人",狼看见后便不敢近前。

开达尔和达列力犹豫了好久,终于请求我们回乌鲁木齐后,帮他们打听一下国家关于畜灾赔偿的事。这是他们陷入灾难后的心理挣扎。昨天有人说到了保险,但对于长年在牧区放牧的他们来说,为牛羊和马买保险犹如隔世之事,他们闻所未闻。但他们听说国家有畜灾赔偿的政策,渐趋平静后便下意识地向其靠近,渴望能在绝望中抓住唯一的稻草。

专家们也犹豫了,一时不知该如何回答开达尔和达列力的请求。犹豫犹如半透明的纱布,好像能看透,又好像看不透,如果犹豫者向理智一方偏移,那半透明的纱布就会被折叠,把答案或真相遮掩起来。但开达尔和达列力的眼中流露出的渴求,让专家终于下定决心,把真相告诉了他们:我国《野生动物保护法》规定,因国家和地方重点保护野生动物造成农作物或其他损失的,由当地政府给予补偿。但"由当地政府给予补偿"的主体是指省市还是乡镇,至今含糊不清,所以补偿也便无法兑现。牧民受损后都去派出所报案,但派出所并非政府机构,牧民又去找乡镇,乡镇因没有明确政策而无法实施。按说,政策性保险范围内,除了火灾、雪灾、疫情、洪灾外,也应该把狼灾和毒草等作为自然灾害纳入进去,但要让受灾的牧民受益,还需要时间。

救命稻草似乎近在眼前,但仍然抓不住,仍然沉入了黑暗之中。

专家衡量了一番,给了牧工们一个建议:给牛羊和马买保险,如果再发生狼灾,按照畜类品种不同,牧民承担保费的百分之二十左右,其余百分之七十左右则由保险公司支付。目前,吉木乃和玛纳斯两县已有买了保险的牧民,因狼灾得到了相应的获赔。

隐约沉浮的稻草终于可以一把抓住了,只要买了保险,就有为狼灾埋单的地方,这是最好的好办法。开达尔和达列力脸上浮出悦然之色，显然已经理解并接受了这一建议。

车子驶离北塔山，我有几次回头凝望，仍疑惑会从山谷中冲出狼群。到了奇台县城，又听到让人震惊的消息：就在我们离开后不久，有一户牧民的三只羊又被狼咬死了。我在内心默默祈祷，但愿这是今年最后死于狼灾的羊，让所有活着的羊都平安度过这个冬天。

雪下得更大了，又传来一股让人战栗的气息。忍不住向北塔山方向张望，只看见模模糊糊的轮廓，那里发生的事，随着我们离开，已变得遥不可及，恍如隔世。

几辆载着发电机的汽车驶向北塔山方向，听说为了防狼，要给还在用羊圈方式圈羊的牧工发电，用大瓦数的电灯光阻挡狼接近羊圈。可以想象得出，明亮刺眼的灯光将会让山谷亮如白昼，稍有风吹草动，都逃不过人们的眼睛。

只是隐隐担忧，狼会不会再次受到刺激，做出疯狂的举动？

最后的猎人

1. 更换猎枪

是在后来，我才知道那几位猎人的命运变化，是从二十世纪八十年代末的那次更换猎枪开始的。

那几位猎人并不是纯粹的狩猎者，他们的身份是可可托海矿区的工人，但因为矿区的肉食供给跟不上，所以他们的工作是在外打猎。这种简单但又职责明确的工作，他们已经持续了二十多年，经他们捕获的黄羊、野猪、鹿、兔子等兽物，被运到矿区保障工人的生活。矿区的工人忙于开采和出矿，很少有人知道每日食之的肉食，是这样一群人默默供给而来的。

他们的身份是编制之中的工人，但具体的工作却是猎人，这是一种身份错位，亦是一种扭结的命运。他们身上密布着不可知的密码，他们无法解脱，更不知如何改变，只能像大风中的沙子一样，被挟裹向无边无际的戈壁中。作为工业文明的工厂，以及能让他们过上另一种生活，体现另一种身份的小城，在他们身后变得越来越模糊，而扑面而来，无比清晰地展示在他们面前的是孤寂的沙漠、丛林、河滩和荒野。他们像工厂的工人一样每天上班下班，只不过他们手中握着的并非开采工具，而是一旦猎物出现就子弹上膛，倏然射击的猎枪。

他们长年住在可可托海东边的戈壁上，那几排孤零零的房子，在平时像沉寂的沙丘一样，无论刮风或者下雪，都无声无息。但是那天的一场雪却下得颇为猛烈，那几排房子很快就被大雪覆盖，透出几分魔幻之感。他们能忍受孤独，亦有对付孤独的办法，譬如在这样的天气便闭门不出，或睡觉，或聊天，外面的大雪便独自下着，好像和他们没有关系。

前天，上面给他们配发了新猎枪，而旧猎枪已无用处，则由他们自由处理。交接完新猎枪，就下了一场极像暗喻的大雪，似乎他们与新猎枪将步入不可知的命运。

那场大雪一直在下，到第三天黄昏也没有停止。地上已经积了很厚的雪，但是因为天色已暗，所以积雪像是被一块灰色大布覆盖了，也有了几分黛色。这样的天气会改变动物的饮水和啃食，它们会频繁在雪地里寻找枯草，或者到河谷地带寻找水源。但猎人们却不在这种时候捕猎，天气同样给捕猎添加了难度，而且会承受更多的冷冻，所以他们闭门不出，期待天气转好。

一位猎人出去解手，发现雪地上有兔子的爪印，他本想把兔子逮住红烧成晚餐桌上的一盘肉食，但一阵大风让他心生畏怯，遂打消了念头。他望了望兔子的爪印，看出兔子是慌乱跑过雪地的。兔子似乎总是处于慌乱跑动之中，个中原因既有它们胆小，也与它们易于被猎捕的原因有关。猎人们猎捕兔子时很少开枪，因为它们的形体不大，便导致子弹射中的概率不大，常常是子弹在沙丘上射出一缕尘灰，而兔子却跑得不知去向。为了捕获成功，猎人们便多采用捕兽器，譬如夹子、铁丝套、吊杆等，用青草、嫩果等诱惑兔子接近，然后触碰捕兽器的开关，轻则被夹住，重则在夹击之下丧命。猎人不太注重用捕兽器捕猎兔子，因为制造和安装捕兽器都颇为费事，而捕获的兔子没有多少肉可吃，费劲又不划算。他们碰到兔子后便开一枪，打中了就拎回去，打不中也无所谓。那位猎人之所以放弃那只兔子，也与把握不大有关，他对着兔子的爪印笑笑，嘀咕了一句：我不把你当一盘菜，你继续活你的自由自在。兔子早已跑远，他的话被刮来的一阵风卷走，四周亦很快归于寂静。

一场雪，不论下得恣肆汹涌，还是悄无声息，都不会有任何征兆。大雪中的人，也不会意识到会发生什么事情。

从外面来了几个人，他们听说那几位猎人更换猎枪的消息，便来收购他们的老猎枪。他们无奈地摇头苦笑，以每支二百元卖掉了老猎枪。他们虽然使用老猎枪多年，但他们别无选择，新猎枪在以后将大行其道，他们不能留在过去，只能就那样将老猎枪处理掉。

用钢铁铸就的新猎枪，提在手里有一种沉甸甸的结实感。枪栓在推拉之间发出的脆响，让他们脸上浮出兴奋的神情。更让他们高兴的是，新猎枪一次可装五发子弹，其连续击发的射击力度，较之老猎枪强了好多倍。以前他们渴望捕杀野猪和哈熊那样的大猎物，但又害怕受到它们攻击，比如野猪发怒时用獠牙一口咬下，连石头都能咬碎；哈熊就更厉害了，牧民们都说哈熊的大掌拍到人身上，人就变成了肉饼，会被哈熊三两口吃得干干净净。牧民的说法虽然夸张，但仍说明野猪和哈熊不好惹。

不过现在好了，有了可连续击发的新猎枪，还怕撂不倒野猪和哈熊！

2. 雪崩

他们很高兴，炖出一锅当天捕获的山羊肉，每人开了一瓶新疆人喜欢喝的伊力特酒，为拥有新猎枪开怀畅饮。大雪漫天纷飞，似乎也在庆贺他们手中的新猎枪，他们大碗喝酒，大块吃肉，很快便酩酊大醉。

新疆的冬天多有饮酒者，猎人们因为长时间在野外活动，更是常常借酒御寒。但那天他们是因为拥有了新猎枪而喝酒，有人在喝酒的间隙，忍不住抚摸一下新猎枪，把子弹紧紧握在掌心，复又猛然摊开，其欣喜溢于言表。那天的雪下得出奇的大，虽然只是午后，但天色却已经暗了下来，好像黑夜很快就要降临。一位敏感的猎人说，这样的天气不是好兆头，没等他把话说完，有人又把他拉入畅饮的人群。

他们喝得太多了，以至于不知自己在说什么，仍举着酒瓶大声喊叫。酒精在他们身体里涌起排山倒海般的热量，眩晕的状态让他们觉得自己像是在飞翔，又像是在飘浮。

几位猎人，或一场大雪，原本并无特殊关系，因为在新疆的每一个地方，猎人并非特殊人群，大雪纷飞几天几夜也再正常不过。但是人们在后来谈论那天发生的事情时，却为他们喝了那么多酒，忽略了一场大雪而摇头叹息。猎捕犹如是古老的棋盘，猎人是这个棋盘上固有的棋子，如果作为另一种棋子的猎物出现，就会因为他们贪酒而错失捕获机会。对于猎人而言，那是莫大的耻辱。但那场雪在下起之前毫无征兆，即便下得满天飘飞，乃至于天地昏暗，也没有人会想到会发生意外的事情。

猎人们酒醒后看着大雪就笑了，那么大的雪，黄羊会因为饥渴难耐下山找水，他们只需等待一夜，在明天早上就可以猎捕黄羊。其实让他们兴奋的并不是大雪,而是新猎枪带来的冲动,连发五枪的情景让他们想入非非,急切地想试试新猎枪的性能。

他们在大雪中等待了一夜,新猎枪在手,他们渴望快一点天亮,在黄羊进入射程后扣动扳机。那一夜,大雪先是让他们变成雪人,继而又变得像白色石头,最后几乎与雪山融为一体,看不出何为石头、何为树、何为人。但他们被古老的狩猎色彩笼罩,与很多年前的狩猎者别无二致。那时候,农耕尚未开始,人与动物的关系,也就是生命与世界的关系,人们自觉把狩猎选择成职业,因为只有拥有猎物才能活命。

天亮后,一群黄羊下山了。他们看着黄羊慢慢由小黑点变得清晰,便想,动物与人类,除了生存方式不同外,最大的区别就在于智慧方面的差异,人类善于运用智慧设计,而动物则缺少防范人类的心智,所以被人类屡屡捕获,这就是人类将狩猎作为生存手段,一直延续至今的原因。

黄羊渐近,猎人们仍在积雪中屏息坚守,职业规律早就锻造了他们的心理素质,亦让他们坚信只要忍受得了严寒,就一定能捕到猎物。他们经历过多次这样的狩猎,每一位猎人对接下来的情景都烂熟于心——黄羊进入射程后,他们会一一瞄准它们开枪。以前,他们使用的是老式猎枪,如果一枪没有击中猎物,动物就会惊慌逃窜而去,而装火药需要五六分钟,所以他们没有第二次开枪的机会。现在不一样了,他们手握新式猎枪,再也不为装弹发愁。但他们必须耐心等待,如果没有十足的把握绝不扣动扳机。

黄羊终于进入射程,所有的猎人都开了枪,黄羊齐刷刷地倒下一大片,伤口喷出在雪地上的鲜血,像绽开的红色花朵。新猎枪好,扣动扳机方便,子弹出膛的脆响,枪声的震动感,带来从未有过的舒适感。猎人们吹吹枪口的烟气,轻舒一口气让自己放松下来。

但是那天的事情很快便变得很蹊跷，被打死的黄羊倒在地上悄无声息，那酷似红色花朵的血泊，很快被大雪一层层覆盖。就在那种寂静中，一股声响传了过来，在猎人们脸上击出一阵隐痛。他们来不及向四处张望，那股力量便骤然变大，击得他们的耳朵又一阵鸣响，他们站在原地不敢动一步。

那股力量变得越来越强烈，声音也越来越大，猎人们被冲击得站立不稳，双手紧抓猎枪，随即又无力地松开——冲撞他们的是看不见的东西，用枪无济于事。不祥的预感涌上心头，他们顺着声音看过去，终于弄明白那声音是从山上传下来的，他们再往上看，便看见山上的积雪在向下移动。

发生雪崩了！

积雪向下倾覆的速度越来越快，弥漫出一片白色大雾。不，那不是雾，而是冲击而起的雪浪。最后，整座山上的积雪都在移动，像一只摇头摆尾的巨兽。雪崩起初倾泻的速度很慢，甚至不易察觉，一旦受力便山崩地裂般压了下来。

是新猎枪的枪声太大，震荡积雪发生了雪崩。

其实他们在刚才开枪后便觉得不对劲，那枪声太大，震得他们头皮发麻。他们打猎近三十年，玩枪从来都得心应手，没想到新猎枪射击出子弹的枪声会这么大，让他们疑惑沉重的钢铁枪身里，隐藏着想象不出的杀伤力。难道子弹不祥，不像火药那样踏实？但他们只顾着射击黄羊，尤其是屡射屡中的快感让他们颇为兴奋，忽略了隐约的恐惧。

雪崩越来越大，似乎要把大地一口吞噬。

他们顾不得捡拾猎物，提上猎枪转身就跑。身后的雪浪像一只怪兽，撞到岩石上，本以为被撞碎了，但扭身一转后变得更加巨大，而且更凶猛地向山下扑来。有几棵树挡在前面，雪浪径直飞掠过去，树枝晃动了几下便不见了影子。最后，雪浪扑到山下，发出一声闷响后，又腾起一股白色粉末，像是不屈于就此罢休，要再来一次狂奔。

猎人们逃离雪崩，站在安全的地方回望，那些被击毙的黄羊，他们潜伏过的石头和树，全都不见了，只有砸在一起的雪堆，像一堆拳头，明晃晃地闪着刺眼的光。他们打猎多年，第一次遇到这样的事情，但他们很快便骇然认定，是新猎枪制造了这场灾难。早知道这样，还不如用旧猎枪呢，他们使用旧猎枪从未发生危险，说明旧猎枪是可靠的。那一刻，他们怀疑新猎枪并不适合自己。

少顷，他们虽然为逃离了危险而庆幸，但仍然觉得有什么经由新猎枪，被拉进了黑暗深渊。是什么呢？他们说不清楚，但心里的疑惑越来越多，难以判断新猎枪是否适合在戈壁、沙漠和雪山地带使用。最后，他们认定新猎枪不适合使用，因为仅仅用了一次，巨大的枪声便变得像一把颤响的刀，撬动山上的积雪，造成了这场危险。

新猎枪，与亘古沉寂的戈壁猛烈一击，撕扯出让他们无法承受的疼痛，在此之前，他们潜伏、等待、瞄准、射击，一切都从容而熟练。他们像几千年前的狩猎者一样，身上有古老的美感，但是一场雪崩让他们发现，由钢铁铸就的新猎枪，似乎隐藏着另一种杀机。

他们下意识地摸摸新猎枪，一股钢铁的冰凉，让他们的手禁不住战栗。

3. 隐约的启示

新猎枪并没有给他们带来快乐。

先前猎人们曾以为，可可托海山高林密，便多有大型动物，如哈熊、野猪、鹿、黄羊等等；至于小一些的飞禽，如野鸡、红嘴鸥、胡兀鹫、金雕,以及小走兽,如松鼠、狐狸、旱獭、野兔等,则不会有,因为它们需要在开阔和平坦的地方生存。后来他们才知道,可可托海亦有不少小飞禽和小走兽,它们在高山和密林缝隙,把幼小者的生存展示成清晰的生命事实。

可可托海是神奇的地方,由大量植被构成的高山森林,从山脚一直长到山顶,一眼望去满眼皆为绿色风景。人们走近才发现那些树多为白桦树,几乎每一棵都有眼睛状的树纹,像是在紧紧盯着他们,人们与那些"眼睛"对视,体会到在别处体会不到的幸福。到了秋季,白桦树叶先是变得灼红,待十天左右后,则又变得一片金黄,像是所有的枝头都挂着金箔。从雪山上流下的雪水,在森林底处汇成河水,远远看上去犹如是一河乳汁在流淌。河谷中有一块像石钟一样的石头,远看显得并不大,但到了跟前仰头向上看,才发现它高耸进了天空。人们于是给那块石头起名为"石钟山",凡去可可托海的人必会走到"石钟山"下,或膜拜,或观赏,最后心满意足地离去。

可可托海是中国的第二寒冷地带,冬天可达零下四十摄氏度。在可可托海有三个说法,其一,人被冻哭了却不敢流泪,因为泪水一流出来就在眼角挂成了冰棍;其二,熟人在街上碰面不能说话,因为话一出口就被冻住了,对方根本听不见;其三,可可托海人不需要冰箱,东西放在不生火的房子里,冻得比放在冰箱里还硬。

春天的可可托海,远远地便看见前面一片绿色,旁边又是一片红色,外人看见那样的情景会纳闷,绿色肯定是树,那红色会是什么呢?待走近才看清那红色也是树,即沙漠中最具生命力,亦常常成片生长的红柳。可可托海亦是额尔齐斯河的发源地,让人觉得是一个美丽而又富有生机的地方。

额尔齐斯河从可可托海流出,像是在沙漠虎视眈眈的注视下上路了,它流经地段的草木植被长得颇为茂密,实属难得。猎人们在多年前听到过一句谚语：哪怕一棵小树，也是水的脊梁。意思是说，有水就一定有树，树受到水的滋养后，会长得更加挺拔。这样的情景在新疆尤为难能可贵，因为在很多时候，新疆的水与树，就是生命最直接的展示。

可可托海虽然是小地方，却多出美食。细说起来，有柴火灶焖野兔、风干兔肉、红柳烤野鱼、辣子蒜头呱呱鸡。其野兔、白鲢、鲫鱼等，因为做法是家常味，猎人们吃过后没有留下印象，倒是那呱呱鸡味道独特，其肉质咀嚼起来有酥脆的口感。猎人们在先前见过几次呱呱鸡，它们在雪地里呆头呆脑地行走，听到动静会愣怔，待反应过来才仓皇逃离。在众多飞禽中，呱呱鸡活得木讷，且经常处在紧张中，很容易让人逮住。

呱呱鸡较红腹锦鸡要小得多，亦因为一身灰黑，在雉类中是不怎么起眼的一种。但呱呱鸡长得肥圆，身上的肉多，所以它们常常成为人们的猎捕对象。如果一种动物仅以肉身吸引人的眼球，那么人就会获得口福，而对它们来说则是不幸，因为它们除了被吃掉之外便再也没有价值。

很多人都觉得呱呱鸡肉好吃，在可可托海总是听人们说有空了弄个呱呱鸡吃一下。猎人们细问后才知道草湖一带呱呱鸡很多，多到什么程度呢？有时候人不小心碰到路边的草，就会惊起好几只呱呱鸡。它们看见路上有人走动，便躲在草丛中俟时间，等人走远后窜入田地中叨食种子。呱呱鸡不吃庄稼，只吃刚种入地里的种子，所以耕种时节的田地里有它们的盛宴，而农民却被它们害得苦不堪言，因为被它们叨食过种子的地方，便长不出禾苗，更无从谈起到秋天能有所收成。人们对呱呱鸡恨之入骨，但凡提及它们便总是扔出一句：那挨夹子（捕兽器）、喂人嘴的货，迟早会被吃光。人们之所以多吃呱呱鸡，隐隐有报复它们的心理。不过呱呱鸡肉确实好吃，可红烧，可炖煮，可干煸，甚至还可以清蒸或红卤，是难得的乡间美味。

那场雪崩让猎人们恐慌，当他们听说可可托海的一个饭馆推出了一道菜——蒜头呱呱鸡，便决定去吃一顿呱呱鸡压惊。呱呱鸡的个儿小，但厨师的厨艺精湛，将其剁成大块，便显得很有气势。他把油烧热，放上蒜头和辣子，用武火爆炒，不一会儿便香味弥漫。尤其是那厨师加了蒜头和辣子后，便起到了明显的提味作用。呱呱鸡因为长期在山中奔走，所以肉质瓷实，吃在嘴里很有嚼头。那厨师说，爆炒呱呱鸡要注意火候，如果火不够大，其淳厚的香味便出不来，但如果爆炒得时间太久，肉质又会变老。

一盘辣子蒜头呱呱鸡上桌，见每块肉都收得很紧，给人很瘦的感觉。那厨师说，吃呱呱鸡有个要领，不能把整块肉吃起嘴里硬咬，那样的话就只是牙齿和骨头的较量。聪明的吃法是，挑有肉的地方咬下，然后慢慢吃。猎人们照他所说试吃，果然把瘦肉咬了下来，吃起来格外的香。

吃罢，猎人们与那厨师闲聊，才知道他也是一位猎人。一次在额尔齐斯河边，他和一位朋友带着双筒猎枪，潜伏在一个沙坑中等待呱呱鸡出现。冬天的河边，那些叫不上名字的野草，会落下一层果粒和草籽，吸引呱呱鸡前去啄食。太阳出来之前，额尔齐斯河河边会弥漫大雾，此时不是呱呱鸡出来的时候，它们要等到大雾散去才会出来。那天很冷，猎人和朋友趁着雾大早早地潜伏好，趴了一会儿后，二人就呱呱鸡应该归类为鸟儿，还是归类为动物争论起来。猎人觉得呱呱鸡不喜欢飞翔，往往只在觅食前从半山腰头重脚轻地飞下来，落地后便笨拙地行走，即使遇到危险也选择跑动逃命，所以呱呱鸡和爬行动物没什么区别，应归为动物。但那位朋友却认为呱呱鸡是鸟类，它们并非不善飞翔，而是善于利用跑动觅食，久而久之便不喜欢飞翔了，它们是鸟儿中厌倦飞翔的另类。

本来他们的争论是为了消磨时间，没想到呱呱鸡飞与跑的问题，很快就摆在了他们面前。一群呱呱鸡出现后，猎人和朋友瞄准射击，一只又一只呱呱鸡应声倒地，但双筒猎枪一次只能装两发子弹，要频繁换弹，所以大部分呱呱鸡受惊逃窜，山坡上像是有无数快速移动的小黑点，也有石子发出一阵乱响。对于他们俩而言，那快速逃窜的呱呱鸡就是能看得见的美食，怎能轻易错失。

他们俩都是老猎人，换弹速度很快，所以随着他们再次开枪，呱呱鸡逃脱得越来越少，而趴在地上的越来越多。频频开枪更能刺激猎人，子弹出膛时枪身的震颤，子弹的响声，以及猎物在腾起的尘土中倒下，都是猎人难得的体验，其中的快感外人难以想象。十几只呱呱鸡横尸山坡，他们准备将它们收拢后返回，但却有一只呱呱鸡嘶哑哀叫着从山后飞了过来，它身后追来一团巨大的黑影。

是一只鹰在追它。鹰是呱呱鸡的天敌，往往在一瞬间便闪烁而至，呱呱鸡在鹰双翅一扑，或双爪一伸之间便不见了影子。但这只呱呱鸡很聪明，它迅速从空中落到山坡上逃窜。它虽然利用改变方位的策略赢得了时间，但它的天敌太过于强悍，它没有逃多远，便又被鹰的一双大翅笼罩在一片阴影之中。

呱呱鸡看见他们俩，便迅速跑了过来，直至跑到他们脚下才停住，用一双充满恐惧的眼睛望着他们。他的那位朋友嘴里蹦出一连串的啧啧声，好家伙，呱呱鸡在关键时刻又会飞又会跑嘛！但在那一刻，不知出于什么原因，他和朋友都不约而同地举起枪向鹰瞄准。鹰惧怕人，转身飞走。其实他们知道鹰不好打，从来没听说过谁能把鹰打死。他们只是想把鹰吓走，把这只呱呱鸡救下来。

那一刻间，他和朋友都被感动了，他们本来是来猎杀呱呱鸡的，但在天敌逼近的一瞬，呱呱鸡还是跑到了人跟前，寻求人的保护，呱呱鸡信任人类。他们用沾血的手摸了摸那只呱呱鸡，让它慢慢离去。

那一刻,他们没有产生再多添一只猎物的想法。

猎人们听过后,默默坐了一会儿,然后起身离去。那位厨师的讲述让他们觉得难堪,因为他们一直就是那样干的,从来都没有怀疑过自己。对于他们而言,狩猎是一种古老的职业,他们猎捕动物,是以名正言顺的获取方式维系自身生存,所以他们多无情猎捕,少感叹犹豫,但那只呱呱鸡逃向人,借助人到威力躲避鹰的追捕的举动,让他们体味到了人的尊严,以及人在动物眼里的伟大。也许,在以前打猎时也遇到过类似的事情,但他们却因为猎捕习惯,忽略了那触动心灵的时刻。

他们返回时,听见额尔齐斯河水在悄声流淌,那隐隐的声音,似乎在诉说着什么。

4. 禁猎

雪崩事件后不久,新疆猎人的命运发生了变化。那一年,一大批动物被列入保护范围。同时,政府开始收缴猎人和牧民的猎枪,任何人在以后都不得再打猎。

禁猎,预示猎人的职业生涯从此将终结。

在今人看来,狩猎是人类最古老的生存方式,亦是极具浪漫色彩的行为。猎人之所以存在,证明人类需要延续原始和古老的生存方式,所以猎人成为特殊人群。离他们或远或近的地方,一定有农业、手工业和工业以全新方式改变了人类,人类的生存因此变得更加从容轻松,但猎人迷恋手中的猎枪,亦沉迷于老旧的狩猎方式,以捕获的猎物证明人只要能吃苦,就能活下去,他们认为投身于农业、手工业和工业的人,其渴望回报的心理和获取方式,与狩猎别无二致。

他们因此在戈壁忍受孤独，将自己融入大地深处，并从中获得快乐和满足。

新疆的猎人可分为两类，一类是长期运用猎枪捕杀野猪、哈熊、鹿、黄羊等大猎物的职业猎人，他们熟练使用猎枪，依赖子弹迅猛和直接的杀伤力，干净利落地获得猎物。这一类猎人不与动物斗智斗勇，大多时候是动物足迹的跟踪者，在雪山、森林、草原、牧场、沙漠和戈壁，一旦发现猎物出没的迹象，便长久等待或潜伏，直至动物出现，便迎来开枪的机会。也有一部分猎人将猎物出售，换得改善生活的钱物。对于这一部分猎人而言，猎物之于生存更有意义。

另一类猎人是至今仍沿袭古老游牧方式的牧民，捕猎方式多借助于大自然，使用的也是古老的工具，比如利用石头、树木做成的捕兽器，还有陷阱、套网、吊绳、石扇和弓弩等，其操作方法熟练，使用起来顺手。另外，他们还用猎鹰、猎犬在山野中捕猎，经常在草原和沙漠追逐、扑抓和撕咬兔子和旱獭一类的动物。很多年前，人们就这样打猎，到了他们这一代，仍一边放牧一边打猎，延续着狩猎的浪漫和传奇。问及他们是怎样学会捕猎的，他们说爷爷的爷爷就是这样捕猎的，后来爷爷的爷爷生下了后面的爷爷，爷爷又生下了后面的爸爸，爸爸生下了后面的我，捕猎就那样传了下来。为了强调这个事情有遗传基因作用，他们又说，出生在草原上的孩子，会走路就会骑马，会说话就会唱歌，会吃肉就会打猎。看他们说得如此轻描淡写，便让人觉得他们打猎就如同农人种地，渔人捕鱼一样，是最基本的生存需求。他们熟知动物的生存规律，每每捕猎一次都收获颇丰。他们把猎物挂在牧场边的树上风干，等到秋季转场时带回，作为冬肉食用。

那一年禁猎和收缴猎枪面临一个情况，因为牧民多生存于边境线一带,需要部队和地方配合去实施。当时在部队的我,忝为收缴猎枪的一员,前往可可托海宣传禁猎和收缴猎枪。在路上,同行者说起猎人的一件事,在一个大雪天,有一位猎人在树林里迷了路,半夜不但饿得肚子咕咕叫,而且冷得浑身发抖,便想自己恐怕熬不到天亮了。无意间他想起昨天吃过的手抓羊肉和馕,便喃喃自语念叨起来,如果这时候我吃上了手抓羊肉和馕,肚子就不饿了。没想到这样一念叨,心里的感觉好受了一些。他欣喜,也许默念好吃的东西可以止饿!于是他接着念叨,烤羊肉串、烤包子、馕包肉、抓饭、拌面、丸子汤、油塔子、薄皮包子……他一口气说出很多好吃的东西,胃里好受了一些,感觉便不怎么饿了。接下来他如法炮制,又一口气说出胡杨木火、梭梭柴火、松木火、红柳木火、桦树木火……他说着这些木柴,想着其燃烧的热量,身上便不怎么冷了。那一夜,他就那样度过了饥饿和寒冷,等到天亮辨明方向,终于回到了村庄。

我们所要收缴猎枪的猎人,并不只是在可可托海一带的森林里打猎,而是多在距可可托海或远或近的戈壁上奔波。戈壁有时候又与沙漠相连,所以他们的遭遇,也多与孤寂的戈壁和沙漠有关,其经受滋味不被外人悉知。

我们并不为可可托海的严寒和戈壁的孤寂担心,真正让我们担心的是,猎人们可能会对禁猎和收缴猎枪产生抵触情绪,也许会把猎枪藏起来以备私用。但禁猎和收缴猎枪是政府行为,是将动物纳入到国家保护范畴,所以这些以猎捕为生的猎人,只能无条件接受命运变化。

前往可可托海的途中,我们碰到了黄羊、野骆驼和旱獭,它们对马路上来来往往的车辆见惯不惊,即使有的车辆鸣笛,它们也只是扭头看一眼,便又低头去吃草,或悠闲地望着远处。它们看似近在咫尺,但要接近它们却并非易事,往往人们尚未走到它们跟前,它们已经甩开四蹄飞奔而去。同行的人说，这些动物早已熟悉了人，加之又太精明，所以不在猎人的猎捕范围，猎人们喜欢猎捕那些反应迟钝的动物，那样会让收获更大一些。

后来碰到一只黄羊，再次让我们看到动物熟知人类后的坦然、从容和顽皮，它在我们的车一侧奔跑，像是要与车辆赛跑。我们受到刺激，便将车子加快速度，欲把它甩掉，但它亦加快速度又追了上来。它边跑边向车内张望，像是在挑衅我们。我们再次加快车速，但它却始终不落后一步，它的四蹄叩击出的蹄声，在戈壁上响成了美妙的音乐。我们不再逗它，任由它在车外追赶，过一会儿，我们想看看它是否已经跑得累了，不料却发现它已经不见了影子。

到了可可托海收缴猎枪时，我发现猎人们都很平静，似乎禁猎和收缴猎枪像一张写得清清楚楚的纸页，他们早已熟读了其内容。既然命运已全盘托出，答案亦无比明确，便很难看出他们产生过怎样的纠结，他们在内心把隐忍放大，把一切都装了进去。

为了缓解气氛，我与他们聊天，但说着说着便说到了他们打猎的事情，我惊异地发现，他们并非像外人想象的那样传奇，每当他们遭遇时代变迁，古老的猎人身份便受到撞击，于内心咽下了诸多隐痛。

也就是在这时，常年在可可托海一带的森林、草原、戈壁、沙漠和湿地一带活动的一个打猎队，进入了我们视野，其中一位姓李的猎人（他强调称他老李即可，至于名字则不想被人知道），引起了我的兴趣。他从二十五岁开始打猎，整整打了三十年，到了五十五岁，也就是新疆收缴猎枪的这一年，才不得不结束职业生涯。

我们给老李讲述禁猎和收缴猎枪的政策，他一直不说话，只是低头看着地上，似乎地面有他感兴趣的东西。我担心他不能接受禁猎和收缴猎枪，不料我们的话刚说完，他抬起头盯着我们问，禁猎是哪一级的政策？他的神情中含有冷峻，让人觉得一句话不光可以用嘴说，也可以用透射着光芒的眼睛说。我想,他长时间与狼、哈熊、雪豹和狐狸对视过,才会如此用眼睛说话。这一刻,他身体内似乎蕴藏着山冈和河流,不论是用嘴还是用眼睛说话,都好像能喷出硬邦邦的石头,或激荡的洪流。

我们中的一位同事接住老李的提问,问他有什么疑问。他说,哪一级的政策,就规定到哪一步,我想知道政策规定到了什么程度?我们耐心给他解释,整个新疆都在禁猎和收缴猎枪,是自治区一级的政策。

老李听后,脸上浮出释然的神情,眼睛里的光芒也变得柔和了一些。看来他的理解能力强,执行禁猎和上交猎枪应该不成问题。他说,是自治区一级的政策,我就把以前自治区发给我的打猎证交了。他拿出两个塑料本子,把绿色封皮的一本递给我们说,这是自治区的打猎证,一九六〇年发的。我们接过一看,果然是当年的自治区某部门下发的,字迹清晰,印章鲜红,老李保存得很好。

因为是第一次见到打猎证,加之又是有年头的东西,大家都很感兴趣,遂仔细翻看其内容、日期和装帧设计。我们虽然是来宣传禁猎和收缴猎枪的,但是与一九六〇年的打猎证不期而遇,极大地满足了好奇心。

老李在一旁不说话,他拥有的三十年真切经历,沉得像岩石,清澈得像溪水,深邃得像湖泊,所以他在这种时候一言不发。

等我们欣赏够了,老李才说出了他的想法。他的意思是自治区的政策他可以执行,但他没有见到国家的政策,是不是自治区禁猎和收缴猎枪是一个范围,而国家在另一个范围内仍然是容许打猎的。他思路清晰,言辞准确,眼睛里又浮出冷峻的光芒。至此我才发现他并非简单的猎人,他历经三十年狩猎岁月,早就熟知了人心世道,也许这就是狩猎这一古老职业的魅力。

我们耐心给老李解释，他听完后直接表达出他的意思，除了自治区的打猎证外，他还拥有国家打猎证。他说着便把另一红色证件递给我们，果然是国家某部下发的打猎证，持有者一栏写着他的姓名。这个打猎证是红色的，比自治区的打猎证大一些，象征着一种权威。他再次强调自己的要求，国家比自治区大，如果国家没有明确禁猎，那么他是不是还可以打猎？看得出，我们屡屡提及的政策，对他构成了压力，他要抓住最后的稻草，从泅渡的河流中挣扎出来。

但是我们的兴趣又一次停留在国家打猎证上，像刚才欣赏自治区的打猎证一样，再次对其内容、日期、印章和装帧设计又谈论了一番。国家的打猎证是珍贵的，今天突然见到，大家便翻来翻去地看，把他遗忘在了一边。他保持着极大的耐心，面无表情地看着大家。也许，他愿意让大家把国家的打猎证好好看看，那样就能证明他拥有的打猎证有分量，也许能让他内心的希望变成现实。

老李等待大家满足了好奇心，又用透着光芒的眼睛看大家，他此时不用再说什么，但是眼睛能说出他想说的话，而且格外有力。我们给他解释，自治区的这一政策，是经过国家同意的，而且全国都在禁猎和收缴猎枪，所以这也是国家的政策。我们以为他还会陈述他的理由，没想到他把国家打猎证塞到我们手中，表示不用再说什么，他服从便是。

之后便查问和登记老李持有的猎枪、弹药和捕猎工具，他一一如实告知我们，并没有不愉快。在清单上签字时，他龙飞凤舞地写下他的姓名，我们夸他的字写得好，他说以前在戈壁沙漠中狩猎时，常常有大把的闲余时间，便拿一根树枝在沙地上练字，几年下来他的字已写得大有长进，有时候甚至把自己幻想成为一个书法家，手不再握猎枪而是握毛笔，写出舒畅的书法，但是他只是想想而已，因为动物往往在不经意间就出现了，他便扔掉树枝紧握住猎枪，投入又一场紧张的捕猎之中。看得出，他如此细致地述说他练字的经历，其实是在掩饰这一刻的尴尬，他从这一刻起就不再是猎人，三十年赖以为生的职业生涯也将终结，他不想让别人看出他紧张。

我们安慰老李，其实禁猎对他来说是好事，他从此就可以回城，过上真正的工人生活。他想努力做出缓和场面的微笑，但没有成功，脸上很快裹了一层失落的神情。古老的狩猎，也许只适合尚未进步的社会，如今为了平衡动物与人类的生物链，人类必须保护动物，而对于以捕杀动物为生的猎人而言，他们必须终结职业依赖。这一变故，从一个角度而言，是一种牺牲，但从另一角度而言，则又是奉献。

直到把猎枪交出，在清单上签字后，老李的情绪才有了明显变化。收缴猎枪从某种程度上而言就是没收，他把猎枪递给我们时，双手犹豫着不忍松开，还明显地抖了几下。我担心他做出过激行为，但他唇角浮出一丝颤纹，随即松开手转身走了。

我握着老李的猎枪，觉得很沉，似乎握在手里的不仅仅是一枝猎枪，而是他们这一代人的命运。人背负在身的命运包含着时间、生命和荣辱，谁又能轻易将其卸下？这时，附近传来黄羊的叫声，老李闻之背影一颤，打猎队员望着他的背影，随之也颤抖了一下。他们在这一刻两手空空，第一次遭受了失落和无奈引出的疼痛。这是一种柔软的疼痛，比起剧烈的疼痛，更痛。

5. 特殊的猎人

在那次交往中，我和老李成为朋友。与他闲聊时，我一直想知道他打猎时的传奇经历。在我看来，戈壁、动物和古老的狩猎方式，是这个时代的人难以体验的古老浪漫，亦是某种文明的见证。现在的人活得忙碌无序，已忘记人与大自然曾息息相关，并赖以为生。有时候我们会怀念刀耕火种，但那只是诗意想象，如果让我们用古老方式栖息大地，恐怕没有几人能做得到。

老李对我的想法不置可否，他说我把事情想简单了，打猎不像电影里演的那样都是传奇，不管是谁，脱不了几层皮当不成猎人，就算当上了猎人，也不是天天那么浪漫，吃的苦和受的罪，还有默默咽进心里的委屈，外人又能知道多少？只有猎人知道自己是被时代遗忘的人，活得好与坏、快乐与痛苦，外面的人和这个时代是不关心他们的，就拿这次禁猎和收缴猎枪来说，时代突然就关心我们了，这一关心可好，不论你能不能适应，能不能接受，都已经不是你说了算，你只能认命。也许被长久遗忘的人，突然被记起就会变成这样，这就是命。

老李的这一番话颇为深刻，不像从一个猎人嘴里说出的，而像是一个历经岁月的观察者的总结。与其说老李在谈论命运，倒不如说他在谈论时代。他虽然在三十年的打猎岁月中经历丰富，但其中却不乏隐痛，亦有诸多与动物的扭结和纠葛。

从这里开始，老李成为我这篇文章的主人公。他出生于新疆生产建设兵团的一个连队，父母虽然是农工，但每月却能领到工资，这是兵团人在二十世纪五六十年代的特殊性。他小时候经常跟父亲去打猎，对围捕和追踪都烂熟于心，到了十五岁便成为出色的猎人。他喜欢打猎，闲暇时把猎枪擦得锃亮，每次出去打猎都一脸兴奋的神情。但父亲却常常叹息，说兵团人虽然每个月领工资，但还是修理地球的农民；猎人虽然经常有肉吃，但过的还是贫穷偏僻的生活。他每听父亲感叹，便觉得父亲想让他往外走，走出兵团，走出牧区，到外面过上好日子。

可可托海除了风景好以外，其丰富的矿藏更是引人注目，据勘察，世界上已知的一百四十种矿物，可可托海就有八十六种。他二十五岁那年，一个好机会降临到他头上，可可托海要大规模开采矿业，将来还要建设一个城市，但用于作业的人手短缺，便到兵团连队来招工。他们家得到一个工人指标，作为长子的他，要被招到可可托海去当采矿工人。父亲很高兴，长时间的叹息似乎变成了祈祷，终于为儿子迎来了转变命运的机会。一家人送他出门，期望他走得更远，因为越远就越有好生活。

但是他到了可可托海矿厂后，命运却发生了变化，因为开矿工人的肉食供应跟不上，厂里便选出一部分人去打猎，有打猎基础的他理所应当地被选中。他的内心在那一刻颇为复杂，工人和工厂，还有他的新身份与职业，似乎变得与他无关了。他背上配发的猎枪，与其他打猎队员坐上大卡车开进戈壁，寻找黄羊、兔子、鹿、哈熊和野猪。他们没有体验到当工人的滋味，便又被推回原处，要去过和以前一模一样的生活。他们一路不说话，等待他们的是熟悉的戈壁和沙漠，而变得越来越模糊的则是可可托海矿厂。他们甚至觉得，自己的一生也将变得模糊。

他有一天经过家门，父亲又像以前一样叹息说，穿新鞋子走老路，没有前途啊！他宽慰父亲，可可托海矿厂已经给他建立了档案，他是有编制的工人，每个月像所有工人一样可以领到工资。那个年代讲究贡献，经过培训的他对父亲说出了一套理论，这是革命分工不同，有人去开采矿，就必须有人操心他们吃饭的事情。父亲没有说什么，在他看来，别人都在往前走，而儿子却在后退，一直要退到古老而简单的牧场，从此再也没有出头之日。他开导父亲说，打猎工作是暂时的，等开矿的工人都能吃上肉，可可托海建成了城市，我们这些打猎的工人就会被调回去。他在言辞上不愿承认自己是猎人，而是有意强调自己是工人。父亲勉为其难地笑了笑，没有说什么。

期待和现实有时候会发生冲突，他以为随着捕猎在入冬后难度加大，他们会被召回可可托海，但是入冬后肉食供应再度紧张，他们接到了继续打猎的通知。那是他们在外度过的第一个冬天，天地苍茫，寒风呼啸，他们不得不裹紧军大衣，再次孤独地进入戈壁沙漠。

他们开着汽车打猎是为了方便，却常常显得滑稽。他们听说一个牧场出现了一大群野猪，便费尽周折把车开了过去。牧民们没有见过汽车，围着汽车左看右看，最后认为是一头从没见过的"大牛"。有一位牧民认为这头"大牛"跑了那么远的路，一定已经饥肠辘辘，便抱来马草要喂它。他们解释说汽车不吃草，只喝汽油。牧民终于弄明白汽车是何物，接着又弄明白他们开着那个铁家伙来是为了打猎，便一脸茫然和不解。有一位牧民不客气地说，山上的动物跑起来像飞，转眼间就能翻过一座山，这个铁家伙怎么能追得上它们？他们无言以对，因为对环境缺少理智判断，他们陷入了尴尬之中。

他们的猎枪较之于当地猎人的猎枪要先进得多，但是在打猎时却遭到当地猎人的嘲笑，捕获的猎物也远远不及当地猎人捕获得多。当地猎人其实都是牧民，他们熟悉山上的动物，所以每次打猎都收获颇丰，而打猎队的人却常常让猎物从眼皮底下溜之大吉，亦因为自己的枪法太差而垂头丧气。

他们经常在戈壁滩奔波一天，却无一例外地两手空空而归。有时候他们会想，也许打猎用老办法才管用，而他们坐着大卡车，拿着先进的猎枪，在蛮荒沉寂的戈壁沙漠中发挥不出作用。牧民的嘲笑很快提醒了他们，铁家伙那么大的声音，那么浓的汽油味道，动物远远地就能听到和闻到，它们不跑才怪呢。他们这才知道作为工业文明的汽车，很难融入蛮荒沉寂之地，他们再次为自己感到尴尬。

更尴尬的事情发生在一次捕猎中，他们在戈壁上发现了一群黄羊，便开着卡车追赶。黄羊疯狂逃窜，他们疯狂射击，却没有击中一只黄羊。黄羊很聪明，总是绕着沙丘和红柳丛奔跑，汽车便不得不绕来绕去地追，加之颠簸，他们很难将黄羊击中。最后，汽车陷入沙坑中发出呜呜闷响，不得不停了下来。那群黄羊成功逃脱，在山冈上回头张望他们，像是在蔑视他们无能。那一刻，他们觉得汽车黯淡无光，比汽车更加模糊的是他们手中的猎枪，似乎一点用也没有。滑稽之举会让人产生羞耻，他们觉得自己有损于猎人形象，握枪的手第一次感到无力。

好不容易把汽车从沙坑中弄出后，天已经黑了。他们不好意思回到牧民中去，便在牧场边上宿营，那一晚大风呼啸，他们蜷缩在车中难以入睡。他们想回到矿井去工作，像那些让他们羡慕的工人一样操作机械，那才是工人该干的，而被扔在戈壁之中的他们，守着一个不停给他们制造屈辱的汽车，他们都快疯了。

第二天，牧民在他们面前近乎表演似的捕猎了一次黄羊。那群黄羊也许觉得打猎队拿它们没办法，便又一次走到昨天出没过的地方，边吃草边挑衅似的东张西望。打猎队员确实没办法，因为汽车会被陷死，搭上的掏车拖车工夫得不偿失。他们便只能漠然看着黄羊，想发泄几句但还是没有开口。牧民们也表情漠然，打猎队员以为他们也拿黄羊没办法，脸上便浮出心理平衡的神情。但打猎队员不知道牧民在等待，直到下午黄羊吃饱后，牧民们骑马冲过去驱赶黄羊，黄羊受惊吓后拼命奔跑，但因为吃得太饱，跑了没多远便倒在地上喘粗气，牧民下马用刀子宰杀了黄羊，一甩便将其甩到马背上，牵着马兴高采烈地返回。还有一些黄羊，本来可以用同样的办法捕获，但牧民们却放弃了，它们跑到远处才停下，回头发出哀鸣。

牧民捕猎的这一幕，让打猎队员看得目瞪口呆，牧民用的是原始古老的办法，但却那么有效，相比之下，他们的汽车，杀伤力极佳的猎枪，却一无用处。那一刻，他们想开着汽车离开，因为汽车的用途在别处，如果在这里死缠硬磨，只会闹出笑话。

工业与古老的游牧发生了撞碰，其疼痛却撕扯着他们内心，让他们痛心疾首。

牧民不忍心看他们一无所获，便给他们传授捕猎黄羊的经验，他们这才知道捕猎黄羊除了趁它们吃饱追赶外，在晚上和白天都有机会。黄羊在晚上成群卧下后，会派出一只站在高处放哨，牧民们掌握了它们的这一规律，顺着那只黄羊"哨兵"找到附近的黄羊群后，却不急于开枪，而是点起火把让火光刺激黄羊的双眼，让它们因为视力不适失去方向感，趴在那里一动不动。利用亮光射击，是牧民沿用多年的最佳方法，这时开枪射击，黄羊便一只只呜咽着倒地。

打猎队员想在当晚去打黄羊，牧民却说，黄羊聪明得很，白天被我们这样一折腾，早就跑到别的地方去了，要想等到它们再来，恐怕得十天半月以后了。打猎队员一阵失落，遂打消了念头。

牧民又给他们传授在白天猎捕黄羊的方法，黄羊逃跑时，屁股上的白毛总是很显眼，是猎人瞄准的关键部位。至于它们潜藏于树林或草丛中时，则顾头不顾尾地又将屁股高耸于外面，其白毛又会被猎人发现。猎人们为此总结出一句话：黄羊晚上死在眼睛上，白天死在屁股上。

牧民说这些事情时如数家珍，看得出是他们长时间把自己融入戈壁沙漠，长时间与动物较量后，才得出的经验。沉寂的戈壁像沉睡的巨兽，一般人很容易被它的外表蒙蔽，只有这些长年甚至一生都生活在这里的人，慢慢地会看出戈壁的生命魅力，亦从中找到让人存活的方法。这样的例子很多，比如人们在沙漠中断水后，便放开几峰骆驼，看它们在天热时会卧在什么地方，他们只要将骆驼卧下的地方掘开，必然会找到难得的水。

这样的事情让他们听得热血沸腾，亦激起投入新一轮捕猎的冲动。但他们在先前吃了不少苦头，所以他们精心筹划，准备了照射度极高的探照灯，在侦察到一个山冈有一群黄羊后，他们悄悄摸了过去。脚下是沙漠，头顶是夜空，还有柔和的夜风吹在他们身上，让他们觉得自己在那一刻才是真正的猎人。他们谨慎前行，直至摸到山冈下，黄羊都没有察觉。

一切就绪后，他们突然打开探照灯，果然如牧民所说，黄羊一下子便懵了，在强烈刺眼的光照中不知所措。打猎队员从容开枪，一群黄羊全部被击毙，东倒西歪地躺在山冈上，像是突然多了一大堆石头。他们满载而归，第一次如此顺利地成功捕猎，他们很兴奋，亦对牧民感激不尽。但是牧民却很生气，愤怒地指责他们说，你们为什么把一群黄羊打得一只不剩？你们没有看见上次我们捕猎时，有意留下了一些黄羊吗？一下子死了一群黄羊，所有的黄羊都会受到惊吓，明年就不会来这里了，到时候谁来驱赶兔子呢？

他们细问之后才知道，每年牧场上刚长出草芽后，兔子便成群出来啃食，会影响牧场一年的草势。而黄羊在这时是牧场的功臣，它们出现后会让兔子惊慌离去，青草便赢得了生长的机会。

牧民说完缘由，仍忍不住指责他们，你们把黄羊弄没了，我们明年的草场就完了，草场完了，一年的放牧也就完了。

他们愕然。

6. 被忘却的隐痛

不可否认的是，黄羊因为易于捕获，所以牧民讲述的牧业法则，在老李和打猎队员面前像一道光芒闪过后，就因为矿区传来急需大量肉食的命令，则又把他们拉回到了现实中。

于是，他们又开始猎捕黄羊。

老李不知道，他们这一批猎人，因为身处幽闭的地域，与外部环境缺少沟通，长久处于一种断裂和隔离的生活中。他们身上发生的事，在他们心里是一种模式，而在外人眼里，又是另一种模式。

他们是职业猎人，负责为单位在野外工作的工人们供给野物肉。凭借丰富的打猎经验，他每次开车出去打猎都满载而归。为此，他拥有了国家打猎证，用他的话说，国家打猎证是一个大本子，比自治区的打猎证要大很多。

慢慢地，他们掌握了丰富的打猎经验。比如在戈壁滩上开车打黄羊，人不能边追边打，因为黄羊很灵活，看到车追近会突然拐弯跑向别处，等人把车转过来，它们早已逃之夭夭。为防止黄羊突然拐弯，车要不停地追，直至追到黄羊无力再跑，或因疾跑致使肺裂瘫倒在地，这时候一枪便可轻而易举将其毙命。再比如猎人切不可顺风寻找猎物，因为风会把人的气息吹到动物的鼻孔里，人尚未走近，它们早已躲得无影无踪。

枪、子弹、荒野、动物，构成打猎者单调的生活，但射击却让他们兴奋，子弹在瞬间击中目标，让他们享受到了奇异的体验。时间长了，他们的性格变得有些怪异，甚至不习惯在人群中的生活，他们觉得城市会让人变得模糊，而在荒野中闯荡，依赖狩猎生活可得到慰悦。有时候，有人会为他们感叹，痛心地说出两个字：杀生。但因为他们对职业信仰矢志不移，所以他们不会停顿，内心也不做过多的考虑。对于一个打猎者来说，他猎得的动物是成绩、是收获，所以他们沉迷其中，乐不可支。

因为古尔班通古特沙漠地域宽阔，加之动物有不固定的生存习性，所以老李的打猎范围变化不定，有时在沙漠，有时在河滩，更多的时候则在山谷中。那些年兵团种瓜最犯愁的是刺猬和狐狸之类的小动物，它们会乘人不备钻入瓜地进行大肆侵害。晚上，甚至还会有狼光顾，兵团连队的人会通过关系弄一支小口径步枪放在瓜棚里以备不测。他是猎人，所以人们希望他能打一打侵害庄稼的动物。一来二往，他便和那位小姑娘的父亲成为朋友。

因为肩负为矿区供给肉食的任务，老李像以往一样，开车将那一批黄羊装到车上，南腔北调地唱着歌开车返回兵团的一个连队。但黄羊那么一大堆，如何存放成了问题。老李因为和小姑娘的父亲是朋友，一番商议后，将那些黄羊堆放在了小姑娘家的鸡圈里。然后，老李将对黄羊剥皮、剖腹和去内脏，将净肉送往矿区。

有一次，一只小黄羊用嘴去拱已死于猎人之手的母亲，也许它不知道死亡已经发生，所以便不停地拱着母亲的嘴，间或还发出以往惯有的亲昵声。这一幕被那户人家的小姑娘无意间看见，她知道小黄羊的母亲早已被猎人打死，而小黄羊的眼神里却没有伤感或恐惧，反之却围着母亲的尸体在欢鸣。二十多年后她想起那一幕，内心仍一阵悸痛。

还有一次，老李正埋头作业，一只黄羊因为没有被子弹击中要害，从一堆黄羊尸身中翻滚爬起，哀号着意欲逃走。但因为太过于惊恐，它只逃出两三米后居然一头栽倒。既然逃脱不了死亡，其结局必然仍是死亡。经验丰富的打猎者不慌不忙，伸出手将黄羊按倒在地，一手扭它的脖子，一手抽出了腰间的"皮夹克"（刀子）。那位小姑娘就在旁边，所以她便看见了那只黄羊的眼睛。它眼中的神情起初是挣扎，之后是无助，最后是绝望。刀子刺进了它的喉咙，它低低地呜咽了几声便不动了。

小姑娘咬紧了嘴唇，眼睛里有泪水要涌动出来。"那一刻我恨他！"多少年后，她说起这件事时虽然没有提及老李的姓名，但她表情中隐隐显露出的伤感，让人断定她指的一定是老李。在她的童年，那是一次刻骨铭心的杀戮,她亲眼所见,内心虽然产生了一种本能的救护欲望,但因为她只是一个六岁的小姑娘,没有实施行动的能力,所以幼小的心灵在那一刻便承受了巨大的伤痛。

老李经常借宿小姑娘家,但却丝毫没有觉察到她的内心反应。他的目光在荒野和沙漠中,加之又是一个职业猎人,所以他不会为什么事分心,至于周围人的反应,则更容易被他忽略。

三十多年后,老李和当年的那位小姑娘,现在已经是四十多岁的女士在同一城市相遇,他或许因为年轻时有过长期在野外生活的经历,所以身体很好,六十多岁的人看上去像四十出头。而当年的那位小姑娘已成为母亲,有一位十六岁的可爱女儿,她教育女儿为人处世要得体大方,与人说话时要看着对方的眼睛,给别人递东西时要用双手,说话要不卑不亢。在生活中,她和女儿是朋友。一天和朋友聚餐,凑巧当年的那位猎人也在座,她说起了那段记忆。她很聪慧,只是提到了那只小黄羊,并没有说出当时自己的情绪。他回忆起了那段往事,对她说,当时你小得很,刚断奶嘛。她马上变得有些冲动,急忙说,不是,我已经六岁了。之后的交谈似乎有些尴尬,她不再说什么了。

我因为在这之前听她讲过这件事,所以在那一刻我是一个洞察者,我知道她突然变得着急的原因。他的回忆让时间错位,由此会否定她当时在场的事实,更会篡改她与那只黄羊对视时的内心之痛。这件事于她而言有三十多年的内心负重,他人回忆的错位又怎能将其改变。

那天我们边吃边聊,无意间,我看见因为窗户的原因,有一片亮光照到了她脸上,让她的脸庞变得洁净素雅。这时餐桌边的话题转向了摄影,大家谈兴正浓。我和她对视一笑,继续吃饭,不再提及打猎的话题。

事后我因为要写这篇文章，打电话确定她当时的年龄，她坚定地说是六岁。从她的语气中我仍能感觉到一种难以平静的情绪。在这件事中没有道德的判官，三十多年前的目睹已被时间的幕布遮掩，但那位猎人回忆的错位却刺激了她，一种难言的情绪犹如被埋下的胚芽，又开始悄然生长。

但他对此一无所知。

7. 戈壁门

在戈壁上捕猎的那些年，老李一直在场，所以他是诸多事情的见证者。但老李与我闲聊时却强调，他其实更是自己命运的见证者，那些年他有一种恍惚感，似乎他幻化成了另一个人，目睹他自己和那些打猎队员，被戈壁的大手拽进幽深、辽远和赤野的境地，然后在命运的棋盘上博弈。

老李的回忆因此闪出火花，眼睛里涌起兴奋的神情。虽然他在禁猎后再也没有打过一次猎，甚至连猎枪都没有碰过一次，但记忆在他内心蕴藏成了岩浆，一经触碰便喷薄而出，让他全身心都不能自抑。看得出，他喜欢回忆，他为自己的经历聊以自慰，亦为一生能够拥有这样一段经历而欣喜。他经常会情不自禁地回忆起某一件事，并忍不住发出感叹：几乎每一天，都会发生离奇的事情，有时候我们都忘了是打猎，看动物的生死，观察鸟儿的爱情，与牛羊和马一起经历转场中的艰辛和惊险，听牧民讲述草原上的故事。有时候真的很奇怪，一转身就发现自己也在那些事情里面，像一只动物或者一只鸟儿一样，被事情推着走，最后就变成了事情的一部分。他讲述的言辞朴实简单，但内容却光怪陆离，如果不了解他的经历，听来一定会如同在听天书，但他乐此不疲，讲起来总是滔滔不绝。

没有人要把老李引向他的记忆堤坝，但他却乐于自行打开闸门，任往事如洪流一般汹涌而出。

老李三十多岁时，在单位已经是有十年工龄的工人，他有时候会自言自语，我是一个有十年工龄的猎人，然后无奈地一笑，或提起猎枪向戈壁深处走走，或因为懒得动，便头枕一块石头南腔北调地唱歌。矿石、机械、工厂和城市，与他们有关，但又似乎远在天边。他们捕获的动物被拉到可可托海，供给工人们吃饱吃好，然后操作机械设备从地底下采出矿石，提炼出珍贵的矿物。那些矿物被运向何处、具体做什么，他们却一无所知。他们只知道采矿，但没有见过，一团隐约的幻影在他们眼前飘忽，有时清晰，有时模糊，他们既为自己是采矿大军中的一员而庆幸，又为被如此边缘而伤感。

任何一件事，如果持续得长久，便一定有它的合理性。那些年可可托海的出矿量大得惊人，任何一个矿坑都是大干快上的繁忙景象。老李和打猎队员于是知道，他们的捕猎是不可或缺的保障，操作机械的工人干得越起劲，便越需要他们源源不断地将猎物送过去。他们回不去，在这时并不是无奈，而是对某种光荣的依附，有很多人在那个时代无不都是以此为荣。

心态慢慢平静，再苦的环境，再累的狩猎，都似乎被无形的力量挟裹，在他们眼里并不算什么。他们在戈壁上一再走远，轰鸣的汽车似乎撞开了沉寂的空气，传出让人难以承受的声音，但他们沉默无语，眉宇间是沉迷冷峻的神情，他们已经被锻造成了冷酷的猎人，任何环境都不会影响他们。

在一次捕猎中，他们碰到一个小伙子，他在乌鲁木齐待过几年，因为挣不上钱不得不回到牧区。像他这样见过世面，已经习惯城市生活的人，回到牧区必然会格格不入。牧民每天骑马去放牧，他说马跑得太慢,如果骑摩托车一定会更快。牧民听后对他瞪眼,他亦因为他们落后而不屑一顾。事实上他说的很多话在后来都变成了事实,牧民们在十多年后都骑摩托车放牧,年轻人不再喜欢喝奶茶,而是搬来整箱啤酒,在牧场上又喝又唱一整天都不尽兴。牧民们转场时不再用骆驼驮东西,不再赶着牛羊走十天半月,而是租几辆大卡车,用两三天时间就把牛羊从夏牧场拉到了冬牧场。这样的事情虽然在十多年后才出现,但在当时被那个小伙子全部说中,足可见他是有先见之明的人。

一天,小伙子提出想跟打猎队走,他对牧区了如指掌,有了他的帮助可更好地打猎。其实他们知道小伙子的意图,他如果当上打猎队员,再干一段时间就有可能成为工人,那可是端"铁饭碗",一辈子再也不用为生存发愁。但是小伙子的父亲却极力反对,指责打猎队员带坏了他儿子,让他们从此远离他们的霍斯。打猎队员便不再与那小伙子来往,但不久发生的一件事,再次把他们与那小伙子扭结在了一起。牧区附近出现了一群狼,打猎队员一时兴起,决定前去围捕。那小伙子想追随他们的心未死,便信誓旦旦地说他有打狼的好办法,保证能够帮助他们打死狼,他们便默许了他。

冲动或癫狂,往往让人失去理智。狼不好打,他们与狼几经较量,才把一大群狼中间的一只逼到了悬崖边。他们用枪口对准那只狼,心想你后面是悬崖,前面是枪口,看你还能往哪里跑?那只狼站在悬崖边不动,两条后腿紧紧夹着尾巴,一副很害怕的样子。他们举枪向它瞄准,但没等他们开枪,那只狼突然扭身将尾巴甩了过来。那小伙子在一旁大叫,不要让狼甩过来的东西进到眼睛里,那是狼尿。他们本能地闭上眼睛,闻到一股酸臭的东西,遂明白狼在无路可逃时,用两条后腿紧夹尾巴把尿尿出,然后迅速甩进人的眼睛,趁人慌乱之际逃脱。他们惊愕,狼比人聪明。

那只狼一计不成,便嗥叫一声向他们扑来,他们从容扣动扳机,那只狼被击中身亡。他们很感激那小伙子,如果没有他的提醒,就会出危险,甚至可能会有人被狼咬死。小伙子趁机提出加入打猎队的要求,他们不好拒绝,便应诺去给他父亲做工作,征得老人家同意后一定带他走。但事情很快发生了变化,他们把那只狼带回后,听说狼肉抓饭很好吃,便把狼挂在树上准备过几天做一顿抓饭,不料第二天早上却发现,树下只剩下一堆碎骨。一定是狼群在深夜悄悄摸过来,把那只狼吃了。

小伙子的父亲听到消息后,阴沉着脸说,耻辱的事情是我儿子一手干的,他有罪。大家不明白他何以说出那样的话,他说牧民在这个季节不打狼,我儿子犯了大忌。狼有严酷的生存法则,一旦被人捉住或打死,狼群必然要想办法把它们拖走,如拖不走便会将其吃掉。不仅如此,狼一定会来报复,今天不来明天一定会来。打猎队员都懵了,但小伙子的父亲说得那样神秘,他们便追问原因何在。老人家说,打猎队员不知道这些事情不为过,但他儿子对此烂熟于心,却明知故犯,老天爷是不会答应的,他以后恐怕会吃苦头。

打猎队员又干了一件错事,他们面面相觑,不知该说什么。

经由这件事,老李觉得牧场上有一片巨大的光芒,他们费尽周折也无法让那片光芒照彻到自己头上,而牧民却只需看一眼,或只做一两件事,就进入了那片光芒的照耀中。为什么呢?因为他们生于斯长于斯,这里有他们的根。

几天后离开时,打猎队员为是否带走那小伙子而为难,如果带他走,可给他一个前程;如果不带他走,可维护他父亲的牧民准则。争论了半天,老李说出的一番话给大家吃了定心丸,他认为这个事情得由可可托海的机关领导说了算,而他们只是被派到这里打猎的工人,不能让那个小伙子当打猎队的猎人,更不能答应把他带回可可托海,否则就干了违反原则的事情。老李的意思很明白,不带那小伙子走,大家已经被这件事弄得很头疼,便遂了他的意。

他们悄悄离开,没有带走那小伙子。没走多远,见小伙子的父亲站在路边,手上捧着一张狼皮、两颗狼獠牙和两个狼髀石。老人说,这只狼是被哈熊用大掌拍死的,不是被人用猎枪打死的,不存在凶吉一说。他把那些东西送给打猎队,意思是不想让他们白跑一趟。打狼队员捧着东西,一下子觉得沉了。

不久又有了招工机会,老李赶紧联系那小伙子,但得到的消息却让他大吃一惊,那小伙子已经死了。原来,那小伙子听到他们离开的消息后,很伤心地跑到山上,坐在一块石头上掉眼泪。他不想再当牧民,不想在贫穷落后的生活中挣扎,但是老李做出的决定让他的希望落空了。虽然那个决定看似在维护他们家庭,在平衡他与父亲的关系,也在维护牧民的古老生存法则,但却让他丧失了追求梦想的机会。他隐隐觉得牧区有一只巨大的手,父亲挣脱不了,老李挣脱不了,他亦无法挣脱。那一刻他无比悲痛,对着大山号叫,但空旷的大山连一丝回音都没有,反倒是刮过来的风淹没了他的声音。回去的路上,他脚下一滑掉进了悬崖。起初他在挣扎,希望能抓住什么,但后来他放弃了,他的身体变得轻起来,像一片落叶一样飘进悬崖。他的脸上有笑,是那种终于解脱和放松后的笑。

小伙子不幸命殒,让老李怀疑自己做出的决定是错误的,他本以为让小伙子留在牧区,可过上稳定踏实的生活,但是却让小伙子错过了成为工人,变成城里人的机会,更可怕的是还让他为此丧了命。有一阵子他在心里自问,我为什么会固执地认为,小伙子在牧区就一定能过上稳定踏实的生活,就一定比别的地方好呢?他经过一番比较,在最后得出一个让他羞愧的结果:我在戈壁上待得太久,害怕自己被可可托海遗忘,所以小心翼翼地维护着内心的希望,期待一旦有回去的机会，便返回可可托海当工人。而顺利回去的关键，是做到不出事、不犯错、不违反原则，所以他拒绝了小伙子的请求。老李在多年后仍很后悔，认为自己在这件事上是自私的。

老李与我闲聊时，好几次提起当年的那个小伙子，他因为做出了不带那小伙子走的决定，一直心存懊悔。他幻想过，如果那小伙子当了打猎队员，以后就会成为工人，成为城里人，现在也过上了幸福的退休生活。但幻想归幻想，现实的大幕已经拉死，谁也无法把往事改写出新的内容。

他曾多次打听那小伙子父亲的下落，想见老人家一面，却一直未能如愿。

8. 冰冷的汽车

工人身份在二十世纪五六十年代犹如耀眼的光环，凡在此光环中的人，无疑是人生的幸运儿。当时的老李每月领工资，每季度休一次假，年底回到可可托海参加年终总结大会。他的工人身份只有在回到可可托海时，才会变得清晰。除此之外，他觉得自己与牧民别无二致，甚至因为长久在戈壁捕猎，还不如牧民自由。

走在可可托海大街上，老李经常会有恍惚感，觉得自己不属于这里，而是一个陌生的外人。当时的可可托海有近十万人，还有苏联来的开矿队，常常在街上可见到长相俊逸的苏联小伙子，亦可看见身材高挑苗条的苏联姑娘。至于那些在矿井上班的工人，言谈举止和说话的方式，则明显带着幸运儿的神情。上班时，他们头戴安全帽，身穿统一的工作服，文质彬彬地说笑，就连抽烟的姿势也显示出优越感。很显然，他们已经和可可托海这座初具规模的小城融为一体。而老李则自惭形秽，他身上穿的是用罐头跟牧民换来的羊皮大衣，在野外很暖和，但一进可可托海便觉得热，其实可可托海很冷，是他心里别扭，身上便热得出汗。

一个地方让人拘束，从某种程度上而言是他无法融入进去，缺少适应能力。老李在可可托海待不住，没有和他能说到一起的人，他去餐馆吃饭，那些饭菜的名字闻所未闻，把菜单翻来翻去不知该吃什么。他每次都像逃跑似的离开，只有回到打猎队，和那些伙伴们天天厮守在一起大块吃肉、大碗喝酒，才觉得痛快。但他经常会难受，他和那些伙伴们是可可托海的工人，档案在那儿，编制在那儿，工龄在那儿，但他们回不去，可可托海与他们的关系，就像一个影子和另一个影子，最终都无法重合。

老李有好几次默默走到矿井旁，探望正在作业的工人。他本以为走一走、看一看，知道矿坑中运作的机械就会坦然，亦会把内心的沉重卸下，但他看到那些机械运作得那么有序，地底下沉重庞大的矿石，经运输车转眼间就到了地上，而操作机械的工人并不费力，只需按下按钮，就待在一旁看着机械自行运载。他产生了从未体验过的失落感，如果他没有被派去打猎，他也会在这里操作机械，享受到控制机械的快乐。钢铁机械里有千军万马之力，他对此深信不疑，亦坚信以一人之力控制机械的感觉，一定比瞄准猎物扣动扳机更为刺激。

有人发现他表情怪异，便问他是哪个矿队的，他说出了自己所在的打猎队，无一人知道可可托海有一个在外的打猎队，便说矿井是不容许外人看的，让他尽快离开。他心里涌起莫名的怒火，大声强调他虽然是在外的打猎队员，但他属于可可托海，和这里的所有人一样，是工人。那人不愿搭理他，他欲再做辩论，但一辆运载矿石的车辆经过他的身边，轰鸣的马达声淹没了他的喊叫声。

几个月后，老李被派去运送一车捕获的黄羊到可可托海，进小城后，他看见一位牧民骑马在街边行走，心里不由得生出亲切感。可可托海附近多有牧民，经常骑马到小城中购买东西，然后用剩余的钱买一瓶酒，喝完后摇摇晃晃地骑马回去。有人问他们那酒怎么样，他们说哪怕是同样的酒，在这里喝不如在他们的霍斯喝更有滋味。问及原因，他们说这里不是喝酒的地方，连阳光和空气也不是那么回事，要想好好地喝酒，就应该到他们的霍斯里去，吃刚宰的羊肉，哪怕喝很便宜的酒，都很有滋味。他们的言语和装束，以及四蹄把水泥路面踩出脆响的马匹，还有他们不适和紧张的神情，都说明他们不适合这里的生活。他们为此并不在小城中多做停留，迅速办完事后便离去。

那天，老李不知为什么紧张，笔直宽敞的马路，一排排楼房，拥挤的人流，还有戈壁上从未有的色彩、味道和光线，汇成了一股暗流压了过来，他无端地紧张，便按了一下喇叭，那位牧民的马受惊后把牧民摔了下去。那位牧民爬起来怒骂老李，有在帐篷边点火的人吗？你在马屁股后面乱按什么喇叭，看把我的马吓成了啥，把我摔成了啥？老李赶紧道歉，那位牧民看出老李不是可可托海人，便无奈地摇了摇头说，河水不会在山坡上流淌，鱼儿不会在大树上跳舞，你不是在这里过日子的人，早一点回到能让你活得舒服的地方去吧，免得在这里丢人。那一刻老李很难受，觉得自己虽然是人在可可托海，但影子却在戈壁上，像石头一样想挪都挪不动。他感叹一声，我的根已经长在了戈壁上，这辈子恐怕都无法移开一寸。

他开车进城后出现了意外，一只未被击中要害的黄羊从一堆黄羊尸体中爬出，一跃飞出车厢在大街上乱跑，间或还发出惊恐的哀鸣。它被猎人的子弹击中后，死神一把扼住了它的喉咙，但死神在那一刻打了一个瞌睡，它悄悄从死神手中滑落，获得了逃生的机会。

它是戈壁上的精灵，它的血液、呼吸、力量和气息，只有在那里才属于它，可让它获得奔跑的快感。而可可托海这个初具规模的小城，充满了人群、汽车和楼房，就连路面也是由水泥浇铸的，奔跑起来不如沙漠和草原那样舒适，更是把它的四蹄硌得生疼，一点力气也使不上。它慌乱地向四周张望，这个地方太陌生了，它熟悉的戈壁、河流、森林和山冈，在这里全然不见影子，有的只是压得它喘不过气的郁闷，还有让它耳朵嗡嗡作响的声音。但它知道不能停，必须尽快逃出这个可怕的地方，也许逃出去就会有戈壁、河流、森林和山冈，到时候它就可以奔跑。不，不是奔跑，而是飞翔。

老李为自己疏忽大意感到羞愧，出发前他曾检查过所有的黄羊，为何却从车上窜跳下来了一只黄羊？看来黄羊会骗人，装死骗过他想逃走。他没有带猎枪，便从车上拽出助摇发动机的摇把，追上去打那只黄羊，但黄羊已跑出一大截路，他无论如何是追不上了。

街上的人很多，有的在看热闹，有的加入到追赶的行列，大声喊叫着，似乎声音里飞出了石头和刀子，要去砸去砍那只黄羊。他们都是这座小城的人，似乎此时的这只黄羊对他们是一种污辱，他们便恨它，一定要置它于死地。黄羊仓皇奔跑，身后的喊叫声似乎掀起一股巨浪，扑到它身上，让它好几次差一点跌倒。它嘶鸣一声后便又获得了力气，又向前快速奔跑。它已经体验过一次被死神扼住喉咙的恐惧，所以它不会让死神再次把自己拽进黑暗深渊。

老李感到无地自容，那只黄羊在众目睽睽之下奔跑，那么多人在看、在喊，或者在诅咒，对他来说不是羞耻又是什么？他习惯性地伸出手，但他没有带猎枪，他下意识扣动扳机的手指空落落地垂了下去。但在那一刻，一股异样的感觉从他心里涌起，先是把那股羞耻压下去，然后便生出一股力量——他要开车去撞那只黄羊。黄羊跑得再快也快不过汽车的四个轮子，只要一脚油门撞上去，它的血肉之躯又怎能经得起一撞？他启动汽车，将油门踩到底追了上去。

人们明白了老李的意图，纷纷避让一边，让他开车顺利通过。那只黄羊在老李的视野里变得越来越清晰，他已经看见了它屁股上的白毛，他只需让车撞上去，黄羊必死无疑。汽车在戈壁上作用不大，也从来没有撞死过黄羊，但在有水泥地的小城中就不一样了，它的四轮迅疾如飞，更重要的是老李可以灵活转动方向盘，不管黄羊跑向哪里都逃脱不了他的掌心。

在那一刻，城市、街道和汽车，像巨大的拳头，要狠狠地砸向那只黄羊。它在奔跑中突然觉得耳朵被巨大的声响震痛，紧接着一股重力将它拖起，它便像变轻了似的飞了起来，同时有一股剧痛传遍全身，让它觉得身体在一瞬间被撕得四分五裂。

老李如愿完成撞击，刹住了车。那只黄羊被撞出很远，落地时头部着地，发出一声闷响后流出了血。正如老李所想，黄羊经不起汽车这个铁家伙的撞击，已经粉身碎骨，黑黝黝的血流了一地。老李把撞死的黄羊提起，这是登记上交数字中的一只，必须放回那一堆黄羊中去。但是接下来发生的事情让老李目瞪口呆，负责收管肉食的人让他把那只黄羊弄走，并指责他一点同情心都没有，居然那么残忍地撞死了一只黄羊。老李强调那只黄羊在上交数字中，那人说没有人愿意吃被撞死的黄羊，不吉利。

老李把那只黄羊扛到山后默默埋了。丧命于他手的黄羊无以计数，唯独这只让他觉得撕心裂肺。虽然他已将它埋葬，但他却感觉它用一双哀怨的眼睛看着他，还有小城中所有的人，似乎也在看着他，让他为自己借助汽车杀死一只黄羊而懊悔。汽车的钢铁巨力，经他的手疯狂了一次，然后悄无声息地消失，只剩下一具冷冰冰的钢铁躯壳。

老李回家后一直没有出门，他的朋友想安慰他，却一直敲不开他家的门。后来的一天晚上他终于出门了，却像是梦游似的到了埋那只黄羊的地方，看见那只黄羊露在外面，他将那只黄羊埋了后才转身离去。人们都不解老李为何有那样的反应,先后猜了很多种可能,但最后都一一自我否定了。直到几年后人们才知道了答案,老李是猎人,即使动物不叫他也会有所感觉,那样的情景别人是无法想象的。

老李开车撞死黄羊的事情已经人尽皆知,大家都在议论他,他在可可托海待不下去,便连夜开车返回。回到打猎队后,打猎队员听说他开车撞死了一只黄羊,亦用诧异的目光看他,他们同样不解老李会做出那样的事情。老李亦很困惑,想了很久才发出感叹,打猎打得太久的人,看见想逃跑的动物就会开枪,即使手中没有枪,也会干出和开枪一样的事情。他扭头去看那辆和他一起制造了耻辱的汽车,它看上去冷冰冰的,让他觉出钢铁的无情和冷漠。他无言以对,产生了再也不碰那辆汽车的想法。

入冬后,那辆汽车再次让他们经历了一次痛苦。一场大雪持续了四五天,天地之间一片白茫茫,似乎已没有生命能够运动。打猎队闭门不出,苦苦挨着大雪天的孤寂和沉闷。一天晚上,外面传来黄羊的哀鸣,他们恐于天太冷雪太厚便没有出门。黄羊叫得越来越凄惨,他们便议论,可能是一只得病的黄羊在叫,看来它熬不过这样的夜晚。那只黄羊在后半夜叫得更为凄惨,声音里传出撕裂般的痛楚。他们猜想它有可能挣扎着在往前爬,但是所有的地方都是厚厚的积雪,它找不到能让它活命的地方。黄羊对天气变化颇为敏感,往往会在变天前迁徙到避雪和暖和的地方,但这只黄羊无力拖动患病的肉体,错过了前几天的迁徙时机。他们说它真是一只可怜的黄羊,冻死后被大雪一层层覆盖,直到积雪融化时才会被人或黄羊发现,但那时它基本上已经腐烂,很快就会只剩下一副骇然的骨架。

天快亮时,那只黄羊的叫声越来越小,但外面的狂风却呼啸得更大了,他们再也听不到黄羊的叫声。他们恐惧黎明前的黑暗,亦担心那只黄羊会被大雪冻死。好不容易熬到天亮,他们急忙开门去看那只黄羊，但门被积雪堵死了，他们合力才把门推开。昨晚的雪下得太大了，树枝已被压断，石头也只剩下模模糊糊的形状，他们的那辆汽车则变得像一个圆蘑菇。他们几经寻找，终于在汽车旁的一块大石头下发现了它，但它早已被冻死，一位打猎队员用手一碰它，它便像硬邦邦的石头一样滚了几下。

这时候他们发现，因为汽车驾驶室的门没有关好，在半夜被大风刮开了，可看到打猎队员遗忘在驾驶室里的羊皮大衣。他们愣怔片刻，便议论黄羊是很聪明的动物，为何不钻进驾驶室，把羊皮大衣扯到自己身上取暖？

老李一直没有说话，但此时他再也无法保持沉默，便对大家说，黄羊恐惧汽车，它哪怕冻死也不会钻进驾驶室。

众人愕然。

9. 神圣的白鹿

老李经历了开车撞黄羊那件事后，经常独自发呆，不和大家说话。打猎队员知道他走不出心里的阴影，便不再在他面前提那件事。但老李却一直消沉，似乎那件事是一个巨大的漩涡，他陷入其中难以自拔。

直到第三年，老李与一只白鹿相遇后，才振作了起来。他在事后说，他感知到动物也有心灵，而且与天地万物互通，彼此之间存在着美妙的灵息。不仅如此，动物的心灵与人的心灵也是相通的，而且能给人带来温暖。

老李的话触及打猎队员敏感的神经，按说，猎人面对动物时，即使它们再好看、再动人，也应该压制内心的柔情，将其列为捕猎对象。虽然人有时候会怜悯被捕猎的动物，但当它们维系人类生存的价值被肯定时，猎捕则又变得合情合理。猎人正是多年坚持这种获取行为，以冷漠方式存在的一种职业。所以，当老李被一只白鹿感动，内心生出从未有过的温暖时，他感觉有一道隐秘的光芒照到了他身上，他为自己将开始另一种人生而满心欣喜。

那只白鹿已被牧民传说了很久，犹如牧区的一道光芒，经常映射人们的心灵，吸引人们不停地打听它，渴望能一睹它的美丽身姿。不久，传来白鹿在一个地方出现了的消息，人们都议论纷纷，渴望能见到那只白鹿。

打猎队员则更渴望猎捕到那只白鹿，对他们来说，如果能够猎捕到它，将让他们获得至高无上的荣光。白鹿在新疆凤毛麟角，它们往往一闪便不见了踪影，让人觉得它们是神物，其生存之地一定在人类不可接近的幽邃之处。人们长时间把白鹿当成神物，想象它们在孤寂之中维持着圣洁，人这样想，内心便变得美好。

在牧区，人们有时候会迷信，认为诸多事物有灵，比如他们每年开春进入春牧场前，会选一块羊骨头放进火中烧一会儿，然后取出观察上面的裂纹，判断哪些地方可去，哪些地方不可去。他们还会用四十一颗羊粪占卜，测出外出会遇到的凶吉。从事这一职业的人叫"巴克斯"，也就是人们常说的萨满，但他们只有在进入牧场前，或者有人需要时，才会出现在人们的视野里。平时，他们与牧民别无二致。

人们相信万物有灵的同时，也将一些动物视为神物，哪怕它们对放牧构成威胁，也从不伤害它们。他们与动物长久相处，乃至相依为命，学会了从动物的灵异行为中寻找生存规律。比如狼，牧民认为它们是苍穹之子，受苍穹之命在春天驱赶草原上的动物，避免草原遭受践踏。它们还会将病死腐烂的动物吃掉，阻止草原传播瘟疫。牧民与狼长久相处，深知狼在饥饿或疲惫时，会对着月亮或天空长嗥，让自己的身心获得力量。狼与古代游牧民族的死亡亦有密切关系，当老人去世后，他们或将死者放置在山冈，或让其从运送的牛车上自行滑落，等待天黑后让狼将死者吃掉。他们坚信，只有让狼吃掉死者，死者的灵魂在狼回归苍穹时，才会被狼带到天上。

白鹿一直被人们视为神物，据史书载，成吉思汗甚至下过保护鹿的命令："若有苍狼、花鹿入围，不许杀戮。若有卷毛黑人骑铁青马入围，要生擒他。"白鹿自古以来被人们视为神物，凡见到者皆顶礼膜拜，决不做出对其有所亵渎的事情。但打猎队没有这样的意识，他们已被诱惑得无法平静，产生了强烈捕获那只白鹿的愿望。

内心最为迫切的是老李，他想捕获那只白鹿的想法，比其他打猎队员多一个理由，他们几乎已经被可可托海人遗忘，如果捕获一只白鹿回去，可可托海人就会关注他们，不再忘记还有他们这样一群打猎的工人。老李这样想，其实是他渴望排斥寂寞的一种方式。

他在以前曾猎捕过鹿，但那都是普通的鹿——他瞄准它的一条腿开枪，它被击中后倒在地上抽搐，不费任何周折就成为他的猎物。还有一次，他遇到一只聪明的鹿，几经诱惑和射击都无法把它击倒，他看见附近有一条水渠，便开枪把它逼向渠边，在它跳起欲飞跃过水渠时连开两枪，惊吓得它掉进水渠扑腾挣扎，很快便只剩下脑袋在水面起伏。他瞄准后从容开枪，渠水浸出一片红色，那只鹿便浮在了水面。

普通鹿容易捕获，白鹿却未必能轻易得手。但老李对白鹿魂牵梦绕，已无法抑制内心的热流，一直渴望捕获一只白鹿。他担心其他打猎队员会反对他，便决定一个人去单干。

老李在半路遇到一位哈萨克族猎人，示意他可拿挂在马身上的猎物。他不解，那位猎人告诉他，哈萨克族有一种向猎人索要猎物的习俗（哈萨克语称"斯热阿勒合"，意为认识后就是最好的），说的是人们在路上碰到打猎归来的猎人，虽然彼此陌生，但人们会向猎人索要猎物。在他们看来，猎物属于草原上的每一个人，猎人是代表大家前去领取的，可尽管索要。猎人不会拒绝陌生人的索要，会很大方地将猎物赠予对方。多少年来，猎人们自觉遵守这一习俗，并坚信给陌生人赠予猎物，会得到神的保佑，因为陌生代表意想不到的福祉。那位猎人还告诉他那个习俗更具体的细节，猎人在打猎返回时，会在马鞍上画上线，并将猎物挂在画线处，表明此猎物是可以赠予的，陌生人可尽管索要。

他觉得猎人对陌生人慷慨赠予，仍然是对福祉的期待。这个习俗的宝贵之处，在人们做这件事的背后，猎人和陌生人的赠予和索要，并非只是简单的付出或得到，而是人对神的期待。他于是相信，只要一方天地丰富，人心便必然自足；只要人心自足，便必然能够向神。

虽然哈萨克族猎人的讲述动听，但与老李捕猎白鹿无关，所以他听后又接着去寻找白鹿。猎人得知老李要去捕猎白鹿后，劝老李不要去干那样的事情，因为鹿是有灵性的，人难道不会被那样美丽的鹿感动，怜悯它们吗？老李不愿放弃机会，对猎人摇了摇头。猎人见劝他无果，便给他讲述了一件鹿和栅栏的事情。一天，两只鹿吃着草，从山坡上走进了村子里。当时是早晨，草上铺满露珠，两头鹿也许是被露珠迷住了，一副沉醉的样子，直到走到村中才有了反应，但它们却回不去了，人们早已悄悄形成一个包围圈，将它们围在了一个栅栏前。它们太漂亮了，浑身有好看的花纹，一对长长的角尤其吸引人。平时，人们对这样的鹿羡慕不已，现在它们自己送上门来，岂有不收之理。他们举着木棒和刀，一步步向它们逼近，它们发出惊恐的嘶鸣，退到栅栏跟前便无路可逃了。人们一拥而上，手中的刀棒纷纷击出，它们哀号着左右冲突，慌乱中，那只公鹿被击倒在地，而那只母鹿则冲出人群跑上了山顶。整整一天,那只母鹿在向村里张望,在村里,人们把公鹿的身体剁成碎块,每家每户分了一份,那张皮子被剥下后搭在栅栏上,一下子比它的身体大了好几倍。鹿皮都很值钱,人们要把这张皮子卖个好价钱。下午,那只母鹿悄悄进入村庄,贴着一家人的栅栏慢慢前行,不一会儿就走到了那张公鹿的皮子跟前,它猛跑几步一头撞向那道栅栏,在栅栏歪倒下的一瞬,它伏在那张皮子底下,让那张皮子落在了自己身上。它驮着皮子往回走,不料却被一只狗看见了,狗汪汪一叫,村里人马上就赶过来了,它只好把那张皮子从身上抖落掉,跑回山顶去。夕阳快要落山时,它又潜进了村子,但在快要接近那张皮子时,又被人们发现了。这次人们将它围得严严实实,它数次冲击都无法突围出去,人们手里的刀棒越来越近,它已没有了退路,它扭头看了一眼那张皮子,嘶鸣一声一头撞向栅栏中最粗的一根木头,一声闷响,它被撞得头破血流,倒在了那张皮子底下。人们很是惊讶,一头鹿自己把自己撞死了。村里人不知该如何处理这只母鹿。如果是人们把它围住,用乱棒乱刀将它打死或砍死,谁也不会感到意外,但它却自己选择了死亡,这就让人有些不解了,而且它在选择死亡的时候,倒在了那张公鹿的皮子底下,让人觉得它就是死,也要死在曾经与自己朝夕相处的心爱者身边。

　　故事很好听,但老李不死心,仍然要找到白鹿。他想,如果真的捕获不到它,他就会把它视作神物,从此在内心坚信它神圣不可侵犯,保持对它的敬仰。

　　老李告别猎人上路,猎人在老李身后说,如果你真的捕获了白鹿,听我一句劝,千万不要动它的头,有一位猎人捕获了鹿后,为了把鹿角完整地取下,砸碎了鹿的头,结果第二天他的头就肿得像气球,似乎戳一指头就会流出水。他害怕了,把那只鹿的尸体拼凑完整埋了,头才消肿了。老李想,如果真的捕到了白鹿,他可以不动它的一根毛，因为他要的是捕获的结果。他想，我是不是太疯狂了？但他又觉得白鹿出现的机会不容错过，否则他再也没有机会。

老李打听到白鹿出没的地方，便悄悄潜伏在草丛中等待。到了下午，他终于等到了那只白鹿。它真漂亮啊，浑身雪白，迈着轻盈的四蹄，犹如一位高贵的公主在散步。贪婪在那一刻像大手一样推了他一把，他一阵冲动，便甩出套绳，白鹿被套住后拼命挣扎一番，便只剩下哀鸣。他跑过去准备捆绑住白鹿，但突然发现它腹下有两只小鹿，它极力阻挡他，怕他伤害那两只小鹿。

老李看着那两只小鹿心软了，它们大概出生没几天，如果没有了大鹿，如何活得下去？理智在那一刻驱散了他内心的贪婪，而仁义又犹如开放的花朵一样，在他内心绽放出了馨香，他决定放走那只白鹿。但是白鹿已受到惊吓，加之又想极力保护小鹿，便乱蹦乱撞，一蹄子踢到他的腰上，疼得他大叫。无奈，他从腰间抽出刀子去割绳子，但白鹿看到刀子蹦跳得更加厉害，一头将他撞倒在地。他想爬起来，却觉得肚子一阵炙烫，很快便转为剧痛。他低头一看，刚才受到白鹿撞击后，刀子鬼使神差地刺进了他的肚子。他无比惊骇，命运突然开出罪恶之花，一阵恐惧自内心弥漫，浸到伤口处便更疼了。他想把恐惧从内心驱赶出去，一用劲才发现无济于事，恐惧像魔鬼一样在他身体乱窜，让他双唇颤抖，上下牙床磕出啪啪声响。他弄不明白是恐惧还是疼痛在作祟，总之他不停地颤抖，不能自已。

他用手握着刀子，理智告诉他不能把刀子拔出，否则他会躺在这儿永远起不来，也永远醒不来。流出的血浸到他手上，传出一股温热感，他这才知道人的血是热的。他苦笑一声，用如此悲惨的方式获得的体验，代价实在太大。

白鹿停止挣扎，它把套绳咬断后获得了自由，然后走到他跟前，扑闪着长睫毛看着他。他无奈地看着它，内心冒出白鹿不可亵渎的想法，便觉得人们说的是对的，他莽撞做事，让事情变得不吉祥，他很后悔，内心又涌起一阵恐惧，伤口更疼了，握着刀子的手又感觉到一股温热，不用看，又有血流了出来。

　　白鹿无奈地在他身边走来走去，少顷，它扬头嘶鸣一声，迈开四蹄向打猎队驻扎的地方跑去。他动不了，只能就那样看着白鹿离去。他很悲哀，命运把他推到了死亡深渊的跟前，用不了多久他就会一头栽入进去。

　　出乎意料的是，那只白鹿跑到打猎队员附近，对着他们大声嘶鸣，引起打猎队员注意后，然后转身往回跑。它刺激了他们，他们便向它包围过去。它扬起四蹄奔跑，很快把他们甩在了身后，他们不放弃，遂紧追了过来，然后就发现老李受伤了。他们赶紧背着他下山，让他及时得到医治保住了性命。

　　一次贪婪的掳掠，是恶的膨胀，如果顺利实施，老李就可以达到目的，但是那把刀子在他身体颠簸的一刻，让他的身体成为这一事件的承受者，并暗示这是一场要付出代价的冒险，或者是神对他的惩罚。

　　好在白鹿犹如被神引导，最终走向善的一面，化解了一场危险。在这件事中，白鹿成为至关重要的行动者，它的意图、行为和目的，都犹如是圣者书写的完美诗篇，闪烁着圣洁的光芒。

　　事后，老李回忆那天的事情时，不光感激那只白鹿，还隐隐在内心生出对神的敬畏和感恩。一只鹿在当时犹如得到了神示，用无声的行为，把他从死亡边缘拉了回来。他打猎多年的双手沾满鲜血，如果那天不出意外，他难免会对白鹿展开杀戮。但他没有想到一只欲被他置于死地的鹿，却怜惜他的生命，并发挥鹿类非凡的智慧，救了他的性命。在那一刻，它像神一样在大地上布道，其行为比人们传说的神物之举更为完美。

　　他在后来一直难解一个疑虑，那只白鹿在那天引来打猎队员后，人们忙于救他,并未注意到它和那两只小鹿去了哪里?也许它们悄悄离去了,也许它们还有更为隐秘的消逝方式,人是无论如何想象不出来的。

它是神,老李深信不疑。

10. 最后一次打猎

老李伤好后不久,便有人传言新疆将开始禁猎,所有的猎枪将被收缴。

传言很快变成确定的消息,十天后将有专人前来找打猎队,打猎队员必须统一接受登记,然后上交猎枪。那一刻的老李觉得时间凝滞了,似乎有一只手突然伸过来,既要把他拉入不可知的去处,又似乎要把他拽在原地,让他停留在固有的狩猎生活中。那一刻的空气变得颇为郁闷,他犹豫、忐忑、纠结和徘徊,以至于之后的很多天都不能放松。

那些天,大家有意避免谈论禁猎和收缴猎枪,但谁都知道命运像一场大风一样,正无声地向他们挟裹而来。老李内心生出挣扎和不屈,渴望事态能够转机,让他仍然在戈壁上打猎。但他的幻想最终化为泡影,禁猎和收缴猎枪的消息已成为热门话题,人们说着说着便一声叹息,似乎命运已变成句号,在他们面前写得清清楚楚。

绝望和失落会滋生出挣扎,老李虽然能够接受禁猎和收缴猎枪,但他却压制不住最后的渴望,他想再打一次猎,哪怕打不到一只猎物,但只要能把走了很多年的路再走一遍,他将顺从命运,微笑收场。

老李在一个早晨早早地出门,其装束与以往别无二致,脚下的路亦通向猎物有可能出没的地方。但他觉得手中的猎枪很沉，用手掂一掂，猎枪仍是熟悉的重量，他这才知道并不是猎枪变沉了，而是自己的心事重了。

渐往前走，老李觉得双腿变得无力，脚下的沙子也比以往更柔软，每迈出一步都颇为吃力。至此，他才明白禁猎只是形式上的终结，而他必须接受慢慢被抽走内心力量，然后无奈地告别戈壁的事实。

难道就这样结束了吗？老李心里没有答案，眼睛却已经湿润。他苦笑一下，在心里用了用劲，遂又向前走去。

老李的运气不错，很快在一个山谷里碰到了一只盘羊。那个山谷颇为奇怪，像是平坦的沙丘慢慢隆起，然后变成了一个山谷。山谷不大，但走进去才发现，身后的戈壁已被遮掩得不见了影子。山谷亦遮蔽了视野，他不再向四周张望，心里好受了一些。那只盘羊是突然出现的，奇怪的是它看见他后并不惊慌，亦不转身逃离，就那样一动不动地看着他。他充满郁闷的内心倏然冒起一股热流，继而手抖了一下，本能地举起了枪。他不知道最后一次打猎意味着什么，但挣扎和不屈心理，在那一刻滋生出了杀机，让他骨骼隐隐作响，浑身一下子热了起来。

但是老李没有想到，他刚举起枪尚未扣动扳机，那只盘羊却从山顶向他冲了过来。他从未遇到过这样的事，那一刻，似乎命运之神把他推到神秘舞台，要让他饰演完全陌生的角色。他迅速恢复猎人的冷静，对着盘羊开了一枪，但没有射中。盘羊停了停，扬起头对着天空叫了一声，又向他冲来。他再次瞄准后扣动了扳机，子弹射出的脆响，以及盘羊轰然倒地后传出的沉重声响，让他断定盘羊必死无疑。

老李快速向盘羊倒下的地方跑去，按照多年的打猎经验，猎物中枪后会丧失攻击力量，猎人可放心接近，一则防止它们逃跑，二则观察它们中弹的情况，如果尚未让它们丧命，可及时补上一枪。老李到了那只盘羊跟前，看见它已经倒地毙命。这又是一个顺利捕获的猎物，老李体验到了猎捕的快感，恍惚又回到了以往的岁月。

他抽出腰刀准备将盘羊开膛破肚，然后剥下它皮带回。这时候，山顶上传来咩咩的痛叫声，他看见有四只小盘羊已爬到了山顶，他这才明白被他打死的是一只母盘羊，它迎向他枪口的反常举动，是为了赢得让四只小盘羊逃命的机会。那四只小盘羊想返回母盘羊身边，但恐惧攫住了它们幼小的心灵，它们咩咩地痛叫着，把身体移向山顶的另一侧。按说，母爱在那一刻如一道强光，会照彻老李的心灵，会唤醒他的良知，但他长久猎杀的心性已冷如冰霜，加之母盘羊的反常举动刺激了他，所以他无法冷静，对着四只小盘羊愤怒地扣动了扳机。因为距离太远，小盘羊没有被击中，它们迅速在山顶上消失了。

下午发现一只北山羊后，老李心里再次涌起捕杀冲动，迅速举枪瞄准了那只北山羊。那只北山羊的犄角很美，扬起头时像是高傲地将犄角刺向了天空，待停止不动，便又犹如屹立在山顶的一座雕塑。他无暇欣赏它的美，冷静地开了枪，北山羊应声滚到了山底。他在一丛灌木中找到了北山羊，它挣扎起来怒视着他，目光里有一股让他骇然的愤怒。他心里涌起一股更热的东西，再次开了一枪，北山羊的身上喷出一团浓血，却仍然一动不动，甚至没有趔趄一下，像战斗到最后的勇士。几分钟后北山羊轰然倒下，他又看到了它的眼神，里面仍然透着愤怒。他用刀割断它的喉咙，直至北山羊的眼睛闭上，才觉得心里好受了一点。动物的愤怒犹如刀子一样刺痛了他，让他已顾不得自己有多么残忍，他觉得如不割断北山羊的喉咙，自己就会被它眼睛里的愤怒击倒。在那一刻，他是一位冷漠的猎人，因为三十年的狩猎，已使他变得心硬如铁。

屈辱刺激了老李，他内心遂生出一个迫切愿望，利用这最后一次打猎的机会，猎杀一只白狐，洗去多年蒙耻的内心阴影。白狐是他的内心隐痛，每次提及白狐，他都不怯畏自己的罪恶心理，说出他对白狐的仇恨，并发誓哪怕只让他打一次猎，也要猎杀一只白狐解恨。多年前他说那番话时并未料到，最后一次打猎的日子这么快就到了，既然这是最后的机会，他便不能轻易错过，否则会遗憾终生。

老李的内心隐痛其实并不复杂，几年前的一天，他在山谷中寻找猎物，看见远处的山顶上有一只白狐，他迅速向它接近，潜到最佳位置趴下等待。那只白狐在慢慢移动，似乎对危险毫无察觉。他将子弹推上膛，瞄准后扣动了扳机。白狐在枪响后晃了一下，随即坠入山谷。他跑过去寻找，四周却没有白狐的任何痕迹。他第一次放了空枪，被一只白狐诱引着跌进了耻辱的深渊。这件事让老李蒙耻，地位在同行中大跌，有人开玩笑时怪怪地说他并没有见到白狐，他是想打白狐想疯了，就编了那个故事来骗人。

尴尬处境让老李承受了巨大压力，他很长时间只有一个愿望，捕获一只白狐，只有那样才能证明自己，才能把隐埋于内心的屈辱连根拔掉，从而让精神获得轻松。

不仅是白狐，即使普通狐狸也让老李遭受过屈辱。几年后的一天，老李端着猎枪在一片戈壁上穿行，朋友老张亦持枪紧跟在后面。一只秃鹫在午后的天空中来回盘旋，不时发出古怪的叫声。初春的戈壁有热气飘浮，那只秃鹫似乎很享受被热气浸润，始终在戈壁上空盘旋。老李很快便反应过来，秃鹫发现地上有小动物时，才会在同一地方盘旋。老李观察四周，发现秃鹫一直盯着的地方有一团白光，快速闪耀着跃过红柳，跳进灌木丛不见了踪迹。老李和老张同时发出惊呼：是狐狸吗？

他们赶过去后惊喜地发现，果然是一只狐狸，它的皮毛在灌木中颇为显眼，犹如在闪着绝尘的亮光。老李和老张细看，它身后蓬松的尾巴微微上翘，像是又甩出了一束光芒。附近的打猎队员听到动静后立即围了过来，老张怕被别人抢了先，端起猎枪就打，枪声惊扰得狐狸飞奔而去。打猎队员飞身上了那辆汽车，一边追赶狐狸一边开枪。狐狸却跑得不紧不慢，还时不时地回头望望汽车，当他们的车陷进沙土中，他们便不得不下车垫石头，狐狸竟然不跑了，站在远处望着他们，像是在等待，又像是在故意引诱他们。老李目测，狐狸距离他们有二百米，他们的枪无法在这么远的距离击中它。

　　弄出车后继续追，他们在车上大声喊叫，这喊叫并不仅仅因为狐狸稀奇又珍贵，而是在他们看来狐狸已是囊中之物，他们已在估算狐狸的皮毛能卖多少钱。老李瞪了他们一眼，他们便不再喊叫了，但却把枪口死死对着狐狸，如果它试图逃脱，他们会毫不犹豫地扣动扳机。追赶期间，老李为了不让狐狸得到喘息的机会，对着天空放了几枪，并为了及时射击又补充了子弹。狐狸被他们追得慌不择路，跑到一个巨大的沙丘前，便钻进了半人高的红柳丛中。它已失去理智，以为钻进红柳丛便可逃脱追赶，殊不知这样正中猎人的下怀，他们下车包围过去，要置它于死地。

　　老李拨开红柳丛，一下子便和狐狸撞了个脸对脸。狐狸钻进了红柳丛中的一个洞中，却警觉地把头露在洞外，防备着猎人们攻击它时可以再做逃跑的选择。老李看见它用发亮的眼睛望着他，里面是淡定、沉静和妩媚迷人的神情。不仅如此，它还满含笑意，它俊俏的眼睛微微下弯，嘴唇上挑，恰似美少妇缱绻万端的神态。

　　狐狸在笑，老李陷入了被魅惑的境地，他呆呆地望着狐狸，他的眼睛在瞬间与狐狸的眼睛叠加，形成一股旋涡一般的激流，让他沉了进去。狐狸一直在笑，似乎它面前的猎人，还有他手中的猎枪，对它来说都构不成危险，而它暂时藏身的洞口，是任何人都攻克不了的堡垒，它待在这里妩媚魅惑如美少妇，又尊贵庄重似女王。

老李少顷才醒过神，他踉踉跄跄颓然后退，双手抓紧了猎枪。那一刻，狐狸的妩媚魅惑消失了，他内心冒出狐狸不祥的预感。他心里一阵慌乱，举起猎枪对着狐狸扣动了扳机。他用的是火药配钢弹丸的那种猎枪，红柳丛被击得剧烈摇晃，沙丘亦腾起一层沙雾，间或有沙粒飘飞出金色光芒，像是要为狐狸举行葬礼。

稍待平静，老李拨开红柳丛细看，那个洞口被枪击得豁然裂开，但狐狸却不见了。老李在枪响的一刻觉得狐狸倒了下去，那应该是被准确击中了。他顺着洞口望进去，里面有一个平台，很显然是用于躲避危险的。他用手摸了一下洞壁，坚硬光滑，一定不是狐狸这样的动物掘出的，而是被狐狸临时用来藏身。可是狐狸在哪里呢？老李站在一片狼藉的沙丘上，像飓风过后的幸存者一样茫然。他对自己开的那一枪很有把握，但洞内连一滴血迹也没有，狐狸更是不见踪影，这是他始料不及的。他心里咯噔一下，难道狐狸又一次消失了，他几年前的遭遇又上演了一次？

老张在一旁诅咒了几句，便开始换弹药，他要加大钢弹丸的量，在狐狸露头时一枪打死它。他还没换好弹药，却看见狐狸从洞中窜出要跑，他大喝一声"狐狸跑了"。老李也看见了狐狸，但他手里的枪是空的，便大喊着让老张开枪。那一刻出现了奇异的现象，他看见老张脸上有一团阴影，骤然把老张的脸卷吞了进去。不祥的预感像刀子似的刺了他一下，还没等他回过神，老张手中的枪响了，紧接着又是巨大的爆炸声。他回头看去，老张的脸上一片黑色，但红色的血点却倾泻而下，让整张脸如同炸开的闸门，流成了血河。

是老张的枪爆炸，让他受伤了。

老李和打猎队员再也顾不上狐狸，他们抬着老张往回跑，老张痛得一路大喊大叫，不停地诅咒狐狸。老李劝不住老张，便怒斥他不要再诅咒狐狸了,今天发生的事情,难道不像人被诅咒了一样吗?

当晚,老李做了一个梦,梦见那只狐狸一会儿从洞口探出头,用那双眼睛在对着他微笑。他一惊便醒了,稍稍平静后走到窗口前,看见夜空中有一颗星星在闪烁,很像对着他微笑过的那只狐狸。他想到老张的蹊跷遭遇,不祥的预感像汹涌的洪水一样,再次淹没了他。

老李数次承受狐狸制造的痛苦,还有他人对他的嘲笑和议论,再加上禁猎和收缴猎枪带给他的压力,让他决定孤注一掷,做一次最后拼搏。他坚信唯一使他洗刷耻辱的机会,就是在禁猎和收缴猎枪之前打死一只白狐,让所有人把嘴巴都闭上。尽管他不知道是否能找到白狐,但屈辱在莫名地促动着他,他一去不回头。

白狐很神秘,他在山里转了一天都不见它们的影子。他的嘴唇已经干裂,但仍把嘴咬得发出脆响,喝完水将水壶放下时会发出咚的一声响,让沉寂的山谷似乎有了几许颤动。

下午,他突然与一只白狐相遇了。他觉得很奇怪,白狐并不像人们说的那样神秘,他刚翻过一个山脊,便看见一只白狐站在不远处。它没有想到会突然与人相遇,所以有些惊恐,但惊恐只在它眼里一闪,它很快便平静下来,一动不动地站在那儿望着他。他亦保持平静,丰富的狩猎经验告诉他,此时如果慌乱,会使白狐受到惊吓逃走,而自己一动不动则会麻痹它。暗中较量是为了等待最好的时机,只要白狐放松警惕,他便可举枪将它打死。

那只白狐看了他一眼,便转身慢慢向山坡下走去,它身姿优美,步履雅致,似乎周围的草木都在为它俯首。他紧追不舍,到了一条小河边便觉得不能再追了,如果白狐涉水而逃,人过河的速度会大大降低,那样的话白狐就会迅速逃脱。他举起了枪,但聪明的白狐还是让他上当了,它突然掉转身子向后跑去,很快便跑上了山坡。人爬坡的速度无法加快,反之还会越来越慢,他还在半山坡上,那只白狐已在山梁上不见了踪影。

第二天他又与那只白狐在同一地方相遇，意外的遭遇并没有让他欣喜，反而因昨天低估了白狐的智商而怒不可遏。他边追边开枪射击，不给白狐喘息之机。令他不解的是白狐居然跑得很慢，似乎并不恐惧子弹会让它毙命。最后，他感到自己力不从心，便用跪姿向白狐射击，白狐在他扣动扳机时似乎有了感应，身子闪了一下意欲逃脱，但它怎么能比子弹还快呢？枪响之后，它一头栽倒在地。他兴奋地跑过去准备捡拾猎物，但白狐却趁着他分散注意力的机会，从地上翻滚而起又逃跑了。白狐用装死的方法又骗了他一次，他握着枪愣怔不已，失望和无奈在那一刻让他变得浑身无力，枪啪的一声掉在了地上。

天黑时，老李怏怏然返回。

他的最后一次打猎，就那样结束了。

11. 捕兽器的颤响

禁猎和收缴猎枪进展顺利，老李和所有打猎队员都很配合，把猎枪、子弹和猎捕的猎物，都一一上交给了我们。一位打猎队员兴奋地说，把枪交了好，我们不用在这个地方受罪了，回去好好地当工人。他们的身份在这时变得清晰起来，有几人脸上甚至浮出兴奋，想急切地进入新的生活。

但收缴和登记程序很复杂，我们还得跟随他们去清理在戈壁滩上布下的捕兽器。捕兽器是典型的守株待兔式捕猎工具，动物每年都沿袭老习惯出没，他们便在固定地点布下捕兽器，等待它们自投罗网。因为他们操作方法熟稔，加之动物总是喜欢在固定地点出没，所以使用捕兽器的方法经久持续，每年都有不错的收获。现在禁猎了，这一方法自然也要终结，捕兽器也必然要清除。

当晚，一位打猎队员突然失踪了，大家找遍附近的角落都不见他的踪迹。打猎队员们猜测他因为害怕逃跑了，但是他们又不解他害怕什么呢？是怕回去后不适应可可托海的生活，还是不愿意终止打猎生涯，便独自跑了？老李打断他们的话，打猎队里有害怕的人吗？每个人自从当打猎队员那天开始，就把害怕扔到草原上喂兔子了。大家一番议论，最后断定那打猎队员没有跑，如果他跑到戈壁深处，他唯一能依靠的就是原始的捕猎方法，他为什么要那样做呢？

那一晚所有人都焦灼不安。天快亮时，外面传来牧民的喊叫，原来他们发现有一个人被狼咬了，救下他后认出他是打猎队员，便把他背了过来。原来，大家在下午讨论清理捕兽器时，他想起自己曾偷偷安过一个夹子，目的是给他父亲弄一张狼皮褥子，现在要清理捕兽器了，他不好意思向大家坦白，便趁着黑夜悄悄去清理那个夹子。他因为心急，忘了半夜是狼最兴奋且活动频繁的时候，等他想起时已经快走到安夹子的地方了，他便暗自祈祷今晚能有好运气，但他很快还是碰上了一只狼。他作为猎人是具备防御能力的，他迅速蹲下欲从地上摸一块石头与狼搏斗，但地上空空如也，一股恐惧在那一刻让他浑身软了。那只狼一跃扑过来撕咬他，他在慌乱中用脚去踢狼，狼顺势一口咬到他裆部，咬掉了他的生殖器。他大声痛叫，附近的牧民听到动静后跑了过来，那只狼嗥叫一声迅速离去，他遂被牧民救了一命。

他浑身是血，大家撕掉他的衣服，才发现他受了闻所未闻的伤，他们便惊叫：狼咬掉了你的……发生了这样的事情，老李派人连夜开车，把他送往可可托海。当汽车的尾灯在远处被夜色吞没后，所有人仍站在原地不知所措。谁都不相信会发生这样的事，但事实已不可否认，这一刻的气氛让人觉得一不留神，漆黑的夜色里会突然刺出刀子。

第二天一大早，我和打猎队一起进入沙漠，他们一路上憋着不说话，我有意活跃气氛，但他们只是莫可名状地笑一下，还是紧闭着嘴唇。一股沉闷的气息在暗自游动，不仅让他们难受和不自然，而且也影响了我，让我不知该如何让气氛活跃一些。

戈壁沉寂无声，我们骑乘的马似乎预感到了什么，不停地发出焦躁的鼻息。一位猎人终于忍受不了郁闷，一鞭子抽在马身上，马嘶鸣一声窜出一大截，差一点把他摔下马背。老李呵斥他一声，他揪住缰绳让马安静了下来。先前的沉闷又变成暗自游动的隐痛，不光是他们，就连我们也觉得难挨。

好在很快到了安装捕兽器的地方，但我没想到却是一片绿油油的草地，各种青草长得很茂密，让人只想躺下美美地睡一觉。老李说人喜欢这样的草地，兔子也喜欢，它们每年春天都跑过来吃这里的草，但兔子吃草有个毛病，它们喜欢像刀割一样吃草，但凡它们吃过草的地方，草就被齐刷刷地毁了，没有两三年恢复不了原来的样子。兔子喜欢出没的地方，便是猎人布夹子的地方，每当它们前来吃草，总会有一批会成为猎人的猎物。

老李说逮兔子的捕兽器是最小的，清理起来也不费事。说完，他让两位牧民用树枝在草丛中一扫，那些捕兽器便噼噼啪啪响起，翻在了外面。我们本以为清理捕兽器会很麻烦，没想到居然如此轻松。也难怪，有老李这样经验丰富的猎人，再难弄的东西也会变得容易。

一大堆捕兽器摆在我们面前，像沉默的嘴，又像在屈辱中深深垂下的头颅。它们在最后被触动机关时发出的脆响，本来是要捕获猎物的，但现在却变成了废黜，它们的使命亦就此终结。在这一刻，它们和这些猎人一起被暗淡的命运遮裹。

到了安装第二批捕兽器的地方，老李脸上浮出紧张的神情。这里安装的是比较大的捕兽器，专用于对付鹿和黄羊等大物，扣夹的力度很大，只要鹿和黄羊触及，便能把它们的腿夹断。

鹿和黄羊吃草时都有同样的毛病，即吃饱后喜欢在草地上蹦跳，不但会把草踩得长不好，还会把草根踩断，严重影响牧民的放牧。猎人们在鹿和黄羊经常出没的地方埋下捕兽器，它们蹦跳时踩到机关上，啪的一声就被夹断了腿。鹿和黄羊是心性孱弱的动物，被夹断了腿便只会哀鸣，直到最后被折磨死。但狼却不一样，它们被夹断腿后，会把那条腿咬断，继续去寻找能让它们活命的地方。在内蒙古锡林郭勒草原上，流传着一首长调："一只狼在仰天长啸，一条腿被猎夹紧咬，它最后咬断了自己的骨头，带着三条腿继续寻找故乡。"狼的精神在这首长调中体现得淋漓尽致。还有一只狼拖着夹子逃脱，猎人紧追它不舍，它觉得自己无法逃出包围，便一头撞向一块石头，一声闷响后脑袋变成模糊的一团血肉。

我问老李，被夹住的狼多吗？他笑了一下说，很少，狼精得很，远远地便能感觉到夹子，头一扭就躲到了一边。只有鹿和黄羊吃草时贪婪得很，被夹子夹住后才知道有危险，但是已经晚了，它们挣扎不了多久就没有了力气，猎人如果懒得管，就让它们慢慢死掉，如果着急要把它们作为猎物带回，就一刀子捅下去让它们断了气。弱肉强食，在猎捕中同样是不变的法则。

开始清理捕兽器，老李让猎人们小心谨慎，逐一把捕兽器拆卸掉。看得出，他们当时安装这些捕兽器时颇为费神，亦深知其夹击的威力，所以这一刻都小心翼翼。

刚才发泄过情绪的那位牧民，第一个成功拆卸掉一个捕兽器，但他的情绪未消，将捕兽器甩到了我们面前，一块石头被碰得飞出，几株野草亦被砸得倒了下去。老李呵斥他一声，他猛地蹲下去又拆卸另一个捕兽器。他蹲下的姿势，像一块石头砸在了地上。

一位牧民操作不慎，没有拉紧捕兽器开关，他意识到危险已无力控制，便撒手欲逃离，他虽然顺利躲过了捕兽器的夹击，但他的手和腿被骆驼刺刺中，惨叫一声跌倒在地上。老李和打猎队员赶紧把骆驼刺从他身上移开，但他的手和腿已变得血肉模糊。我们建议派人将他送回治疗，他却摇摇头说不用。老李亦摇着头说，戈壁滩上的事情，还得按戈壁滩的办法解决。他们采来几味草药，用手揉碎后敷在那打猎队员的手和腿上，然后撕烂一件衬衣包好。

发生了这样的事情，大家都变得格外谨慎，生怕捕兽器夹击到自己的手。他们脸上有明显的沮丧神情，每拆卸掉一个捕兽器，便赌气似的扔到我们跟前。沉寂的戈壁滩上发出刺耳的哗哗声响，似乎是另一种述说。时代发生骤变，动物获得了被保护的身份，所以他们必须清除捕兽器，唯其如此，才能不留任何隐患。

好不容易拆掉这一批捕兽器，老李却说这不算什么，还有更大的呢，需要大家一起合力才能把那玩意儿拆掉。于是我们又向下一处行进，脚下的沙子发出细小的声响，坑坑洼洼的地表让我们举步维艰，还有骆驼刺和荨麻，都不停地侵扰我们的腿。在这样的地方，似乎我们每行进一步，都有看不见的东西迎面扑来，要阻挡我们前行的脚步。

老李和打猎队员，因为有三十年打猎生涯的磨砺，所以他们略显得轻松一些。这是哈熊经常出没的地方，它们虽然是庞然大物，但却不喜欢抛头露面，常常需要树木和草丛把自己藏起来。附近有一条小河，这是野猪喜欢的地方，它们常常用嘴把河边的草地翻得一片狼藉。猎人们摸清了它们的规律，便在树林和河边安装大捕兽器，等待捕获野猪和哈熊。

我们不小心碰到河边的草丛，一大团蚊子便向我们扑来，咬得我们乱跳乱叫。老李提醒我们避开草丛，那里面不仅有蚊子，还有更可怕的蚂蚁，曾经有一头牛闯入蚂蚁窝，浑身爬满蚂蚁，最后被咬得只剩下一副骨架。我们疑惑，既然蚊子和蚂蚁如此厉害，野猪和哈熊难道不怕吗？老李说野猪和哈熊对蚊子和蚂蚁熟悉得很，它们之间从来互不干扰，不但如此，野猪和哈熊还利用蚊子和蚂蚁给它们通风报信，如果有人接近这个地方，蚊子和蚂蚁一有风吹草动，野猪和哈熊便会迅速做出反应。这样的事无不说明，大自然中的万物在生物链上互相依靠，时间长了，便形成了生存规律。

到了安装大捕兽器的地方，却没有任何迹象。老李露出难得的笑容，他说你们看不出一丁点捕兽器的痕迹就对了，如果你们都看出来了，野猪和哈熊还看不出来吗？于是我们知道，安装在这里的大捕兽器，一定不能让野猪和哈熊发现，否则不但捕获无望，还会被它们抱来石头把捕兽器砸坏。野猪和哈熊最让猎人心动，它们个大，体重，肉质较之于其他猎物则更加鲜美。但它们却是最难猎捕的，它们被捕兽器夹住后或挣脱离去，或将捕兽器扭坏，为此猎人们把捕兽器做得更大更结实，以备给它们致命的夹击。

老李他们轻轻刮开一层树叶，又小心翼翼移去一层沙子，一个大捕兽器便出现在我们面前。真是一个了不得的捕兽器，让人觉得它是一个沉睡的钢铁巨兽，一旦苏醒过来就会张开大嘴，一口把送到嘴边的野猪或哈熊吞没。人类的狩猎，很多年都是依靠智慧与动物较量，当他们在巨大的动物面前体力不济时，便发挥智慧优势制造出捕兽器一类的东西，增加对猎物的捕获力度。所以，相对于猎人而言，作为工业器具的枪支和捕兽器，实际上早已被运用。

拆卸掉大捕兽器的开关后，大家一起把那个庞然大物抬了出来。它在落地的一瞬，发出一声沉重的闷响，老李和众猎人亦为之一振。从表面看，他们拆卸了最后一个捕兽器，完成了他们作为猎人的最后使命，但我猜测他们内心一定充满遗憾，这个捕兽器没有捕获过野猪或哈熊，而此时将它挖出，画上了一个让他们多么难以接受的句号。

老李把那位因骆驼刺受伤的猎人叫过来，对我们说，这个大捕兽器是他一直在管，所以今天要拆掉它，他必须在场。说完，他又问我们，怎么样，大小捕兽器都清除了，你们放心了吧？他不是在发泄，而是想得到一个让他们彻底解脱的答复。

我对老李点了点头，心里却一阵痛。

12. 无声告别

上交完猎枪、清理完捕兽器，这些终结了猎人使命的人，就要离开居住了好几年的营地，回到可可托海去。我发现他们神情恍惚，不时流露出难舍的神情。他们这些年换过很多地方，唯独这儿有水有树，还有一大片草地，是他们最喜欢的地方。但他们必须离去，回到原本属于他们，但却一直模糊的可可托海小城中去。

老李默默收拾他的东西，每拿起一件都颇为不舍地看几眼，然后才扔到一边。刀子、绳套、标枪、投掷器、陷网、布鲁、套子和签子，这些东西将随着禁猎而被废黜，他每扔出一件，脸上都浮出一丝痛苦，似乎那些东西是硬生生从心里掏出，扔出后就再也不会见到影子。

我问他这些东西的用途，他的情绪有所好转，向我介绍它们的使用方法。比如刀子，既可用于刺猎物，也可用于防身。铁质的签子，则专用于夹狼、狐狸、野猪等动物。布鲁用锡铁制成，有点像铁锤，使用方法有两种，一是布鲁不离手，近距离直接敲打动物；二是抛出布鲁，投打一两米外的动物。签子用竹子或柳条制成，其头锋利，插在野兽经常出没的地方，可刺中它们。陷网用铁丝套做成，在兽道上架起套索，野兽一经触碰便可被捕获。

这些东西是老李的记忆，如今他却将其一一扔掉，不知以后回想往事时是否会心疼。此时的老李似乎被什么压着，一点一点矮了下去。但这是别无选择的事情，人生在世不能一直向上挺立，有时候矮下去，也是一种活法。

老李另有狼牙、鹿角、狐狸皮和一些风干的小动物肉，他也一并扔了。这些东西都是禁猎之前捕获的，他可以卖掉，至于那些风干的小动物肉，可带回可可托海成为不错的美味。但他却像赌气似的全都扔了，似乎只有两手空空回去，才算是真正地回去，如果带上这些东西，他的心就会在这里徘徊，那样就等于没有回去。

我劝老李，这些东西反正不在收缴范围，带回去留个念想也无妨。他笑了一下打了一个比方，在戒烟的人跟前放一包烟，你能保证他会当作看不见一样吗？他的这个比方触到了我的痛处，我数次戒烟成功又数次失败，皆因一时念起只打算抽一根缓解情绪，不料就那一根烟，便让千辛万苦筑成的戒烟堤坝顷刻间塌毁，继而沦入恣肆汹涌的复吸洪流。我这样想着，老李却卷好一根莫合烟递了过来，我点上抽了一口便头晕，还不停地咳嗽。老李让我抽自带的"红塔山"烟，他接过那根莫合烟一口一口地抽，表情极为舒爽。

这时，附近的一位牧民急匆匆地赶来，说有一只狼堵在他的霍斯门口，他老婆抱着孩子不敢动，浑身抖得像风中的树枝一样。他知道老李这一群人有猎枪，便叫他们过去把狼打死。老李看我，我一时被难住了，狼刚刚被列入保护动物范围，我们如果打死一只狼，岂不是知法犯法？我悄悄给老李说了这个意思，他脸上先是浮出失落的神情，继而又转为恐惧。看得出，他也为这件事害怕了，如果不打狼，狼一定会扑上去咬那一对母子，其后果不堪设想。

发生了这样的事情，我们不能不管，于是我们决定先过去看看，哪怕把狼吓走，也不失为挽救事态的办法。老李从刚刚扔掉的那一堆东西中抽出两个布鲁，他拿一个，把另一个递给了我。我知道他拿布鲁是为了打狼，而递到我手里的布鲁是让我防身。我再次强调我们的目的是吓走狼，千万不要把狼打死。他点头应诺，脚步快了很多。

到了那位牧民的霍斯前，我们怕狼受到惊扰会扑向那对母子，便躲在一块大石头后面观察，牧民的妻子已经被吓哭了，眼泪不停地掉在紧紧抱在怀里的孩子身上，但她仍不敢哭出声，怕狼因为她的哭声扑过去。其实无论她无声忍着还是哭出声，狼都看得一清二楚，如果要扑上去咬她和孩子的话，便是一瞬间的事情。

我心里生出一丝侥幸，狼这么长时间都没有行动，也许它并无恶意，只是不经意间走到这里，为突然出现在它眼前的这一对母子而惊讶，亦在考虑如何退去。我知道狼的警惕性很高，亦从来都不慌乱，哪怕遇到再大的危险也不会慌不择路地逃跑，它们往往会冷静判断，在最后做出万无一失的选择。我暗自希望事态向着我的愿望发展，然后狼走人平安，那样的话它就是一只好狼，我将记它一辈子。

但接下来却发生了意想不到的事情，老李用手悄悄捅我一下说，注意看，狼哭了！我细看，狼甩了几下尾巴，脖子扭了扭，眼睛里面果然有湿湿的东西。很快，我便看见它眼睛里涌出了泪水。它是被牧民哭泣的妻子感染，也哭了吗？我得不出确切答案，但我宁愿相信就是这样，因为狼和人一样有心灵。

牧民的妻子看见狼哭了，一时不知所措，便不再哭了。狼看了一眼她后，甩了一下尾巴走了。它离去的速度很快，几乎是身影一闪便不见了。

牧民跑过去一把抱住妻子，他妻子这才放松下来，遂大声痛哭。人的神经在紧张中会绷紧，一旦放松下来，眼泪便如同决堤的洪流。但是这时候的哭，是从恐惧的深渊中爬出的一种方式，如果不哭，人反而就会出问题。

我问老李，狼为什么会哭？他没有从正面回答我，而是说他以前也遇到过这样的事情，当时的一只狼走到一个草地时，突然停下哀号起来，那声音之痛犹如有刀子正在割它、剜它。让他后悔很多年的是，他却趁它因为哭泣失去警惕时，开枪打死了它。我以为老李为多年前残忍击发的一颗子弹而后悔，但他接下来对事情的补充说明更让我吃惊，他在后来才知道，那只狼之所以在那片草地上哀哭，是因为另一只狼曾死在那个地方，它走到那儿便哭了起来，但它不知道有一支枪已悄悄瞄准了它。

这件事一波三折，让人唏嘘不已。

我们准备返回，老李把手里的布鲁放到牧民的霍斯旁，然后看着我，他的意思是布鲁已经没有用了，可随意处理。我觉得布鲁也许对这户牧民有用，便也把手里的布鲁放在了霍斯旁。布鲁会让牧民心里踏实一些，但我希望他们永远都不要用布鲁，那样的话就说明他们永远不会遇到危险。

第二天，又发生了和狼有关的事情，一位牧民把羊群赶到牧场边上，让它们从外往里吃草，到了下午羊群就会吃到牧场中间，赶它们回来时就可以少走很多路。他向四周看了看，没有发现异常，便骑马回去和大家一起聊天。中午，他出去解手，看了一眼羊群，它们在向牧场中间移动，他回去继续和大家聊天。

但在下午，他突然听见羊群中传来惊恐的叫声，而且还夹杂着惨叫。他一惊，不好，出事了！他的羊群乱成一团，有好几群狼把他的羊群包围起来，正在一只一只撕咬。他大叫，狼来了，快叫打猎队的人，但打猎队都出去收捕兽器了，无一人留守。牧民们干着急，没有任何办法对付狼，更不敢跑过去救羊。以前狼出现时只是一群，最多不会超过二十只，而现在这四五群狼加起来有五六十只，在羊群四周密密麻麻窜动，看上去极为恐怖。这样的情景很像一句谚语：在锈的锁子难打开，破了的门板不挡风。牧民们都害怕了，这么多狼，每只撕扯一爪子，转瞬间就能把人撕得不留任何皮肉，谁敢到它们跟前去！

那位牧民痛叫，我的二十多只羊啊，我辛辛苦苦养了你们两三年，难道是给狼的嘴和肚子准备的吗？他悲痛欲绝，但有什么办法呢？那几群狼在合力围攻他的羊，就像一只大手捏住小蚂蚁，羊群已没有任何挣扎的机会。

一位牧民看见一只高大的狼蹲在狼群后面的石头上，他纳闷，那只狼为何不动呢？他仔细一看，才发现它在指挥狼群。羊群已被狼群包围，没有任何逃脱的机会。那只狼仍蹲在石头上一动不动，它在等待狼群的进攻。

少顷，那只狼嗥叫一声，狼群闪出一团团黑影，迅猛扑向羊群。羊群乱叫成一片，狼群的包围圈越来越小，倒下的羊越来越多。所有人都不敢有任何举动，如果打猎队的人在这里，即使不能打狼，开几枪也可以把狼吓走。但打猎队员都走了，没有一个人留守。该死的打猎队，不用他们时，他们天天背着枪在牧场周围乱转，用得上他们了，他们却鬼使神差地去了别的地方。

很快，狼群把所有的羊都咬死了。它们或拖或背，弄走了一部分咬死的羊，剩下的那些羊躺在牧场上，白花花的一片，像是牧场上突然多了一些石头。那位牧民骑上马一边咒骂，一边跑了过去。被咬死的羊浑身是血，要么肚子被撕开，要么脖子被咬断，一只只全都咽了气。他哇地一声哭起来，羊没了，我儿子的学费没了，我盖房子的钱没了，我们一家的饭和衣服没了！我怎么办啊？他崩溃了，从嘴里迸出的哭喊声，像决堤的洪水一般，让远近的人都一阵心颤。

过了一会儿，他突然看见一只羊在动。他很奇怪，那只羊明明已经被狼咬死，但为何却还在动？他走近仔细一看，原来一只狼把这只羊咬死后，撕开它的肚子吃它的内脏，大概是因为羊的内脏太好吃，狼便把头钻进羊的肚子里吃了起来，在狼群撤走时居然浑然不觉，以至于他骑马过来后都没有反应。他大骂，毛驴子下哈的狼，你吃我的羊，我杀了你！他跳下马，抽出腰里的刀子捅进了狼肚子里。狼叫一声，身子一抖。他愤怒之极，容不得狼做出反应，又接连捅了几刀。狼因为无法把头从小羊肚子里抽出来，所以不知道该如何躲他的刀子，只是四只爪子乱蹬，做无望的挣扎。他一边捅一边大叫，老话说得好，往自己的眼窝里填土，会把自己的眼睛弄瞎。毛驴子下哈的狼，你瞎了眼，我怎么能放过你？他又捅了几刀，狼被他捅死，他站起身把狼尸踢了一脚，上马返回。

接下来的一幕让所有人吃惊，狼群离去时，居然把咬死的二十余只羊整整齐齐摆在了一起。他们又骂狼，但没骂几句便惊得嘴巴合不拢，狼群把那二十余只羊一只挨一只摆在一起，变成了一个月亮形状。羊毛在阳光中泛着白光，远远地看上去，犹如牧场上偃卧着一轮月亮。

他们愣愣地站着，牧场上静了下来。一股血腥味弥漫过来，让他们一阵恶心。血腥味是狼的罪证，他们的愤怒加剧，又骂了几句狼。但他仍然不解，狼为什么把羊摆成月亮形状？

他们走到羊组成的"月亮"跟前，却不知该怎么办？虽然这是二十余只死去的羊组成的"月亮"，但是他们的脚步却好像被什么挡着，就连手也沉重得举不起来。月亮只有一个，装在每个人的心里。托科人对月亮有禁忌，从不对着太阳、月亮和向西的方向大小便。平时，他们强调做人要光明磊落，不能在太阳底下当没有影子的人，不能在月光中当不敢睁眼睛的人。但是现在，狼群却把咬死的羊摆成了"月亮"，似乎这件事比羊被咬死还大，让他们犯难。他们无声返回，那个"月亮"留在了牧场上。

我想听听老李对此事的看法，他却沉默不语，看来他是第一次遇到这样的事，作为一个老猎人，他也不知道该说什么。少顷，他才说，狼的心比天还大，人就不应该打狼，如果打出了仇恨，狼反过来攻击人，人怎能是狼的对手。我说，如果还发生那样的事情，该怎么办？还有，狼群虽然咬死了羊，但却把羊摆成了"月亮"，这件事又说明什么？我被这件事感动了，觉得狼群把咬死的羊摆成"月亮"的行为，有一种古老唯美的诗意，所以我想知道更确切的答案。但老李却说，狼不是已经变成了保护动物，猎人不是已经禁猎，从此不再打狼了吗？说这个事情还有什么意思？我一愣，觉得自己似乎被一只看不见的手推了一把，那种感觉就像在火堆旁趔趄了一下，便一下子跌进了冰窟窿。

第二天，我们和老李一起返回，临上路时他突然决定，把那只和他亲密无间的狗送给牧民。我知道那只狗跟了他好几年，便劝他把它带回可可托海，以后可以陪伴他。他无奈地说他很了解那个小城，人回去都不一定能适应，作为一只在戈壁上一直追捕猎物的狗，一定会活不下去，还是把它留在这儿好一些。

我们出发后，那只狗在车后紧追不舍，望着老李发出撕心裂肺的叫声。老李咬着嘴唇忍了一会儿后对它说，你回去吧，我过几天就回来了。那只狗便停下，望着我们的车远去。走远后，我看见那只狗仍然蹲在那里，一直望着我们的车。

13. 城市中的眩晕

老李的预感很准，他们回到可可托海后，果然很难适应工人生活。至此他们才明白，以前在戈壁滩上虽然吃了不少苦，但猎捕的使命光环笼罩在他们头顶，让他们觉得单位少不了他们，便有一种满足感。但现在，身后的戈壁变得模糊起来，他们觉得自己被抛弃了，心里很不踏实。

之前，他们只是为禁猎和被收缴了猎枪而伤感，但现在才发现，可可托海这座小城有很多陌生、隔阂和不适，让他们觉得每一个地方都犹如是十字路口，不知该走向何方。

给他们重新分配工作时，登记人员问他们有什么特长，他们异口同声地回答：打猎。那一刻登记人员一脸诧异，难道他们不知道回到可可托海，就意味着从此不再打猎了吗？看来他们在戈壁上待的时间太长，已丧失最起码的判断能力，不能看清自己所处的处境。少顷，他们也觉得不可能再打猎了，自己所谓的打猎特长已属于过去，而现在需要他们适应工业环境，尽快熟悉工厂、矿井、机械和城市，然后做一些力所能及的事情。

他们很迷茫，虽然他们是有三十年工龄的工人，但从来没有摸过一次机器，甚至连近距离看一看的机会也不曾有过，现在突然走向工厂，他们便觉得有一股沉闷的钢铁气息压了过来，让他们头晕，有近乎窒息的感觉。那些机器的速度之快，吞吐矿石的数量之大，让他们不敢近前半步。还有机器发出的声音，震得他们的耳朵嗡嗡响，恨不得转身就跑。他们以前听惯了动物的长嚎，鸟的鸣叫，河水的流淌声，还有风的呼啸声，现在看来那是多么美妙，听起来多么让人舒心的声音。他们很伤感，耳朵是有记忆的，他们听惯了戈壁上的声音，现在满耳朵被塞进机器的轰鸣声，他们担心自己会出问题。

苦闷和失落像隐匿的大手，把他们推来推去，让他们坐卧不宁，寝食难安。他们在内心几番挣扎后，再次渴望抓住稻草，让自己轻松从容地在这个小城活下去。他们向单位申请，如果单位养羊，他们可以去放牧。但他们得到的答复是，肉食供应正在协调解决，目前不需要派专人去放羊。他们又向单位申请，如果单位养马，他们可以去放马。他们得到了几乎一模一样的答复，运输方面早已不需要马车，小城中的人都已经骑自行车了，甚至连摩托车也有不少，马已经退出了人们的生活。他们不知道自己还能干什么，充满工业色彩的可可托海小城，像是在飞翔，而他们却在爬行，无论如何都不能与其保持同一步伐，他们内心产生了深深的失落感。

时代突然把他们推到了另一处境，他们用三十年养育的生命大树，要重新生根发芽，至于在最后会结出怎样的果实，他们则全然不知。古老的捕猎，与现代工业碰撞后引出巨大的阵痛，他们除了默默承受外别无选择。

几经周折，他们被安排进分矿车间。他们的双手握住铁质工具的一刻，有了与以前握猎枪一样的感觉。钢铁给肉体带来的质感，总是让人一握住便再也不想松开，这也许是男人的阳刚本能。但他们很快便发觉，握住工具与握住猎枪的感觉截然不同，猎枪一握便像是长成了他们身体的一部分，似乎会想、会看，会和他们同步反应，更能体现他们的意志。但铁质工具却不一样，在手里越来越沉，像是要把双手压得沉入看不见的黑暗中。

一位同伴对老李说，我们废了，变成了没用的人。老李劝他不要多想，既然回来了，就当好工人，不要让别人瞧不起。那位同伴对老李说，我们是工人这个事情，怎么说呢，就像我们本来有新衣服，但一直没有让我们穿，现在终于拿出来了，衣服还是新衣服，但我们却不知道该怎样穿了。早知道这样，还不如让我们一直在戈壁上当猎人，哪怕永远没有人管，凭三十年打猎的本事也饿不死。老李亦苦笑，但他没说什么，拿起工具不知要领地干活，那叮叮当当的声音颇为刺耳，他敲了几下便无可奈何地放下了工具。

车间里的轰鸣从早晨一直持续到下午，他们头昏脑涨，恨不得逃出去再也不回来。以前天天在戈壁滩上奔波，心慢慢地会变大，心一大，就能装下很多事情。正如哈萨克族牧民所说，眼睛能看到的地方，人和马一定能到达。那时候他们很踏实，亦很快乐，觉得阔大的戈壁养人，能让人活得轻松快乐。但是现在，震耳欲聋的车间像是有什么一再在向下压着，要把他们压得趴下。不仅如此，他们无法顺畅地呼吸空气，咬着牙忍受一会儿，才觉得好受了一些。

几天下来，他们什么也学不会，什么也不会干。人们用怪异的目光看着他们，似乎他们并不是从戈壁归来的猎人，而是从未见过的怪物。人们议论他们说，还不如让他们一直去打猎呢，让他们到车间里来，就像让五岁小孩变成五十岁的人，能行吗？单位无奈，只好将他们调离车间，让他们去干一些杂活。

他们不明白，为什么会变成这样呢？以前，是单位需要他们供给肉食，所以他们身上体现出存在的价值，而现在不需要供给肉食，难道他们就没有价值了吗？

他们变成了闲人，经常在小城中溜达，却仍然无法适应小城生活。他们在三十年前就应该属于这里，但命运拐向另一方向，直至三十年后才又拐了回来。至此他们才知道三十年是付出，也是错失，如今他们唯一能做的，只能是顺从。但这样的顺从仍让他们痛苦，他们在街道上经常迷路，一个看似平常的岔路口，一旦分不清方向就会变得像迷宫。小城可可托海其实并不大，但却结构复杂，诸多街巷扭结在一起，让他们常常难以辨别方向。他们更加怀念戈壁，那是多么开阔的地方，只要记住一座山，就能记住它的东面有河流，西面有草原；只要记住草原，就能记住兔子、黄羊和鹿的出没规律。他们的视野在戈壁上不受任何阻碍，心便也就舒畅，心舒畅了浑身便有使不完的力气。他们想回到戈壁去，但先前向单位请示放羊牧马时，得到的明确答复已毋庸置疑，他们的希望犹如升腾的火苗，闪出几丝挣扎的光芒后，便熄了。

老李比其他人更沉默，他变得不爱出门，常常站在窗前凝望远处的雪山，家里人做好饭叫他好几声，他才能回过神来。他不仅在情绪和心理上难以扭转，行为也固执地保持着原有习惯，他仍然渴望寻找那些猎物，只有它们才会刺激出他内心的兴奋，亦让他感到踏实。

一次，他在菜市场买菜，发现有人将黄羊肉冒充绵羊肉在卖。黄羊是野生的，而绵羊是牧民养的，二者的肉质略有不同，一般人是分辨不出的，这正是黑心商贩做手脚的地方。老李在这方面可谓是火眼金睛，他揭穿了黑心商贩混淆人的伎俩，买了黄羊肉的人都怒不可遏，掀翻了那黑心商贩的摊位。

这件事在可可托海引起轩然大波，人们都痛恨那黑心商贩，原来他好几年骗他们把黄羊肉当绵羊肉在吃，如果不是被老李揭穿，他们将一直被蒙在鼓里。人们于是把关注的目光投向老李，纷纷说应该让老李来管菜市场，他打猎几十年，什么样的畜肉都逃不过他的眼睛，可可托海的人就可以吃上放心肉。

老李的价值再次凸现出来，并有可能转变命运。他在内心已做好准备，如果让他去管菜市场，他一定根据打猎经验，把肉食供给配备得合理而完美。比如在春季，他会挑选整个冬天在食草方面保障良好的羊，因为那样的羊肉瓷实，吃起来口感好；如果在秋季，他会选择进入过春夏两个牧场的羊，它们身上的肉肥瘦相间，无论是用于做烤羊肉串、清炖羊肉、手抓肉、羊肉焖饼、平锅羊肉、馕坑肉等等，味道都会格外的好。

但事情却发生了变化，最终被派去管理菜市场的却并不是老李，而是另外一个人。有人劝老李，以后碰上那样的事情忍一忍，那商贩是某领导的亲戚，被他揭穿后，领导的颜面也受损，亦一肚子气没地方撒，刚好碰上要选人去管理菜市场，便卡了老李一次。那人对老李说，也许早就有人发现菜市场有黄羊肉，但人家的脑子转得快，把事情烂在肚子里都不说，偏偏是他不懂人心世道，一冲动揭发了真相。那人还说卖羊肉的人也不容易，老李你揭穿了别人算是风光了，但别人的生活却没有了依靠，连一家人都受影响。从另一个角度说，是你害了别人。老李很生气，说这个事情怎么能不揭穿，打个比方，狼冲进羊群要吃羊，你难道要考虑到狼是因为肚子饿，就不把狼赶走吗？那人不解地看了一眼老李，扔下一句话，你这个人的脑子已经坏了，就应该一辈子待在戈壁上。老李并不在乎那人的指责，在他看来，黄羊肉绝对不能当绵羊肉卖，他在戈壁上捕猎黄羊三十年，只要看一眼就可以分清公黄羊和母黄羊，更别说把黄羊肉和绵羊肉混淆一起骗人。所以，他必须指出那黑心商贩的伎俩，因为他不能骗自己的眼睛。

让老李始料不及的是，不久他赶上了下岗大潮，他作为第一批下岗对象，名字写在单位的公布栏里。他隐隐觉得自己下岗，与上次揭发那位领导的亲戚有关，那一刻他内心涌起一股复杂的滋味，亦觉得看似不大的小城，其实很大，有他看不清也琢磨不透的东西。

但老李不愿意接受那样的事实，他宁愿相信自己是因为不懂技术，亦无培养前途，才被列入下岗范围。但下岗毕竟不是小事，老李觉得自己又一次站立不稳，要滑向不可知的黑暗。他在戈壁上待了三十年，先是承受了忍耐，后来忍耐变成适应，再后来适应又变成依赖，就那样度过了大半生，而现在要重新选择，他还有三十年时间吗？

好在单位念及他在外打猎三十年，从事的是特殊工作，最后安排他提前退休。

14. 摄影是一种救赎

老李退休后，对摄影产生了兴趣，购买了摄影器材开始拍摄动物。周围人不解，其他人都在小城过上了舒适的退休生活，唯有他又去了戈壁，所不同的是他手里握着的不是猎枪，而是相机。枪口和镜头，前后对准的都是动物，其中有过怎样的心理嬗变，只有老李清楚。

我每次见到老李，都觉得最后的猎人的阴影在他身上并未退去，仍像一股暗自律动的气息，在影响和左右着他。我每与他谈起他是最后的猎人，他都会惊异，继而中断话题陷入长久沉默。他没有考虑过最后的猎人对他意味着什么，突然被我提及，就像命运的又一个镜子突然摆在了面前，他不愿去看里面的自己是怎样的一个人。在他的意识中，猎人是庞大的群体，仅他们那个打猎队就有十余人，一下子把他说成是最后的猎人，似乎让一个群体变成了一块石头，压在了他一人背上。

好在猎人已经变得近乎像传说，他们在人们心中的概念，更多的是公众皆知的形象，甚至是经过诸多媒介宣传后的固定形象，比如他们远离尘世却逍遥自由，身处孤独境地却勇敢自强，生存方式古老却与大自然融为一体，是真正的大自然之子。所以，包括老李在内，谈论猎人的话题慢慢便变得轻松起来，且不乏乐趣。

我这几年一直关注老李的生活，从戈壁归来的心，必须有所寄托，所以他专注于摄影是活下去的一种方式。朋友通过QQ给我发来他拍动物的照片，这是他再次融入戈壁后的收获，亦是他让自己得以平静下来的方式。我细看他的照片，所有内容均为动物，有时候背景是晶莹的雪山，周围亦有河流和草原，但他却用特写只取动物的动人之处,对周围风景全部放弃。他有接近动物的丰富经验,更懂得揣摩动物心理,所以他对动物是零距离接触,拍摄的作品便也与众不同。比如一公一母两只鸟儿,分别站立于男、女厕所顶上的一张,可谓是天公作美,可遇不可求。欣赏照片的人会因为画面有趣而忍俊不禁,问他是不是因为鸟儿长时间观察人,分出了男女,所以一公一母两只鸟儿便很自觉地各站一边?他笑而不答,似乎答案就在他的微笑中。

比如拍兔子的一组,记录了一只兔子得到一块瓜皮后,食之一半,将另一半拖回穴居处。这个过程让人看到了兔子的生活态度,以及充满智慧的生存能力。

再比如拍一只鸟儿唱歌的一组,它先运气,继而发声,然后放声吟唱,再然后沉醉其中,却不小心从树上掉下,摔在了一堆乱石中。

鹰、狼、骆驼、鱼、马、羊、狗、雪豹、旱獭、盘羊、雪鸡、狗熊、鹿等等,数十种动物被他摄入镜头。细看这些照片,皆生动有趣,可爱之极。

有人说老李是因为在可可托海待不下去,才去拍摄那些动物。老李不在乎别人的议论,他深知动物的嗅觉灵敏,如果它们处于顺风的位置,会远远地闻到人的气味,还没等人接近,它们早已消失得无影无踪。再者,越是珍贵的动物,越是生存于人迹罕至之地,摄影家必须像猎人一样潜伏,必须忍受常人难以想象的艰辛,才能拍摄到动物。

看毕照片,我心里却有一个疑问,不论是狩猎还是拍摄,老李面对的都是动物,他是如何度过放下屠刀、立地成佛的心理转变的?是因为禁猎是一道无法改变的命运重写,他只能顺从,还是拍摄动物时像打猎一样又激起了他的兴趣?几位朋友亦小心翼翼地问起这个问题,谈话的气氛变得沉闷,老李什么也没有说,唯神情变得凝重起来。大家便猜想,猎杀动物和拍摄动物,犹如是两个极端,前者是罪恶，后者是救赎。他从罪恶中挣扎而出，渴望救赎，拯救心灵。

但在拍摄过程中，老李却经历了外人难以理解的磨难。一次，他和几位摄影家去拍红嘴鸦。红嘴鸦其实是一种乌鸦，浑身是黝黑的羽毛，但它们的喙却是红色的，在黑色羽毛的映衬下显得极其显眼，也颇为漂亮。拍红嘴鸦必须选择特写，才可以拍出它们的红喙，又可使它们黝黑的羽毛显得凝重。经过漫长的等待，红嘴鸦终于出现了，那几位摄影家对准它们不停地按下快门，它们的各种神态被摄入镜头，成为难得的摄影作品。

那只红嘴鸦对摄影家对准它的镜头浑然不觉，径自在草地上散步。它似乎懂得在阳光中展示自己的红唇之美，不时抬起头摆出优美姿势，这样的机会对摄影家来说是绝好的机会，他们不停地拍摄，内心为获得如此佳作为兴奋不已。

老李把镜头对准红嘴鸦时，它却恐惧地嘶鸣几声，张开双翅飞走了。没有人惊扰它，但它却很快在天空中变成一个小黑点，继而消失得无影无踪。

大家都很吃惊，为何红嘴鸦在他们拍摄时没有反应，唯独老李把镜头一伸出，它却如此惊慌，如临生死一般要迅速逃离？

老李叹息一声，给出了答案：我打猎三十年，身上的杀气太重，红嘴鸦感觉到了，所以飞走了。

猎人身上的杀气，经过三十年时间的孕育，或许已变成一种灵息，人感觉不到，但灵敏的动物能感受到，所以才出现了刚才的一幕。后来发生的一件事，再次让老李无比痛苦地发现，他身上的杀气如同无法摆脱的影子，不论他走到哪里，都像明晃晃的耻辱一样跟随着他。一天，老李在一条河边发现一群野鸭子，它们在碧波荡漾的河面上优雅游弋，丝毫不知有人已接近它们。如果在以往，野鸭子肉是不可多得的佳肴，炖出的汤更是鲜美之极，他会毫不犹豫地开枪射击,但现在他已放下猎枪而专拍动物,所以他把内心涌出的念头压了下去。但是,他举相机的姿势却很像举枪,把鸭群拉入镜头,手指也像以前扣动扳机那样微微一抖。状态不佳,他不想拍摄了,打算就那样看一会儿野鸭子,等缓过神后再拍。

但野鸭子却发现了老李,它们受惊飞起,惊慌的鸣叫声响成一片。更让他猝不及防的是,几只野鸭子从高处突然落下,挟裹着一股沉闷的风向他压了下来。他本能地用手护住头部,另一只野鸭子又向他头顶呼啸落下。它们来势凶猛,拍打着翅膀一次次扑向他。他仓皇向后退去,直至离开河边,那几只袭击他的野鸭子才停止攻击,落在河边的石头上不停地怒鸣着。那是一种愤怒至极的嘶鸣,直至飞向别处仍然裹挟着风,在戈壁扬起沙尘。

老李听说过黄羊用头撞人,鹿用蹄子踢人,牦牛用双角刺人,狼用嘴咬人,哈熊用大掌拍人,野猪用獠牙挑人的事情,但他没想到野鸭子也如此猛烈。那一刻的一幕,改写了他三十年的打猎辉煌,让他惊异于幼小的野鸭子,居然在一瞬间变得无比巨大,把攻击的阴影狠狠地压在了他身上。

他愣怔少顷,终于明白野鸭子也感受到了他身上的杀气,它们不怕会有危险,向他发起了攻击。

这件事让老李发现,作为最后的猎人,他的猎人生涯虽然已经终结,但有些事却长在骨头里,藏在血液里,要跟随和影响他一辈子。还有一些事情,在他的猎人生涯中是以残忍、捕杀和掠夺方式完成的,在当时为他铸就了辉煌,但现在却要对他进行道德审判。如此情形,犹如他在内心一直隐藏着邪恶的小兽,平时它躲在隐蔽角落沉睡,一旦醒来便狂奔而出,让他承受曾经制造疯狂的后果。

老李躲在无人的角落自语:我需要时间,只有当我心里装满善,才能把以往猎杀动物的心念全都挤压出去,身上的杀气才会消失。他从此变得像苦行僧，不论能否拍摄到动物，他都长久待在戈壁，任风吹刮他，任大雪落向他，他相信唯有如此才能让身上的杀气散尽。慢慢地，他放松了，无论天降大雪还是酷日暴晒，他将自己伪装得像树或石头，等待动物出现的一瞬将其摄入镜头。他有三十年狩猎锻炼出的体魄，加之对潜伏也烂熟于心，所以他比别人更容易接近那些珍贵动物。

直到他拍到一张狐狸的照片，才发现他身上的杀气已经消失。那只狐狸妩媚之极，加之又被他取了正面，所以便能看清狐狸幽幽的眼睛，像是与人在对视，又像是在等待人说出什么。看得时间久了，便觉得那是人的眼睛，而且是女人的眼睛。

我与老李闲聊时说起那组狐狸的照片，他说狐狸机警敏捷，即使是打猎一生的猎人，也难得一见狐狸的眼睛。问他是如何拍下那张照片的，他说他是无意间碰到那只狐狸的，那天他坐在石头上吃馕，一抬头便看见一只狐狸看着他。那一刻他十分吃惊，他身上有那么重的杀气，它难道感觉不到恐惧吗？那只狐狸望着他，间或还眨着眼睛笑了一下，泛出一股颇为动人的柔情。他想起一句谚语：宁愿看狐狸笑，不愿听蝙蝠叫。狐狸的笑是多么难得，在那一刻他断定自己身上的杀气已经散尽。那只狐狸笑过后转身走了，他因为欣喜自己已从阴影中走出，便决定等待它再次出现时拍下它。他发现那只狐狸每天在固定的地方找吃的，于是断定它是一只母狐，附近一定有它的幼子。他潜伏下来等待，正确的判断不但让他看清了母狐，还看清了三只幼狐。他从容拍下母狐，于是就有了那张难得的照片。

但老李并不为拍到了狐狸而欣喜，他的愿望是拍到白狐，最后一次打猎时与白狐的遭遇，一直让他刻骨铭心，并期待在轻松和唯美的环境下与白狐相遇，然后用相机镜头拍摄下白狐的美。如果拍不到，哪怕仅仅只看几眼，他也会心满意足。

等待白狐，成为老李的心愿。

不久，他终于拍摄到了一张白狐的照片。那只白狐在当时发现了他，本来可以逃走，但却突然停住望着他，双眸之中似乎有千言万语要与他倾诉。它太美了，浑身的白毛如银，柔美的身躯如同一位美少女，最让老李动情的是那双眼睛，扑闪着睫毛，传递着柔情，似乎它面前的老李不是人类，而是让它放心的同类。那一刻，老李想起白狐通人性的说法，也许它已经知道他不会再射杀动物，所以与他从容对视。经由这行事，他的猎杀生涯终于像书页一样翻了过去，而翻出的新的一页，写着美德，亦闪烁着心灵的光芒。

他从容按下相机快门拍摄，然后看着白狐慢慢离去。

如果换了别人，也许可以对外宣布，自己真的见到白狐了，因为有照片为证，但老李却仍然沉默。拍摄动物让他兴趣转换，他由此体会到了快乐。昔日的猎手荣耀已不在，他似乎在行进中突然停顿下来，发现自己已经走得很远，并看到了好风景。

朋友在我看完他的动物照片后，特意问我对白狐的照片感觉如何？我心里真实的感觉是，照片中的白狐很美，而且因为是正面拍摄的，所以有一种要扑入人怀抱的媚惑之态。但这样的话我说不出口，我只好说美极了，白狐精致得像艺术品。狐媚，于不同的人而言有不同的感受，老李亲眼与其对视时是什么感觉，他的心灵受到了怎样的震撼，外人又怎能说出？

细算一下，老李拍摄动物已有二十余年，可谓是拍动物的优秀摄影家。一次聚餐时，有人问他，你拍摄动物有些年头了，大概拍了多少种动物？

老李叹息一声说，动物是拍了不少，但还是没有猎杀过的多啊！

15. 禁猎后的自我戒猎

有很长一段时间，老李一直在琢磨一个梦。梦是一个奇怪的家伙，它先是让人沉睡，然后启发人最神秘的神经，在一个未知的世界开始活动。当然，梦更酷爱自由，它似乎掌握了编织万物的魔法，让人和人、事物和事物无比奇怪地相遇，然后一同创造黑暗中的无序世界。那个梦他在童年时经常做。他梦见自己和很多动物在一起，其中不乏不祥之说的蜜蜂，有桃花运之说的蛇，有财运之说的鱼，等等，但他不知道人梦见这些动物时有那么多说法，所以便高兴地和它们在一起玩。最后，他也变成了一只动物，一只说不清楚具体是什么的动物。他心里十分清楚，自己变成了动物，自己已经是动物了，所以在家人看见他的变化，惊讶得满脸骇然想拉回他时，他双手伸出，飞走，汇入到了动物之中。梦在最后戛然而止，事情没有结果，亦无任何答案。童年时，梦醒后奇异的体验感让他意犹未尽，会琢磨为何梦中的事情会那么奇怪，自己为何又会变成一只动物。儿童生活就其本质而言更接近梦，所以单纯年少的他对答案并不上心，反之更乐意沉迷内心世界的幻想，乐此不疲地搭建想象中的庄园。但是现在他已经六十开外了，为什么还做这样的梦？他说不清楚，但梦中的童年让他心痛。人活了大半辈子，难道最后要回到最初去？我能回去吗？他喃喃自问。

十几年过去，昔日的猎手荣耀已不在，他似乎变得越来越模糊，以至于人们已想不起他的存在。

从此，他彻底远离动物，不再碰过一次猎枪。但是毕竟已打猎三十多年，要想达到一下也不摸猎枪，还必须经过一个从国家禁猎，到自我戒猎的转变过程。

但是，仍然有人放不下猎枪。

一天，老李懵懵懂懂向山谷深处走去。正是黄羊下山喝水的日子，他要去对黄羊进行开春以来，也是今年的第一次拍摄。

很快黄羊便成群出现，但有人却在此埋伏，在一个极佳射击点位打死了三只，很快那人又发现了一只高出众黄羊一头的大黄羊，犹如王者，气宇轩昂。想获得更大荣誉的心理让他冲动起来，他弃所有黄羊于不顾，掉转枪口向那王者射击。子弹准确击中，但它却挣扎逃跑了。他骑马狂追，并一再向其开枪，但都因为王者速度太快而未击中。他预感要失败，但这时候的失败却更能激发人的斗志，他马上改变策略，把枪背在背上打马加快了追赶的速度。他知道黄羊已经中弹，会因为奔跑而大量流血，而急促的追赶无疑会让它更快地接近死亡。这一点人能想到，但黄羊无论如何是不懂的。这就是猎人经常谈论的话题，猎人打猎不光仅凭猎枪和子弹，有时候还要靠智慧。有了打猎智慧，猎物生的可能就会变得模糊，死亡马上要变成事实。

山谷中，一只黄羊中的王者和一人一马展开了马拉松赛。人与黄羊的对峙已经形成，人在逼近，黄羊在逃跑。二者之间的距离要么缩短，要么拉大。人成功与否，黄羊生死与否，都在这变幻的距离中马上要见答案。

最后，王者意欲爬上山坡时，终因体力不支滚了下来。他跳下马准备向它开枪，但它发出的一声哀鸣让他心头一颤，扣扳机的手犹豫着停住了。它是因为死亡临近叫了一声，但它的叫声太悲惨了，犹如一个孩子遭母亲抛弃而陷入了巨大的恐惧。他看见它口吐鲜血，一定是因为刚才疾驰而挣裂了肺，它的命不长了。这是他预谋的死亡方案，一切都在意料之中。它又叫了一声，他的心又一颤。黄羊这要命的叫声，如果换了是人，一定是血泪飞溅的一刻。

他下不了手，蹲在它身旁看它抽搐。它已没有一丝挣扎逃跑的力气，只是望着他，在等待死亡。生的希望在它内心如火苗熄灭，死的巨大深渊已张开吞噬的大口。他看见它眼里布满痛苦，那是一种经过较量、挣扎和屈服之后的痛苦，犹如死亡之神正在移动那看不见的手指，并马上会因为它生命的终结而停止。他再次为它的眼睛心颤，它绝对是黄羊中的王者，但此时它恐惧死亡的表情让它身上的光彩骤减，并且把一种悲哀迅速放大。所有的生命在死亡面前都是脆弱的，谁又能从其深不见底的黑暗中跳出？他也有些悲哀，说实话，他也不想看见这样的死亡，尤其是在死亡边缘的挣扎和滑落。看见了这样的死亡，便犹如自己正在经历一样，他感到不祥。

　　他不打算要它的命了。天很热，他抱来一些野草将它盖住，以起到降温的作用，亦让它缓解伤痛。如果它命好，或许可躲过一劫。他躺在一边休息，刚才的追逐使他疲惫不堪，在黄羊的粗喘声中，睡眠的大网向他裹来，他沉沉睡去。

　　一个多小时后他醒来，掀开野草查看情况，血已在黄羊的唇角结成黑色痂块，它的呼吸也十分微弱，但那双眼睛却睁得更大了，里面是放大的绝望和恐惧。他在它跟前走动，它的眼神随之移动，似乎希望他能够帮助它从死亡的绳索中挣脱。但已经无望了，死之绳索已死死将它捆绑，并会越来越紧。

　　他估计它还得受两天左右的折磨才能死去，但现在一个难题摆在了他面前，晚上会有狼出现，一旦狼发现它便会围上来一番撕咬。据牧民讲，狼咬黄羊时为防止黄羊逃跑会先咬或抓瞎其眼睛。那样的话，它在死亡的最后一刻又会遭受落入狼口的屈辱。即使没有狼出现，它在两天之中慢慢等死又是多么痛苦。一个念头从心底冒出，他不再犹豫，将枪口对准它的头部，转过脸扣动了扳机。枪响过后，它一动不动躺在那里，痛苦终结，生命终结，死亡终结。

　　戒猎是一种意识，在警示着老李，亦在折磨着他，他因此便对动物多了一些感触。在艾力克湖边，他发现了一只刚出生不久的叫红骨顶的小鸟。凭着丰富的经验，他断定大红骨顶一定在不远处，于是便潜伏起来想看看大红骨顶是什么样子。在等待过程中，他突然觉得对动物的接近因为没有猎杀，是一种很难得的享受。

过了一会儿，大红骨顶果然回来了。他断定它是那只小红骨顶的妈妈。红骨顶十分灵敏，其警惕性之高堪称鸟类中的佼佼者。它很快便发现了潜伏的他，事实上因为他早已戒猎，所以不再会有杀戮。但大红骨顶仍很警觉，似乎人出现，危险马上就要降临。本能的护子意识让它向四周环顾，并很快冷静下来，用嘴咬住小红骨顶的翅向湖边拽去。这时他才发现小红骨顶双爪残疾，没有跑动的能力。当然，因为它刚出生不久，便也就没有飞翔的能力。

但大红骨顶却不能轻易拽走幼子，小家伙虽然刚出生不久，但仍然沉重，母亲仅凭嘴巴拽了五六次，实际上只向前挪动了一两米。母亲不放弃，似乎用全身力气连拖带拉，将幼子一点一点向前拽去。他很惊异大红骨顶发现人后居然如此恐惧，他有些难堪，想赶快离开，好让它们不再遭受折磨。但这时的情况发生了变化，也许母亲的力量是可以激发出来的，它嘶鸣一声连拖带拉，终于拽走了小红骨顶。他很惊异大红骨顶在一瞬间为何会爆发出那么大的力量，而沉重的幼子在它爆发出力量后变得轻如羽毛，轻而易举就被它弄到了湖边。但湖水很深，犹如是一个死亡的深渊，它们逃进湖中又将如何？

接下来的情景让他目瞪口呆，它们到了湖边后，母亲用力将幼子推入湖水中，逃生的本能让小红骨顶突然用双翅浮动，向前游去。小红骨顶因为双爪残疾而无法助跑起飞，但进入湖中后却可以用双翅游走。红骨顶妈妈太聪明了，在生死关头运筹帷幄，改变了命运。

他站在湖边愣怔出神，湖水使它们的身影起起伏伏，很快便不见了踪影。周围一片寂静，似乎什么都没有发生。

之后，老李听到好几个动物与猎人之间的事。一位猎人发现一只岩羊后，心生捕杀冲动，迅速举枪瞄准那只岩羊开了一枪，岩羊像一片树叶一样落入山底。猎人在灌木丛中找到岩羊，它挣扎起来怒视着猎人，令猎人一时骇然。猎人再次开枪，岩羊身上涌出一团浓血，却仍然一动不动，像不屈的勇士。猎人无力再举枪，手抖动不已。岩羊少顷即轰然倒下，猎人看见它最后的眼神里，仍透着愤怒。是夜，那猎人做了一个梦，梦见那只岩羊仍在愤怒地瞪着他，他惊醒后一身冷汗，爬起来坐到了天亮。此后，他再也没有猎捕过岩羊。另一只岩羊，死后的姿势意味深长——它中枪后挣扎到悬崖下，再也没有了力气，一头栽倒在那儿。向它开枪的猎人追过去，看见它的两只前蹄仍是向前的姿势，似乎在咽气的最后一刻，仍想攀上悬崖。那猎人被感动，在悬崖下埋葬了它。

有一位猎人进入一个山谷碰运气，一只盘羊突然出现，奇怪的是它看见猎人后并不惊慌，亦不转身逃离。猎人不知盘羊的举动意味着什么，但本能的猎捕心理，在那一刻滋生出杀机。但是猎人没有想到，他尚未扣动扳机，那只盘羊却向他冲了过来。他从未遇到过那样的事，那一刻，命运之神把他推到神秘舞台，要让他饰演陌生的角色。他迅速恢复猎人的冷静，对盘羊开了一枪，但没有射中。盘羊停了停，扬起头对着天空叫了一声，又向他冲来。他再次扣动扳机，子弹射出的脆响，以及盘羊轰然倒地的姿势，让他断定盘羊必死无疑。猎人找到盘羊后，看见它已经一动不动。极为顺利的捕获，让猎人体验到了猎捕的快感，遂抽出腰刀准备将盘羊开膛破肚，然后剥下它的皮子带回。这时，山顶上传来咩咩地痛叫声，他看见有四只小盘羊已爬到了山顶。他这才明白母盘羊之所以不怕死，是为了让那四只小盘羊逃命。那四只小盘羊想返回母盘羊身边，但恐惧攫住了它们幼小的心灵，它们痛叫着移向山顶的另一侧。

按说，母爱在那一刻会犹如一道强光，会照彻猎人的心灵，也会唤醒他的良知，但他的猎杀心性已冷如冰霜，加之母盘羊的反常举动刺激了他，所以他无法冷静，对着四只小盘羊愤怒地扣动了扳机。但因为距离太远，小盘羊未被击中，很快在山顶上消失了。

16. 怀念与讲述

去年传来消息说，老李在某景区建了一个动物标本博物馆，生意很不错，他亦忙得不亦乐乎。我算了一下，他已经是七十开外的人，大多这个年龄的人都颐养天年，但老李是闲不住的人，不管是拍摄动物还是建博物馆，我都能想象出他精神抖擞、神情专注的样子。他几十年在野外生存，身体要比别人好得多，再做一些事情便不在话下。再者，他的一辈子都和动物打交道，在这个年龄建一个动物标本博物馆，也算是一种归宿。

但我有一个疑问，老李不可能动手去捕获动物，牧民亦因为保护动物的意识和法律观念增强，也早已不再打猎，他的那些动物标本从何而来？我打听了一下，他的博物馆内有狼、狐狸、鹿、哈熊、黄羊、骆驼、旱獭、刺猬、兔子、天鹅、松鼠、鹰、雪豹、牦牛、盘羊、野马、野驴、野鸡和诸多鸟类，他一一给它们配上说明，有人去参观，他既给他们讲解那些动物的学名和各自属性，也讲流传在戈壁沙漠中的与它们有关的故事。人们都觉得他讲得好，在他的博物馆里转一圈后，便犹如亲眼看到了动物的生死，亦会为它们身上有那么多传奇而感动。

但我仍然想知道那些动物标本的来历，捎话给老李，他很快打来了电话，我从他的讲述中知道，他在最初拍摄动物时就有了建博物馆的想法，为此他留意收集动物标本，当然也花钱从牧民手中买了一些，十几年时间便积累了不少。但他强调说这样的事他能做到，别人也能做到，并没有多大的难处，倒是他在亲手收集的过程中，遇到了让他感动的事情，他曾目睹动物在临死之际的挣扎，和对生命的迷恋，甚至还遇到过动物为了维护尊严，毫不犹豫地放弃生命的事情。他把那些动物的尸体运回去，精心做成标本后才觉得心里好受了一些。动物死后留下了标本，他每每端详，便觉得它们的心灵光芒在眼前闪烁。

他为自己在以前忽略了动物的美德而羞愧，亦觉得自己在那时候只有捕猎心念，是多么残忍和无情。他在电话中提到我曾说他是最后的猎人的话题，说他过了七十岁才觉得他虽然放下了猎枪，但动物的影子一直围绕在他眼前，无论他做什么，都山不转水转一般与动物相遇。我劝他，那是因为时代和社会需要，才让他走上了一条和动物打交道的道路，这就像在世道的布局中，人必然要吃羊，让羊丧命；羊必然要吃草，让草丧命一样，是说不清楚的。他说人不能无视心灵的痛苦，因为痛苦是事情的结果，不正视结果就是不正视事情，迟早还会重蹈覆辙。他在电话中感叹，这就是我一辈子都离不开动物的命，不然怎么能从二十五岁开始，一直到七十岁还和动物打交道呢？

说起收集和制作动物标本的过程，老李的情绪明显高涨，情不自禁地讲起了那些动人的经历。一次，一只鹿误入牧场，被牧民追赶至悬崖边，眼见无生还之望，便仰头哀鸣。牧民觉得抓它稳操胜券，脸上露出欣喜的笑。那只鹿叫过几声后，突然纵身一跃跳下悬崖，在崖底的乱石中摔得像一朵绽开的红色花朵。老李当时在场，但他劝不住牧民，如果他阻拦他们，他们也许会把他当成一只鹿对待。他无比痛苦地目睹了全过程，即便那只鹿纵身一跃时极为震撼，他也没有对着它按下相机的快门。那一刻，他为鹿不屈于落入人手受耻，愤然选择死亡的决绝举动而震惊。他到悬崖底把鹿尸收起背走，一路上都觉得它决绝的举动像拳头一样，在砸着他的心。

老李博物馆中有一只狼的标本，高大、健壮，双眼中露着让人骇然的光。凡看到那个标本的人，都会被它身上的凶悍之气震得一愣，走向它的脚步不由得会慢下来。它的来历同样极为震撼人，当时不知何故，它与另一只狼互相撕咬在一起，它的力气不及那只狼，被咬倒在地发抖，那只狼欲对它进行最后一击，它挣扎爬起一头撞向一块石头，一声闷响后它不再有任何动静。那只狼慢慢走到它跟前，舔尽它头上的血后离去。老李把那只狼背回，用细铁丝把它的头骨串接在一起，它便变得像一只完好无损的狼。

另一具狼标本的来历则悲怆一些，它被夹子夹住后用力挣脱，趔趄着欲逃出人们的追捕，但它的腿已受伤，奔跑速度明显不如以往。人们追赶喊叫的声音越来越大，它慌不择路，那条受伤的腿踩进石缝后被死死卡住。它悲痛嗥叫，但人们因为牛羊长期遭受狼侵害，要在它身上报仇，把石头狠狠击打在它头上，它脑汁四溢，鲜血飞溅，软软地倒了下去。人们要剥它的皮，取它的獠牙和狼髀石，老李劝住他们，用五十块钱买下了它的尸体。狼一向给人留下凶残的印象，但老李在这只狼身上看到了狼的恐惧、无力和屈辱，它已经死了，就让它的肉身不要再被肢解，作为标本留存于世吧。后来老李想，其实是他接受不了一只动物在死后还要挨刀子，如果不阻止，他的心也好像被肢解了似的，会痛。

老李博物馆里的动物标本，大多都如此得来。他有时候会想，只有做这些事情，才能为打猎三十年忏悔，亦能让心灵得到宽赦。他在电话中强调说，这就是他建博物馆的原因。

我盼望着去看老李的博物馆，但很快又传来一个消息，有人趁他忙于打理博物馆，潜入他家盗走了他的摄影器材。我向带来消息的人打听，得知他被偷得一干二净，连三脚架都没有留一个。我知道他当初为购买摄影器材，几乎花光了所有积蓄，但现在却遇到了这样的事，他如何渡过这一关呢？带消息的人说，大家都为老李心疼，但他却像什么都没有发生一样，说摄影器材丢了没关系，那些照片还在，就等于他最珍贵的东西没丢，因为花钱买相机的目的，就是为了拍照。

这就是老李的性格，摄影器材丢了，但是照片还在就等于他心里的动物也还在，他的心就不会空，他会为照片在一场劫难中并未丢失而欣慰。

过了一段时间，传来被盗事件进展的消息，老李逐一分析怀疑对象，最后锁定了一个小伙子。那小伙子喜欢摄影，对老李拍摄的动物作品羡慕不已，曾多次到他家看过他的照片。他尤其羡慕老李拥有整套精良的相机，多次忍俊不禁说，如果他拥有那样的器材，他就一门心思去拍动物，要成为一个摄影家。老李劝他不要浪费青春年华，人一辈子能干成什么事情，年轻时的选择很重要，而摄影是一种艺术追求，投入精力太多反而会影响生活。那小伙子已对摄影痴迷到了不能自拔的程度，老李苦口婆心的劝说对他并未起到作用。

出了被盗的事后，老李觉得对他摄影器材最羡慕，对他家路线和位置最熟悉，都莫过于那个小伙子，所以那个小伙子的嫌疑最大。老李征求我的意见，我认为那小伙子是一念之间的行为，他先前在内心隐藏着对摄影器材的占有欲望，因为一瞬间的冲动，采取了不理智的方法，然后在紧张恐惧中挨时间，暗自祈求老李查无凭证，最后不了了之。

老李断定那小伙子是偷盗者，但是他没有报警，而是请那个小伙子到家里，做了一桌菜，并备了一瓶酒，边吃边聊他打猎三十年的事情，聊发生在动物身上的故事。那小伙子很镇定，该吃就吃、该喝就喝，眼睛里连一丝紧张的神情都没有。老李暗自思忖，难道怀疑错了？不，他从小伙子的神情断定，此事一定经过精心谋划，小伙子的心理早已过了紧张期，所以才如此镇定。他改变策略，给小伙子讲述他最后一次打猎的痛苦，以及动物带给他的启发，还有后来的忏悔，渴望救赎心灵的愿望。他想让小伙子明白，他并非只是像常人一样拍动物身上的美，而是在动物身上寻找一条路。小伙子不解。老李说虽然禁猎和被收缴猎枪，对他来说是始料不及的终结，但更让他始料不及的是，他在不打猎后才发现动物身上有那么多的美，那种美既可以视之为兽类的外在美，也可视之为生命的美德，他为自己太晚才幡然悔悟而失落，觉得承认动物的美就是对自己的挽救，而展示和传播动物的美的唯一方式，就是摄影。所以，他说自己的摄影是在动物身上寻找一条路，是一条可以让他在晚年行走得坦然和轻松的路。

  小伙子听后若有所思，眼睛里闪过一丝不易察觉的神情。老李不再说什么，劝小伙子吃菜喝酒，不再提及动物，至于摄影器材被盗的事，他更只字不提。那小伙子吃完后神情恍惚地离去，当晚便把他的摄影器材一件不少地扛到了他家里，跪在他面前请求他原谅。老李扶小伙子起来，拍拍他的肩膀说，你如果真的想一心学摄影，我可以教你，甚至把摄影器材给你用。小伙子痛哭流涕，以他干了见不得人的事情，没脸再摸相机，更别说用老李的相机了。老李瞪着他问，你知道人应该怎样做，才会有出息吗？小伙子因为迷惑，不知该说什么。老李对小伙子说，有的人在一个地方摔倒，会爬起来继续往前走；有的人在一个地方摔倒，却一直在那儿躺着，永远都爬不起来。小伙子眼里的愧疚退去，继而升起一丝希望。老李给他指了一条路，让他觉得改过自新后还可以重新开始，那一刻他十分感激老李，发誓再也不干见不得人的事情。

  后来，老李把那个小伙子招聘到了他的博物馆，并教他学习摄影，现在已成为一名优秀的摄影师。

去年，我终于有机会去看了老李的博物馆，他又新增了一批动物标本，有紫貂、貂熊、野马、野骆驼、普氏原羚、高鼻羚羊、北山羊、河狸、白鹳、黑鹳、金雕、白肩雕、玉带海雕、白尾海雕、胡兀鹫、黑颈鹤、白鹤、大鸨、小鸨、波斑鸨、獾猪、野鸡、鹌鹑、野鸭，甚至还有四爪陆龟和北鲵等爬行类动物。进入博物馆，便感觉进入了让人应接不暇的动物园，让人觉得它们在奔跑，间或还发出嘶鸣。

老李不在，问及他这几年的情况，工作人员说他现在明显地老了，从不和他们谈论动物，甚至对动物提都不提，似乎动物已变成他模糊的记忆，而他也无须再怀念动物，到了真正放松的年龄。听他们这样一说，我为老李感到高兴，他终于从泗渡的河流中爬了出来，无论人生世事在他面前掠起怎样的激流，他都能够从容面对，双目坦然。

中午，老李回来了，我隔着门听见他爽朗地在笑，向人们说他在河中救了一匹马。我迎出门，远远看见他时我莫名地一愣，他确实老了，但举手投足仍干练利索，尤其是极富穿透力的笑声，让人觉得有石头在滚动，有风在呼啸。记得他曾对我说过，他当年曾在戈壁上和大风赛跑过，和鸟儿比过谁的声音大，岁月逝去了，但有些东西却留在了他的心里，亦藏在了他的骨头里，乃至七十开外了仍如此活跃，让人觉得一个人内心有力量是多么美好。

问及老李在河中救马的事情，原来他早上去一条河边散步，看见一匹马喝水时陷入河中，越挣扎陷得越深。老李欲下河救它，另几人深恐河水太深拦住他，他看见不远处晒有一堆辣子，便让人取来几根辣子，说关键时候把辣子吃上，一个人等于变成了好几个人，还把一匹马拉不上来吗？他嚼了一根辣子后脸色变得通红，纵身跳入河中。

无奈马陷入淤泥动弹不了，他怎样使劲都无济于事。情急之下，他把一根辣子撕开，在马鼻子上抹了几下，那马受到刺激嘶鸣一声，从湖中一跃跳到了岸上。

但是那匹马毕竟受惊了，主人骑在它背上用鞭子抽打它，它都不往回走。主人便跳下来欲把它牵回，但无论怎样牵都在原地打转。众人没办法了，老李有办法，他采来一把嫩草绑在一根木棍上，然后骑到马背上把草伸到马的嘴前，马吃过一口想吃第二口时，老李把木棍往前一伸，马便往前一窜。他就那样诱惑着马，让马回到了马厩。

老李说着这些事情，间或发出爽朗的笑。这时，我看见窗户透进明亮的光，照在他身上，使他显得更加硬朗和洒脱，一点都不像七十开外的老人。这时，外面传来马的叫声，老李侧耳听了听说，那匹受惊的马变正常了。

这一刻，我感觉到老李身上还有猎人的影子。

后 记

零零散散，写下这些有关猎人的作品。

所涉及的都是以前的动物，在今天因为大多被列入保护范围，不可再进行捕猎，所以在写作中满脑子都是久远的场景。

把这样的写作当作怀念，或者认知，便能体会到终结的狩猎，是一种文明阵痛，亦是人类出于另外一种需要——维护生态平衡的理智选择。

猎具、狩猎、猎人、捕鱼、猎狼、人与动物的对峙、畜灾等，有动物也有人，或者说动物和人扭结在一起，展示出遥远年代的生命图腾，亦让曾经的具体生命，显现出了弥足珍贵的温暖。

最后的猎人，无论是阵痛、扭结和变化，都是自我见证——有多少变化，就有多少承受。他们不仅沉溺于命运激流，亦能体会到自身在终结的一刻，已呈现出清晰的时间烙印。他们都已留在了过去，今后怀念生命，只能回头向后观望。

写下的是看见或者听到的，忝为写作者，只能如此。

一路写下来，因为没有做整体规划，总觉得随时可以停下来，但是写完一件事后，又自然而然带出另外一件事，犹如古老的狩猎一直在等待书写的人，而写作是被幸运选中的一种劳动。写完后，才发现狩猎因为有庞大的内在结构，是或曾经是世界推行过程中最有力的支撑。写作因此显得微不足道，所做也只是很有限的呈现，好在有长久的怀念，而且随着时间渐深，会变成持久闪烁的光芒，让我们对犹如创世的狩猎永怀感恩。

整理完书稿，做了一个梦，梦见一只山羊一动不动，在望着远处。即使在梦醒之后，我不知道那只山羊要看见什么。但是我相信，在猎人被终结的时代，一定有什么已经开始。

是为后记。

王族

2021年11月1日于长沙